熱風団地

大沢在昌
Arimasa Osawa

角川書店

装丁／原田郁麻

一

「佐抜（さぬき）さんですか」

　不意に話しかけられ、佐抜克郎（かつろう）はとびあがった。

成田（なりた）空港第二ターミナルの国際線出発口の前だ。五日間にわたって同行した中国雲南（うんなん）省からの団体客十八人を見送ったところだ。十八人のうち十人は六十歳以上で、七人がイ族やワ族などの少数民族だ。海外旅行の経験はあっても、いったのは地続きのラオスやミャンマーくらいで、全員初来日という団体だった。

　日本慣れし、フグやウナギ、果ては今どきはやりのラーメン店にいきたがるような手合いとは違い、朴訥（ぼくとつ）な人たちだ。ブランド品を買うこともなく、家電製品の山を担いで帰ろうともしない。中の二人は普通話（中国共通語）が得意ではなく、佐抜がビルマ語を話すのを知って大喜びだった。ガイドを務めていた旅行中はすっかり頼られ、佐抜が独身だと知ると親族との縁談をもちかけられた。

　北京（ペキン）や上海（シャンハイ）、重慶（じゅうけい）といった大都市から来る観光客にはまずいないタイプだ。日本の田舎にだっていないだろう。

　大都市から来る観光客は今どきガイドなど頼まないか、いても本国から同行する中国人ばかりだ。佐抜のように日本人でフリーの者は、辺境地区から来る団体か変わり者の個人旅行客のアテンドくらいしか仕事がない。

　この団体が帰ったあとは二ヶ月間、ガイドの仕事が入っていなかった。

　スマートフォンがガイドの仕事を奪ったのだ。初来日した者でも、アプリで公共交通機関の乗り方を検索し、地理を調べ、翻訳ソフトで道を訊く。観光情報は、ネットからいくらでも引きだせる。それこそミシュランガイドに載った店から今どきはやりのラーメン店まで、予約代行サービスもあるとなっては、フリーガイドは出る幕がない。

　話しかけてきたのは、紺と黒のスーツを着た、体格のいい男二人だった。もっとも小柄で痩せぎすな佐抜から見れば、たいていの男は自分よりは体格がいい。

「はいっ。そうです！」

　不意をつかれた驚きから立ち直れず、佐抜は自分でもわかるほど裏返った声で返事をした。話しかけてきたのは紺スーツで、黒スーツは笑いをこらえているような表情だ。

「突然失礼致します。我々は外務省の関連団体の者です」

「外務省?!」

　さらに一オクターブ、声が跳ね上がった。

　大学の外国語学科を出て、最初に入りたいと考えたのが外務省だった。が、外郭団体も含め試験にことごとく落ち、商社や大手旅行代理店の就職にも失敗した。

　理由はわかっている。あがり症のせいだ。普段なら何でもないことが、人前に立ったり、面接のような場面では、まったくできなくなる。頭の芯が熱を持ったようになって、自分が何を話そうとしているのか、わからなくなってしまうのだ。

　あがり症は子供の頃からで、大人になれば治るといわれていたのだが、まったく変わらない。ただ、日本語以外の言葉で話しているときには不思議とあがらない。

　なので、団体の観光客を前にしても、外国語を喋っている限りは、異常に緊張するということはなかった。

「の、関連団体です」

　紺スーツはいって名刺を差し出した。

「ＮＰＯ法人『南十字星』　東京本部　阪東武士」

と記されている。

「ＮＰＯ、ですか」

　少し落ちつき、受け取った名刺を佐抜は見つめた。外務省とＮＰＯというのが結びつかない。

「実は佐抜さんにお仕事のお願いがありまして。今日、これから少しお時間をいただけないでしょうか」

　阪東はいった。時間ならいくらでもある。ありすぎて困っているのだ。

「あの、ガイドでしょうか」

「南十字星」という法人名からでは、まるで活動内容がわからない。

「それはこれからお話しします。佐抜さん、このあとは東京に戻られるのですよね」

「はい」

「お車か何かで？」

「いえ、電車です」

　チャーターしていたバスはとうに帰した。

「では、我々の車でお送りします。途中、車内でお話しするというのはいかがでしょう」

　阪東の言葉は淀(よど)みがなく、佐抜は思わず頷(うなず)いていた。

「わかりました」

　阪東ともうひとりに従い、佐抜は第二ターミナルの出発ロビーを抜けた。

「あの車です」

　ハイヤーやタクシーなどの迎車に交じって止まるシルバーのセダンを阪東は指した。

　ＮＰＯ法人というと、資金繰りに苦労しているイメージがあるが、この「南十字星」はそうではないらしい。セダンには運転手が乗っている。

　黒スーツが助手席に乗り、佐抜と阪東は後部席に並んで座った。

「会社は箱崎(はこざき)でしたよね。そちらでよろしいですか」

　阪東に訊かれ、佐抜は頷いた。会社といっても、大学の先輩がやっている編集プロダクションの片隅にデスクと電話を置かせてもらっているだけだ。仕事の大半はもち歩いているパソコンで用が済む。

「箱崎だ」

阪東がいい、セダンは発進した。

「しかし佐抜さんというのは珍しいお名前ですね。字は違いますが、四国がルーツとかなのですか」

阪東は訊ねた。

「元は九州のようですが、私は埼玉生まれの埼玉育ちです」

佐抜は答えた。

「ほう、埼玉。じゃあご両親は埼玉にいらっしゃる?」

「父はもう亡くなりました。私が九歳のときなんで、二十五年前です。母は――」

答えかけ、一拍おいて、

「元気です」

と佐抜はいうに留めた。母親は佐抜が高校を卒業した十六年前に再婚した。大学進学を機に実家を出て、今は母親とはメールでやりとりするくらいだ。

「なるほど。そうでしたか」

たいした話でもないのに、さも感心したかのように阪東は答えた。

「ところで大学でのご専攻はベサール語でらっしゃいましたね」

やはりそこか、と思った。

「そうです」

「中国語もお話しになれるようですが」

「はい。あとマレー語とビルマ語も少しは話せます」

「それはすごい」

今度は本当に感心しているように阪東はいった。

「ベサールにいかれたことはありますか」

ベサールはボルネオの北、南シナ海に浮かぶ、複数の島からなる国だ。直行便はもちろんなく、中国あるいはベトナム、フィリピンなどからいくほかない。

「大学の卒業旅行でいこうと計画していたんですが、ちょうどそのタイミングでクーデターが起こって」

ベサールは十三年前まで、「ベサール王国」だった。それがクーデターで「ベサール共和国」に変わり、王族の一部は亡命した。今はクーデターの首謀者だった軍人が大統領となり、独裁政治をおこなっているという。

話す人間が日本にはほとんどいないからと専攻したベサール語だが、今となっては後悔していた。ベサールには金鉱があり、話せれば商社などへの就職に有利だと教授にそそのかされたのだ。

「あ、なるほど。クワン政権になったのはその頃ですか」

クワンというのがクーデターを起こした軍人の名だったと佐抜は思い出した。ベサールは多民族国家で、ベサール語は共通語だ。ダヤン族、マニー族、イグナ族、マレー人、中国人などで構成され、クワンは最大人口のダヤン族、王族はイグナ族だ。クワンの名を聞いたことで、大学時代の知識がよみがえった。

卒業してからはベサール語を喋ってはいない。が、マレー語やビルマ語に文法や単語が近く、その点で学んだのは無駄ではなかった。

「そうです。ですからいかずじまいでした」

「覚えていらっしゃいます？　ベサール語」

阪東は訊ね、

「アナタノオ年ハイクツデスカ」

とベサール語でいった。ひどい発音だ。

「三十四デス」

佐抜は答えた。

「え？　何と？」

阪東は訊き返した。

「三十四です、と答えました」

「じゃあ、私のベサール語は通じたんですね」

嬉しそうに阪東はいった。

「他ノべさーる語ヲ知ッテイマスカ」

佐抜は訊ねた。阪東は首を振った。

「ごめんなさい。何とおっしゃったのかわかりません。ベサール語は今の言葉しか知らないんです。それもネットで調べて、ようやく見つけました」

そうだろう、と佐抜は思った。ベサールの総人口は八百万人に満たない。もし中国語も勉強していなかったら、言葉で食べていくのは不可能だった。もっとも、今のこの生活で食べている、といえるかどうかは微妙だが。

「ベサールの現状はご存じですか」

阪東が訊ねた。

「中国人がすごく増えている、と聞いています」

「おっしゃる通りです。南シナ海のあの辺りでは中国の影響力がたいへん強まっているようです。海軍だけではなく中国企業もかなり進出しているらしくて」

阪東はいった。

「阪東さんはベサールにいかれたことがあるのですか？」

「何年か前に一度だけ。スマトラ、ボルネオといった島を回って、ベサールもそのときいきました。毀誉褒貶はありますが、クワン大統領もがんばっているなと思いました」

小国とはいえ元首を「がんばっている」というのはかなりの上から目線なのだが、阪東自身はそれに気づいていないようだ。

「そうなんですね」

「佐抜さんは現在のベサール事情にあまり興味を持っていらっしゃらないのですか」

「興味がないわけではないのですが、毎日の生活がありますから」

「それはそうですな。ベサールの王族がどうなったか、佐抜さんはご存じですか」

「一部は国内に残り、一部は亡命したと聞いています」

「正確には王と第一夫人がベサールに留まり、王の弟と第二夫人が国外に出たのです」

「確か第二夫人は日本人でしたね」

それは何となく覚えていた。海外旅行でベサールを訪れた日本人のOLが見初められ、王様の第二夫人になったというシンデレラストーリーだ。

「ええ。当初、王の弟と第二夫人はアメリカ合衆国にいたのですが、三年ほど前に第二夫人は日本に戻ってきました」

「お子さんも一緒ですか？」

第一夫人とのあいだには王女しかおらず、第二夫人が息子を産み、将来のベサール王になる、とクーデターが起きるまではいわれていた。

「息子さんも一緒です。王子ということになります」

「そうか。王子様か。そうなりますよね」

「今、行方がわからないのですが」

阪東はつけ加えた。

「え?」

「その王子様ですよ。今年十六歳になるのですが、第二夫人と暮らしていた家を出て、行方がわからなくなっているのです」

「家出、ですか?」

佐抜は訊ねた。

「だいぶ活発な息子さんのようでしてね。千葉の実家近くで第二夫人と暮らしていた頃から問題を起こしていたようです。日本での生活に馴染(なじ)めずにベサールに帰りたいとたびたびいってたらしいのですが」

「お父さんが恋しかったのじゃないですか」

亡命したのがクーデターの直後だとすれば、王子は三歳で父親と離れたことになる。佐抜も九歳のときに父親を亡くし、寂しいと感じたことがあった。

「かもしれませんね。育ててくれた乳母や叔父(おじ)さんのおかげでベサール語は話せるそうです」

「日本語も話せるのでしょう?」

「それは話せるのでしょうが」

答えて、阪東は一拍おいた。

「佐抜さんに王子を捜していただきたいのです」

「えっ、私に?」

「ええ。十代の男の子で、まあ問題児です。昔風にいえば不良というか、悪ガキのようだ。日本をあまり好きではなく、ベサールに郷愁の思いを抱いているわけです。ベサール語の話せる佐抜さんになら、心を開くと思うのですが、いかがでしょう」

「いや、そんな探偵みたいなことはできませんよ」

「そんな大変な仕事ではないと思いますよ。しょせん十六歳の子供ですし」

またも上から目線で阪東はいった。今の十六歳は相当な大人だと思うのだが、いい争っても仕方がない。

「だけどどうしてその王子を捜すのです？」

「実は、王様の具合がよくないのです」

阪東は、さも重大な秘密を打ち明けるように声を低めた。

「よくない？」

「癌でしてね。国外の病院で治療を受けられればよかったのですが、クワン大統領が出国を許可せず、病状が悪化している。亡くなる前に王子に会いたがっているのですが、それを公にはできないらしい。それが巡り巡って、ＮＰＯの我々に何とかしてくれないかという話になったのです」

「ＮＰＯに、ですか？」

「そうです。『南十字星』は南沙海域の国といろいろなネットワークがあるもので」

「そうなんですか」

「あくまでも民間レベルですけど」

言い訳がましく阪東はつけ加えた。外務省の関連団体だといったくせに、怪しい。

「佐抜さんしかいないのですよ」

黙っていると阪東は押してきた。

「でも私はそんな――」

「もちろん手数料はお支払いさせていただきますし、ここだけの話、王子を見つけて下さったら王様から謝礼もあると思います。ご存じのようにベサールは金の産出国です。かなりの高額になると思います」

「いや、やはりそういうことは警察とか専門のところに頼んだほうがよくはないですか」

「警察は動いてくれません」

「でも十代の家出でしょう？」

「犯罪に巻きこまれたというのでない限りは人手を割いてはくれません」

きっぱりと阪東はいった。

「じゃあ探偵とか」

「心を開きませんね。お話ししたように王子はベサールに望郷の念を抱いている。ベサール語を解さない探偵に心を開くとは思えません」

「でも居どころを捜すだけなら――」

「申しあげたように日本に馴染めず、問題行動を起こしていた子です。探偵が自分を捜しているとなれば、姿をくらませてしまうでしょう。ベサール語を話せる人が捜しているというのが大切なんです。王子の周辺には、ベトナムやカンボジアからの難民の子供がいて、グループを作っていたという情報もあります。そうした子供たちを相手にするには、言葉を話せなければ難しい」

「日本にいる子たちなのだから日本語が通じるのではないですか」

「どうですか。面倒そうな相手には言葉を話せないフリをして逃げるということもあるのじゃないですか」

阪東は苦々しげにいった。実際にそういう経験があるようだ。佐抜が考えていると、

「手数料は一日五万円プラス経費でいかがでしょう」

畳みかけてきた。

「そんなに?!」

「私の予想では、佐抜さんなら一週間もあれば、捜しだせると思うのですが」

「いや、それはわからないですよ」

「難しいようなら、アシスタントもご紹介します。アシスタントの費用もこちらでもちます」

「アシスタント……」

「頼りがいのある女性です。ベサールの現状についても、ある程度知識を持っています」

「じゃあその人が捜せば――」

いいかけると阪東は首をふった。

「佐抜さんでなければ、この仕事は無理です。ツアーコンダクターとして、さまざまな経験をお持ちで、なおかつベサール語に堪能な佐抜さんでなかったら、王子を捜しだすのは不可能だ」

そして上着の内側から無地の封筒を取り出した。

「ここに手付金として二十万、用意してあります」

「二十万」

佐抜はつぶやいた。今週中に間借りしている事務所の家賃を払わなければならない。三ヶ月分を滞納

していて、「十万でいいから入れてくれないか」といわれている。その先輩の編集プロダクションも経営が苦しく、ずっと申し訳なく思っていた。

「見つけられなかったら返さなくてはならないお金でしょう」

「その必要はありません。まずは一週間、やってみて下さい。一週間ぶんの三十五万円は、たとえ見つけられなくてもお支払いします」

佐抜の目を見つめ、阪東はいった。そして返事を待たずに、助手席に座る黒スーツの肩を叩いた。

「はい」

黒スーツが膝にのせていた鞄から、大判の封筒を出してよこした。

「ここに第二夫人と王子の写真、自宅の住所や立ち回りそうな場所のリストが入っています。あと私の携帯電話の番号をお教えしておきますね」

いわれて、佐抜は自分のスマホを出した。互いに番号を交換する。ＬＩＮＥもできるようにした。

阪東は大小ふたつの封筒を佐抜に押しつけた。

「わからないことや困ったことがあったら、いつでも私の携帯に連絡を下さって結構です。できる限り協力させていただきます」

「あの、アシスタントの方というのは――」

「佐抜さんの携帯の番号を教えて、直接連絡してもらいます。よろしいですか」

「はい」

仕方なく佐抜は頷いた。

「それからひとつお願いがあります」

阪東は口調を改めた。

「この件については、秘密を守っていただきたい。特にベサール王の病状が重篤であることはマスコミなどに漏れないようにしていただきたいのです。王子に会うまでは、捜しているのは佐抜さんの個人的な理由からだということにして下さい」

「個人的な理由といわれても……」

佐抜は口ごもった。

「あなたは大学でベサール語を学ばれた。立派な理由になる筈です」

阪東は力づけるようにいった。

「箱崎に到着しました」

タイミングを合わせたかのように運転手がいい、セダンは首都高速の箱崎出口をくぐった。

「どちらで降りられますか？」

「そのあたりで結構です。ありがとうございました」

封筒を抱えたまま佐抜は答えた。セダンは新大橋(しんおおはし)通りにぶつかったところで停止した。

「落とすといけません。鞄にしまって下さい」

阪東にいわれ、佐抜は言葉に従った。

「ではよろしくお願いいたします」

佐抜を降ろし、セダンは走り去った。

二

事務所に戻ると、誰もいなかった。先輩の柿内(かきうち)がやっている編集プロダクションは「パーシモン」という名で、柿内以外にフリーのライターやカメラマン複数が在籍している。忙しいときはそうしたメンバーが二、三人事務所に泊まりこむこともあり、佐抜はインスタントラーメンを作ったり、届けものを手伝ったりする。

ボードの予定表を見ると、

「Ｃマガジン取材　直帰」

と柿内の字で書きこまれていた。

金を渡し、相談もしようと思っていた佐抜はがっかりして自分の机に腰かけた。時計を見ると午後四時を回ったところだ。

パソコンのメールをチェックしたが、誰からも何もきていない。

受けとった封筒から十万円をだしたところで、阪東が領収証を求めなかったことに気づいた。いくらＮＰＯといえ、領収証なしで二十万円もの金をだせるとは思えない。

佐抜を説得するのにけんめいで、領収証を書かせるのを忘れたのだろう。次に会ったときに備え、領収証を作っておくことにした。

「株式会社サヌキエンタープライズ」の名で業務手

数料の名目で金額を書き、社判を押す。

それから大判の封筒を開いた。

写真が数枚入っていた。同じ写真が大小二枚で三組ある。第二夫人、王子、王様の三人のようだ。小さい写真は手札判で、もって歩けるサイズだ。スナップではなく、プロのカメラマンが撮ったような正面写真だった。

まず第二夫人。週刊誌などで騒がれた二十年近く前に見た覚えがある。当時は二十代の初めだったから、今は四十を過ぎている筈だ。

黒髪のロングヘアを額の中心で分けた、ややクラシックな髪型で、目も鼻も口もこぶりな人形のような顔立ちをしている。口もとには笑みがあるが、目にどこか不安げな光があった。背景がはっきりせず、撮られたのが日本なのかベサールなのかもわからない。

「ベサール王第二夫人、アリョシャ・シオリ（旧名長谷部紫緒里）」と大判の写真の裏に記されている。

次に王子だ。これは日本で撮ったとすぐにわかった。中学校の制服らしきブレザーとネクタイを着けているからだ。いかにも生意気そうな目つきでカメラをにらんでいる。鼻すじの通った貴族的な顔つきで母親ではなく父親に似たようだ。

「ベサール王第一王子　アリョシャ・ケント（健人）」と記されていた。ベサールでは姓名の順が日本と同じであることを佐抜は思いだした。

王様は、白い軍服を着け、胸にいくつもの勲章を留めている。浅黒く、彫りの深い顔に白いヒゲをたくわえていた。第二夫人よりはだいぶ年上で、今は七十代の半ばくらいになる筈だ。

しばらく三人の写真を見つめてから、佐抜はパソコンで「ベサール」を検索した。

「ベサール共和国（旧　ベサール王国）。南シナ海の島嶼国家。ボルネオ島の北、フィリピンの西、南沙諸島の約千キロ南西に位置する。一四〇〇年代に起源があるとされるイグナ王朝によって、独自の文化、言語を発展させていたが、一七九〇年からイギリスの植民地支配をうけ、一九六二年の独立までそれはつづいた。

約七百九十万人の人口は、最大人口のダヤン族、イグナ族、マニー族、マレー人、中華系などの民族で構成されている。共通語はベサール語だが、それぞれの民族の言語もある。二〇〇七年、ダヤン族でベサール海軍に所属するハリカム・クワン大佐によるクーデターが勃発し、王族は政権を失った。王族の一部はアメリカ合衆国に亡命したが、国王アリョシャ・イグナ六世は国内に留まった。以降、クワン大佐による独裁政治がつづいているが、政情は安定し、天然ガスや金の産出で、経済も比較的豊かだとされている。

クワン大佐の新ベサール政府をアメリカ、イギリスなどが承認せず、日本も追随したため、国交は途絶している。クーデター以前は、日本国内に約百人のベサール人が居住していたが、大使館が閉鎖された現在の人数は不明。

国王であったアリョシャ・イグナ六世の第二夫人は日本人だが、クーデター後の消息はわかっていない」

百人ものベサール人が日本国内に居住していたとは知らなかった。会ったことのあるベサール人は、佐抜にベサール語を勧めた杉本教授の自宅で紹介された二人だけだ。

あのベサール人、名前を何といっただろうか。確か、リューとアフマドだった。二人とも日本の商社で働いているといっていた。クワン大佐によるクーデターが起こる前だ。

控えめでおだやかな人たちだった。

そうだ、杉本教授がいる、と佐抜は思いついた。自分の知る限り、ベサールとベサール人について最もくわしい人物だ。変わった人だがとにかく顔が広い。年賀状の返事が三月に届き、大学を退職すると書いてあった。退職後どうしているのかはわからないが、相談にはのってくれるだろう。

杉本教授は携帯電話をもっていなかったが、自宅の電話番号は知っている。佐抜はパソコンに入れた住所録を開いた。

杉本教授の住居は、六本木だった。ミッドタウンの近くだが、小さな戸建てや古いアパートが密集する一画で、六本木にこんな場所があるのかと驚いた記憶がある。結婚して数年で亡くなってしまった夫人の実家にそのまま住んだのだと、教授から聞いていた。

佐抜は教授の自宅の電話を呼びだした。長い呼びだしのあと、

「はい、はーい」

と、なつかしいしゃがれ声の返事があった。

「杉本先生、佐抜です」

不安になるほど間が空いた。

「おお、思いだした。佐抜くんな。ベサール語をやった」

「そうです、その佐抜です」

ほっとした。

「今、晩飯を作っとるんだ。そうだ、君も食いにこんか」

「えっ、あの……」

絶句した。料理は杉本教授の趣味だ。やもめ暮らしが長いので、自炊には慣れているようだが、問題はその味だ。杉本教授には独特の味覚があり、これまで何を食べさせられても「おいしい」と感じたことがない。本人は「うまい」を連発するのだが、佐抜にはつらい記憶しかない。確かベサール人二人と会ったときも手料理をご馳走になったが、教授を除く三人はふた口以上食べられなかった。

だが教授に話を聞くのに、これ以上の機会はない。

「うかがいます」

「どこからだ？」

「えーと、箱崎の事務所におりますので――」

「一時間はかからないな。わかった。待っとるぞ」

「よろしくお願いいたします」

告げて佐抜は電話を切った。不安だったが、結局二十万円をもって事務所をでた。人形町で和菓子を買い、地下鉄日比谷線で六本木に向かう。

杉本教授の家の前に立ったのは、午後五時四十分だった。木造の、小さな二階屋だ。玄関先にソテツ

が植えられている。塗りのはげた木製の扉にとりつけられたインターホンを押す。

「佐抜くんか」

「はい」

「上がってきなさい」

「承知しました」

扉に錠はかかっていなかった。開けると、異臭が鼻にさしこんだ。砂糖と醬油が焦げたような匂いに、魚醬の強い香りが混じっている。

「失礼します」

佐抜は声をかけ、靴を脱いだ。狭い廊下のつきあたりがリビングで、確かその横がキッチンだ。

リビングに入ると、四人がけのテーブルに教授が皿を並べていた。ジーンズ姿で、胸まであるエプロンを着けている。皿には、魚の切り身らしきものに茶色いソースのかかった料理がのっていた。

「突然お邪魔して申しわけありません」

「いやいや、鯛も一人はうまからず、だ。飯は多いにこしたことがない。さっ、すわんなさい。今日のメニューは、サンマの煮付けの豚そぼろあんかけと、グリーンカレー杉本流だ」

魚の煮付けとカレーというとりあわせがすでに厳しいのだが、教授にかかるとカレーはとてつもなく香辛料がきいたものになる。辛いだけではなく、香りも強烈なのだ。

佐抜は覚悟を決めた。

サンマの煮付けは和風の味つけとナンプラーが喧嘩をしていて無理やり吞みこむ以外なかったが、グリーンカレーはごろごろ入ったリンゴさえ気にしなければ、何とか食べられた。

カレーにリンゴを入れたのは、カレールウのテレビコマーシャルから着想を得たのだ、と教授は自らの料理を自画自賛した。

「ほれ、リンゴとハチミツ……というのがあるだろう。ハチミツはないから、かわりに黒蜜を入れたんだ。近い味になっとるかどうかはわからんが、これはこれでうまい。どうした？　魚は苦手だったっけ？」

「いえ、そうじゃないです。あの、昼飯が遅かったもので」

「なんだ、そうなのか。だったら私が食おう」

教授はいって、佐抜の皿にも手をのばした。

杉本教授は身長一八〇センチで横幅もたっぷりある。もじゃもじゃの白髪が襟にかかるほど長いのは、床屋にいっていないからだろう。床屋で過ごす時間が無駄だといって、教授はふた月か、み月に一度しか髪を切らない。年齢は七十になった筈だ。

「うん、うまいな、やっぱり。こううまいものが作れると、外で食う気にはならんな」

佐抜のぶんの煮魚も平らげ、教授は満足げに唸（うな）った。

「ごちそうさまでした。洗いものは僕がします」

いって、佐抜は買ってきた和菓子をさしだし、キッチンに立った。キッチンにはアジアの屋台街のような匂いがこもっている。

「悪いな。じゃあ頼む。私はコーヒーをいれよう」

佐抜が洗いものをしているあいだに、教授はエスプレッソマシーンでコーヒーをいれた。

エスプレッソマシーンは、教授の還暦祝いに、ＯＢ、在校生で金をだしあってプレゼントしたものだ。

洗いものを終えた佐抜は、再びリビングで教授と向かいあった。

「ふむ。じゃあ聞こうか」

コーヒーをすすり、教授はいった。

「電話をしてきたのは、何か理由があってのことだろう？」

脚を組んだ教授の尻（しり）の下で木の椅子が悲鳴をあげた。体重は百キロ近いにちがいない。

「はい。先生は、ベサール国王の第二夫人が日本にいることをご存じですか」

太くて濃い眉（まゆ）を教授はつりあげた。

「なんだ。いきなりそこか」

「実は――」

佐抜は成田空港で阪東らに声をかけられ、ベサールの王子捜しを依頼されたことを話した。

「ＮＰＯ法人、『南十字星』」

つぶやいて教授は首を傾げた。

「ご存じですか」

「いや。まったく聞いたことがない。外務省の外郭団体といったのか」

「ええと、関連団体です」

「関連団体とはまた都合のいい言葉だな」

佐抜は教授を見つめた。

「都合がいい？」

「ああ、そうだ。外郭団体となれば確かなつながりだが、関連団体というのは、どうとでも使える。出入りの水道屋だって、関連団体といえば関連団体だ」

「確かにその通りですね」

教授の言葉に佐抜は頷いた。

「だが、君を車で送ったり、二十万をぽんと渡したところを見ると、細かな金には困っていないようだ」

「それに領収証を書けともいいませんでした。忘れただけかもしれませんが」

「機密費が使えるということだ」

「機密費ですか」

「そうだ。私の考えじゃ、その『南十字星』というのは、スパイ組織だな。外務省だか警察の情報機関だろう」

「情報機関?!」

「うむ」

教授は重々しく頷いた。

「日本の、ですよね」

「おそらくな。だが中国のスパイが日本のスパイに化けているのかもしれん。中国のスパイだといえば、君の協力を得られないかもしれんからな。いや、そんなことはないか。君は旅行ガイドをやっとるのだったな。それならむしろ中国政府の者だといったほうが、威しがきくか」

「どういうことですか」

ひとりで話しひとりで納得している教授に、わけがわからず佐抜は訊ねた。

「君の客は中国人が多いだろう」

「はい」

「中国政府からすれば、その客を増やすのもゼロにするのも簡単だ。何せ、日本以上に中国ではお上の力が強い」

「確かにそうですけど、僕みたいな個人ガイドを威して何になるんです?」

「わからん奴だな。飴(あめ)と鞭(むち)だよ。協力してくれるなら、客をいっぱい紹介する。してくれないなら、今後一切、中国人のガイドをさせん、という。いうことを聞くほかあるまい?」

「それは、その通りです。でもなぜ、ベサールの王子を僕に捜させるんです?」

「それは君が適任だからだ。その『南十字星』が、中国のスパイだろうと日本のスパイだろうと、ベサール語を話せる者でなければ見つけられないと踏んでおるのだ」

「探偵じゃないのに、ですか」

「探偵のことはよくわからんが、いくら優秀だろうと言葉を話せなかったら仕事にならん筈だ。まして君の話では、王子は問題児ということだ。問題を起こすような子供は、知らない大人に簡単には心を開かんものだ。ベサール語を話せるというのは、アドバンテージになる」

佐抜は考えこんだ。教授はつづけた。

「だが今になって王子を捜せというのは、どうも妙だ」

「今になって?」

「第二夫人と王子は三年前に日本にきた、と君は聞いたのだろう。それがなぜ今になって居場所を捜す?」

「それは王様の具合が悪いからじゃないですか?」

阪東からはそう聞いている。

「たとえ死にかけているとしても、一度は亡命した身だ。王に会いたいからとベサールに戻ったら、二度とでられなくなるかもしれん。クワンは独裁者としては比較的穏健だが、次期国王が戻ってきたら、放置はせんだろう」

「それは、またクーデターが起こるかもしれないということですか」

「反クワン派にとって、王子は格好の御輿(みこし)となる」

「反クワン派が存在するんですね」

「当然おるだろう。単に王を敬っておるだけでなく、王制時代に利権にありついていた者は、夢よもう一度と願っていて不思議はない。クワン政権になってからは冷や飯を食わされているにちがいないからな」

もしそんな意図が「南十字星」にあるとすれば、かかわらないほうがいい、と佐抜は思った。

「しかもベサールのある南シナ海一帯は、中国が進出し、キナ臭いことになっておる」

教授の言葉に佐抜は頷いた。

「マズいですよね、やっぱり」

「いいや」

教授は首をふった。

「これはチャンスだ」

「えっ?」

「佐抜くん、またとないチャンスだぞ」

「どういうことです?」

「君にベサール語をやるよう勧めたのは私だ。あのときはクーデターが起こるとは夢にも思わず、金と天然ガスでベサールの未来は明るい、と私は信じていた。ところがクワン大佐のせいで日本は国交を断ってしまった。もし王族が実権をとり戻せば、君の学んだベサール語は役に立つ。いや、それどころではない。君の行動しだいで、次期国王と大きなコネクションを作ることが可能だ」

興奮しているのか、教授の顔は赤い。

「いや、でも、そんな……」

「佐抜くん、この仕事はぜひやりなさい。それが君のためでもある」

「だけど、その、クーデターというのは、おおげさじゃないですか」

「いや、そんなことはない。王が病気で余命いくばくもないのであれば、王子は当然、クワン一派にとって災厄のもととなる。場合によっては暗殺も考える筈だ」

「暗殺!」

佐抜は思わず声を上げた。いくらなんでも物騒すぎる。

「『南十字星』の目的は、王子の暗殺か保護か、いずれにしても、君しだいということだ」

「まさか、先生。暗殺の片棒なんてかつげません」

教授は佐抜を見つめた。

「すべては君しだいだ」

「僕しだい……」

佐抜がつぶやくと教授は重々しく頷いた。

「そうだ。『南十字星』の目的が王子の保護なら、君は協力すべきだ。いや、人道的見地からも協力する義務がある」

「義務って、そんな。かわりに誰か――」

「ベサール語を話せる者が少ない、というのを忘れてないか」

「いや、だったら日本語の話せるベサール人はどうなんです？　以前ここでお会いしたリューさんとアフマドさんでしたか。あのお二人はどうしていらっしゃるんです？」

「二人ともベサールに帰った。クーデターで故国がどうなったのか心配してな。その後、音信不通だ」

教授の答えを聞き、佐抜は息を吐いた。黙っていると、

「もちろん私も協力する。君に対する責任もあるが、この話にはロマンがある」

「ロマン、ですか？」

「そうとも。一国の国王に感謝される可能性を秘めておる。場合によっては、ベサールに国賓として迎えられるかもしれん」

教授の目は輝いていた。

いくら何でもそれはない、と佐抜は思った。教授の考えは、暴走いや妄想に近い。とはいえ、教授の協力が得られるなら、やってみてもいいのではないか。

何より、ガイドの仕事は当分ないのだ。生活のためのアルバイトを探すくらいなら、こちらのほうがよほど収入が得られそうだ。

ただし暗殺とかそういう物騒な話は勘弁してもらいたい。

「そうだな。まず『南十字星』の正体について、政

府機関や国際政治について詳しい友人に訊ねてみよう。それに在日ベサール人の消息に関しても、何か知っている者がいないか当たってみる」

「お願いできますか」

　佐抜の問いに教授は力強く頷いた。

三

　六本木の教授の家を辞したのは、午後八時過ぎだった。

「南十字星」の依頼を受けるべきかどうか、また受けるとしたらどこから手をつけたらよいのかを相談するつもりだったのが、受ける以外ない、という結論になってしまった。

　もし「南十字星」が、王子の暗殺を企てる側に属していたらという佐抜の質問には、

「そのときはむろん王子の命を救うため、しかるべき筋に知らせ、救援をあおぐのだ」

　きっぱりと教授は答えたものだ。

　情報が入りしだい、携帯なりパソコンのメールに連絡をもらうことを約束し、佐抜は自宅に戻った。

　自宅は東急東横線の都立大学駅から歩いて十五分ほどの距離にある、大学生のときから住んでいるマンションだった。

　築三十年の八階建てマンションの五階にある二DKが、佐抜の住居だ。

　シャワーを浴び、ソファに寝転がってほっと息を吐く。ふだんは酒を飲まないが、珍しく一杯やりたい気分で、冷蔵庫に何本か入っている缶ビールを開けた。

　携帯が鳴った。母親だった。

「克っちゃん？」

「そうだよ。どうしたの？」

　ふだんはメールのやりとりしかない母親が電話をよこすのは珍しい。

「え？　別に。ただ久しぶりに克っちゃんの声を聞こうと思って」

　母親は今年五十六になる。二十二で佐抜を産み、

三十一のときに未亡人になって四十で中学の同級生と再婚した。佐抜が高校を卒業した年のことだ。ずっとつきあっている男性がいるらしいことはわかっていた。すぐに再婚しなかったのは佐抜の気持ちを考えてだろう。

大学入学のために佐抜が上京するタイミングで再婚した。

「またケンカした？」

佐抜は訊ねた。母親は黙っている。母親の再婚相手は埼玉の地元でスナックやカラオケボックスを経営しており、いつのまにか母親もスナックで働くようになった。明るい性格の母親には合っていたのだろう。人気の〝ママ〟になったようだ。だがそうなると、今度は連れ合いがヤキモチを焼くようになった。

その連れ合い、佐抜にとっての継父は敷島といって、馬鹿がつくほどお人よしで一途な人間なのだと母親はいう。中学時代に好きだった相手が未亡人になっても、再婚を十年近く待ったことを考えると、そうなのかもしれない。佐抜も二度ほど会ったが、悪い人間には見えなかった。ただし見かけは別だ。

敷島は、いわゆる「ヤンキー」で、高校を中退し土建業をやっていたらしい。小さな工務店をもつところまでいったが、早起きが嫌になったと、突然水商売に鞍替えし、それが成功したようだ。

初めて会ったとき、敷島はヤクザにしか見えなかった。光沢のある生地のブルゾンを着て口ヒゲを生やし、やたらに目つきが鋭い。

「恐がらないで、克っちゃん。見かけは悪いけど、心根はいい人なの」

母親がいわなければ、その場から逃げだしていたかもしれない。

「ども。よろしく」

そんな風貌なのに、恐ろしく小さな声で敷島はいった。それを母親がどやしつけた。

「ちゃんと挨拶して。息子なんだから」

敷島は首をすくめた。

「すんません。敷島といいます。よろしくお願いします」

　あっけにとられている佐抜に母親が告げた。

「敷島くんは中学の同級生なの。ずっとわたしのことが好きだったんだって。結婚してくれってうるさいから、することにした。いいでしょう？」

「お母さんがそうしたいのなら、いいよ。もちろん」

　佐抜が答えると母親が何かいう前に敷島が鬼のような形相でいった。

「お母さんを必ず幸せにします。これからは俺のことを親父だと思って頼ってくれ」

「は、はい」

　頷(うなず)いたものの、とうてい親しくする気にならないまま、十六年がたった。正月やお盆などの休みに、埼玉に遊びにこないかと誘われるが、成人してからは仕事が忙しいからと断っている。

「悪気はないのはわかってるのだけどさ」

　母親がため息まじりにいった。

「え、手とかあげるの？」

「それはないわよ。そんなことしたら、すぐにでてくから。わたしに指一本触れられない」

「本当に？」

「あの人はね、女には優しいの。キレると、男には容赦ないけど。この前も、地元じゃないところから飲みにきてたチンピラがちょっと生意気なことといったら、店の裏に連れていってボコボコにしてた」

「じゃあなんでケンカになるんだよ」

「お客さんにヤキモチ焼くのよ。カラオケのデュエットで、わたしの肩とか抱こうものなら、もう大変なの。お前、表にでろって。それが仕事なのに。信じられない」

「水商売、向いてないよね」

「そうなのよ！」

　母親は勢いこんだ。

「変な話よね。まるで水商売を知らなかったわたしのほうが向いていて、ずっとやってた敷島くんが向いてないなんて」

　母親といっしょにならなければ、ヤキモチを焼くこともなかったのだろう。

「で、今は家なの？」

「そう。お客さんに失礼なことというから、わたし店をとびだして帰ってきちゃった。少し反省させようと思って」

「それで俺に電話してきたんだ」

「まあ……そういうこと。あ、キャッチ入った。敷島くんだな」

「仲直りして下さい」

「克っちゃんは元気なのね」

「元気だよ」

「お嫁さんは？」

「予定なし」

「残念。じゃ、またね」

　いって母親は電話を切った。自分が結婚すれば母親が安心するのはわかっているが、この十年、恋人はいない。大学時代からつきあっていた子は、突然、就職先で知りあった相手と結婚すると佐抜のもとを去った。ふたまたをかけられていたと、あとになって知ったが、恨む気にはならなかった。それ以来、つきあった女性はいない。

　どうして皆、簡単にパートナーを見つけられるのだろうか。どこで出会い、どうやって心を許し合うのか。それがわからない。

　佐抜にも結婚に対する憧れはある。

　問題は、今の自分の収入では、とうてい結婚などできない、ということだ。結婚相手に専業主婦をしてもらうのは、夢のまた夢だ。

　共稼ぎだってかまわないという女性もいるとは思う。いや、今はむしろ結婚しても仕事を辞めたくないという女性のほうが多いかもしれない。

　もちろんそれはそれで一向にかまわない。だが、そういう自立精神をもった女性の目には、自分は決して魅力的に映らない。あがり性のせいで、臆病で頼りない人間に思われてしまうのだ。そしてそれは、あながち外れてはいない。別に引っこみ思案でも恐がりでもないつもりだが、初対面の相手にはまずまちがいなくそう受けとめられてしまう。

　子供の頃からだったが、幸い、いじめなどの標的にされることはなかった。

携帯が鳴った。また母親か。うんざりして手にとると、知らない携帯番号が表示されている。

「はい、佐抜です」

「『南十字星』の阪東って人にこの番号、教わったんだけど」

ぶっきら棒な女の声がいった。

「え？」

「だから、阪東に、あんたに電話しろっていわれたんだよ。まちがい？」

「いや、ええと、阪東さんなら知ってます」

「『南十字星』の阪東だよ」

「NPO法人の『南十字星』の阪東さんですよね」

「そうだよ。あんた、くどい性格？」

「は？」

「『南十字星』の阪東でわかるだろうが。いちいち説明する必要ないっつうの」

女はいらだったようにいった。

「ええと、失礼ですけど、そちらは――」

「ヒナだよ」

「ヒナ？」

「名前に決まってる。あたしの名前がヒナっていうんだよ」

「ヒナさん、ですか」

「そう。阪東から聞いてない？　あんたを手助けするよう頼まれてるんだけど」

「ああ……」

アシスタントを紹介すると阪東はいっていた。頼りがいのある女性だ、とも。そして、

「ベサールの現状に詳しい方ですね？」

佐抜は訊ねた。

「いいや。そんなに詳しくない」

女はあっさり否定した。「でも阪東さんは――」

「あたしの母親がベサール人なんだ。父親は日本とフィリピンの混血で」

「ベサールにいかれたことは？」

「あるよ。十六歳までいた。それから日本にきて、いろいろあって、今」

「今」で切られても、その「今」が何なのか、佐抜には想像がつかない。

「そうなんですか」

「とりあえずさ、一回、会わない？」

女はいった。

「そうですね。お会いしていろいろ相談したほうがいいと思います」

「ええと、名前何つったっけ？」

「佐抜です」

「そうだ、佐抜だった。明日、何してる？」

「特には、何も」

「じゃ、新宿で会おうか」

「はい。新宿のどちらで？」

「そうだな。リージェントパークホテルわかる？」

ガイドする客を何度も迎えにいったことがある。

「あ、わかります」

「そこのロビーで、午後二時。どう？」

「大丈夫です。何か目印をもっていきましょうか。そうだ、赤いキャップをかぶっていきます」

佐抜はいった。初対面の客のために、中国国旗をデザインしたキャップをかぶっていくことがある。

「赤いキャップね、わかった。じゃよろしく」

電話は切れた。佐抜は息を吐いた。一方的なやりとりから、かなり強気な性格の女性だと知れた。苦手なタイプだ。

だが十六歳までベサールにいた、というのは頼れる気がする。当然、ベサール語も話せるだろう。王子を捜すのに役立つ情報をきっともっているにちがいない。そうでなければ阪東が紹介する筈がない。

明日に備え、ベサール語の復習をしておこう。そう思って古いノートをひっぱりだしたが、久しぶりに飲んだ酒のせいで、一時間とたたないうちに眠くなってきた。つづきは朝からと決め、佐抜はベッドに入った。

四

午前中をベサール語の復習にあてた佐抜は少し早

めに自宅をでた。箱崎の事務所に寄って、柿内に十万円を渡した。柿内は今もつきあいをつづけている、数少ない高校の先輩だ。大学卒業後に入った出版社を三十を機に辞め、編集プロダクションを起こした。その出版社が二年後に倒産すると、かつての同僚が所属するようになって、業務が拡大した。が、経営は決して楽ではなく、自転車操業がつづいている。

「助かる！　いや、ありがたい！」

四十前なのに、ひどく薄くなった頭を下げ、柿内はいった。

「助かるなんてとんでもない。僕のほうが迷惑をおかけしてるのに」

「いや、苦しいのはお互いさまだからな。恩に着る。これからライターと打ち合わせなんだが、向こうも金欠で、少しでいいから手付けをもらえないかといわれてたんで、この金で何とかなりそうだ。すごく使える奴なんだが、ギャンブルに目がなくってさ」

「大丈夫なんですか」

「何万か渡しても、すぐ溶かしちまうだろうけど、書いてくれりゃいいんだ。ありがとう！　早速いってくる」

柿内がでていくと、佐抜は事務所においてあるキャップをバッグにおさめた。仕事のときは基本、スーツにネクタイと決めている。紺のスーツに赤いキャップという組み合わせはかなり目立つので、初めて会う客にもすぐわかるのだ。赤地に、黄色い大きな星がひとつ、囲むように四つの星がデザインされている。五光星といい、赤は革命を黄色は光明を、大きな星は中国共産党、小さな星はそれぞれ労働者、農民、知識階級、愛国的資本家を象徴する、といわれている。「五星紅旗」という名前で、ガイドする客に何度も「その星の意味を知っているか」と訊かれることがあって、すらすらと答えられるようになった。

答えたついでに、「日本の国旗を知っていますか」と佐抜は訊ねることにしている。

多くの客が日の丸だと答えられるが、その意味については知らない。赤い丸は太陽をかたどっているのだと教えると、皆、意外そうな顔をする。太陽は、黄色か金色ではないのか、というのだ。朝日や夕日は赤い、と説明すると納得する。

地下鉄で新宿に向かう。リージェントパークホテルは西新宿にたつ高層ビルのひとつだ。

午後一時五十分に到着すると、キャップをかぶって佐抜はロビーの扉をくぐった。ランチタイムも終わり、ロビーは閑散としている。

ソファに個人観光客と思しい中国人が何人かすわりこんでいるほかは、人がいない。このホテルのカフェテリアは、エスカレーターで上った中二階にあるのだ。

キャップをかぶったままロビー内を歩き回ってみたが、声をかけてくる者はおらず、それらしい女性の姿もない。

佐抜は空いているソファのひとつに腰をおろした。膝の上にバッグをおき、ロビーの扉を見つめる。

二時を回った。それらしい女性は現れない。時間を聞きまちがえたのだろうかと考え始めたとき、大柄の女性が扉を押して入ってくるや、まっすぐ佐抜に向かってきた。

ジーンズにブーツをはき、鋲がいくつも打たれたごつい革のジャンパーを着ている。身長は一七〇センチ以上あり、明らかに佐抜より高く、肩幅もある。太っているとまではいえないが、女性としてはかなりがっちりとした体格だ。髪を長めのおかっぱにして、浅黒い顔の目鼻立ちはくっきりしていた。

佐抜は思わず目をみひらいた。知っている顔だった。髪の色こそ黒くなっているが、これがまっ赤だったら、

「レッドパンサー！」

思わず叫んでいた。後楽園ホールに何度も試合を見にいった。所属する団体のファンクラブにも入っていた。四年前に突然引退するまでは、ずっと応援していた。

東亜女子プロレス所属、南シナ海の女豹こと「レッドパンサー潮」だ。

「でけえ声だすなよ」

女はいった。否定しないところを見ると、本人にまちがいない。

「でもでも、潮さんでしょ」

「そうだよ。しっ」

　女は恐い顔で佐抜をにらんだ。その目だった。リング上で試合相手をにらみつける鋭い視線に惹きつけられた。

「あの、ファンだったんです。何度も後楽園ホールまで見にいきました」

「引退したんだ」

「知ってます。引退試合も見にいきました。まっ赤なコスチュームがすごくかっこよかった……」

「いいから。今はもうちがうんだ」

　いらだったように女がいい、佐抜は我にかえった。だがアガってしまって、うまく言葉がでない。声も裏返っている。

「えーと、そのう、待ち合わせたのはあの、僕ですか」

　女はあきれたように首をふった。

「そうだよ。赤いキャップなんて、ダサい帽子かぶってここにいるのはあんただけだろ」

「つまり、その、ヒナ、さん？」

「そういうこと。佐抜だろ」

「そうです！」

　佐抜はいって立ち上がった。

「初めまして」

　右手をさしだした。

「やめろって」

　女はそれをふり払った。

「すみません。緊張してしまって。ファンだったものですから」

「それはもう聞いたよ。大丈夫か、あんた」

　ヒナは佐抜を見つめた。その目がまた惚れ惚れするほどときつい。

「ごめんなさい。あがり性なんです。待ち合わせている人がまさかファンだったレッドパンサーだとは思わなくて」

「やめろって、それ」

「え？」

「レッドパンサーっていうな。恥ずかしいだろ！」

小声でヒナはいい、佐抜はうなだれた。

「すみません」

「もういいよ。ここをでようぜ」

ヒナはいった。佐抜が声をあげたせいで注目している人間が何人かいる。

大股（おおまた）で歩きだしたヒナを佐抜はあわてて追った。扉をくぐると、

「それ、脱げよ」

ふりかえりもせずヒナがいい、佐抜はキャップを脱いだ。

「はい」

「あんた、いくつ？」

「えーと、三十四です。レ、いやヒナさんと同じ年」

「同じじゃないよ」

「え？」

「あたしは四十になる。東亜にいたときは年ごまかしてたから」

「そうなんですか。三十で引退したんだとばかり思ってました」

「ちがう」

ヒナの口調はそっけなかった。嫌われてしまったようだ。

「ここでいいか」

甲州（こうしゅう）街道にぶつかる手前でヒナはいった。コーヒーショップの看板がビルの地下を示していた。

「はい」

コーヒーショップは空（す）いていた。奥の、周囲に人がいないテーブルで二人は向かいあった。

「改めまして。佐抜克郎と申します」

名刺をさしだした。受けとったヒナは興味なさそうに見やった。

「サヌキエンタープライズって何の会社？」

「旅行代理店です。海外からの個人旅行や小規模な団体のお世話をしています。ホテルや乗り物の手配、観光ガイドもお引き受けしております」

「ふーん。ベサール語が喋（しゃべ）れるんだって？」

佐抜は頷いた。

「アナタニオ会イデキテ、タイヘン光栄デス」

ベサール語でいった。

「ゴマするんじゃないよ」

ヒナが日本語でいった。佐抜はヒナを見つめた。自分の言葉が通じたのだろうか。

「ワタシノべさーる語ハ、下手デスカ」

「いいんじゃない。変な訛りはあるけど、まあわかる」

またも日本語でヒナは答えた。通じてはいるようだ。だがヒナはベサール語を喋ろうとはしない。

「ベサール語、お嫌いですか」

つい訊ねた。

「嫌いじゃないよ、別に。でもここは日本だろ。使ってもしょうがない」

佐抜はうつむいた。ベサール語を使ったことを後悔した。調子のいい、中身のない奴だと思われたにちがいない。落ちこんで黙っていると、ヒナがいった。

「どこで覚えたんだよ、ベサール語」

「大学です」

「へー、大学でベサール語なんて教えてるの」

「はい。話せる人間が少ないから、勉強しておけば将来役に立つ、といわれました」

フン、とヒナは鼻を鳴らした。

「で、役に立った？」

「立つ筈でしたけど、クーデターが起こってしまって」

「そうか。日本と国交がなくなったものな」

「はい。ヒナさんは今のベサールがどんなだかご存じですか」

「あんまり知らない。たまあに母親と電話で話すけど、そんなに昔とはかわってないってさ。ただ中国企業が入ってきて、中国人の店とかが増えたらしい」

「お母さんはベサールにいらっしゃるんですね」

「日本で産まれたあたしが六歳のときに両親が離婚してさ、母親はベサールに戻ったんだ。あたしも連れられていったけど、十六でまた日本に帰ってきた」

「お父さんは日本に残っていたんですね」

ヒナはちらりと佐抜を見て頷いた。

「とっくに再婚してて、弟や妹もできていて家にいづらいったらなかった。だから二年ででた。ヤンチャだったから、オヤジからお前みたいのは格闘技やれっていわれて、東亜女子を紹介されたんだ」

「プロレスに入ったのは、お父さんの勧めだったたんですか！」

ヒナは再び鼻を鳴らした。

「オヤジの仕事は芸能ブローカーでさ、ダンサーとかシンガーって名目で、フィリピンからホステスをひっぱっていたんだ。ピンパブのホステスさ」

佐抜は頷いた。ピンパブがフィリピンパブを意味するとは知っていたが、入った経験はなかった。

ヒナは息を吐いた。

「ま、クズだね。ホステスとかいいながら体も売らせていたし。そんなオヤジの家をでられるならどこでもよかった。それでプロレスだよ。トレーニングはきつかったけど、嫌いじゃなかった」

「東亜はガチですものね」

「ガチじゃないよ。あんなものガチでやったら死んじまう。まあ他よりはガチっぽくやっていたけど」

佐抜は頷いた。プロレスは格闘技であると同時にショウだ。派手な技を決めるには、相手選手の協力が不可欠だ。昔の人はプロレスを本気の「果たし合い」だと信じていたという。「力道山（りきどうざん）」が活躍していた頃の話だ。演出された「格闘技ショウ」であると知って楽しむのが正しい。

「でも強かったですよね。クイーンズマッチ三連覇、すごかったです」

佐抜がいうと、ヒナは満更でもなさそうな顔になった。

「よく覚えてんね」

「クイーンズマッチはずっと見にいってましたから」

クイーンズマッチとは東亜女子プロレスの年間王者決定戦だ。

「そうだ」

佐抜は携帯電話をとりだした。レッドパンサーが初めてクイーンになったとき、泣きながらチャンピオンベルトを巻いた写真をもっていた。前の携帯で撮ったものだが、メモリに残してある。

「これ。後楽園ホールで撮ったんです」

涙で顔をぐしゃぐしゃにしたレッドパンサーに紙テープが浴びせられている。喜んでくれるかと思ったが、

「よせよ」

ヒナは佐抜の携帯を押しのけた。

「そんなもの見たくもない」

佐抜はあっけにとられ、そして悄然(しょうぜん)となった。またヒナを不愉快にさせてしまったようだ。

「す、すいません。ごめんなさい」

横を向いているヒナにあやまった。

「別にいいよ。あんたが悪いわけじゃない。あたしが昔のあたしを嫌いだっていうだけで」

ヒナはいった。佐抜は再びうつむいた。気まずい沈黙がつづき、

「で、これからどうすんの」

ヒナが訊ねた。

「ええと、ヒナさんは今日本にいるベサールの方を、どなたかご存じですか」

「日本にいるベサール人……」

ヒナはつぶやいた。

「そうです。ベサール人なら、王妃や王子の事情に興味があるでしょうし、独自の連絡網をもっていると思うんです。そのあたりから訊いてみようと」

ヒナは佐抜の顔を見た。

「意外に賢いね」

佐抜は苦笑した。

「で、どうなんです?」

「親戚(しんせき)のおじさんがひとりいる」

「お母さんの縁者の方ですね」

「縁者たってさ、ベサールは国民全員をたどっていったら親戚みたいなもんだよ。イトコだのハトコだの、人口が少ないからね。その人も母親のお父さんの従弟(いとこ)の何たらって、よくわからないけど、日本に

ずっといるっていうんで、だいぶ前に紹介されたんだ」

「そうなんですか」

「前に携帯の番号教わってメモってはある」

ヒナはいって携帯電話をとりだした。

「これだ。ルーさん。母親もルー叔父さんって呼んでた。今でもつながるかな。かけてみるか」

「えーと」

どうするか佐抜が考えているうちにヒナは通話ボタンに触れ、耳にあてた。一瞬後、

「もしもーし」

という男の声が携帯から流れでた。佐抜にも聞こえるような大声だ。

「もしもし、ごぶさたしてます。ヒナです」

「ヒナ？　どこの店の姐ちゃんや」

とてもベサール人とは思えない、流暢な日本語で電話にでた男はいった。

「ホステスじゃないよ。マーシーの娘のヒナだって」

「マーシー？　ああ、あのマーシーか。ウシオといっしょになった」

「もう別れてるけどね」

「久しぶりだな、お前。まだ赤いラメのパンツはいてんのか」

佐抜は噴きだしそうになった。赤いラメのパンツはレッドパンサーのリングウエアだ。

「とっくにやめたよ！　ルー叔父さんこそ何してんの。元気なの？」

「ああ元気、元気。まあちょっと商売のほうはぱっとしないんだが。何とか生きとるよ」

わっはっはと笑う声が聞こえた。陽気な人柄らしい。

「叔父さん、今どこにいるの？　ちょっと会って相談したいことがあるんだけど」

「うん？　カネの話なら悪いが役に立てんぞ」

「お金じゃないんだ。話を聞きたいだけで」

「だったら会おうか。今の住居は江戸川区でな。篠崎ってわかるか」

ヒナが佐抜を見た。佐抜は頷いた。

「わかる。篠崎のどこいきゃいいの？」

「急いでるのか」

「そうだね。早いほうがいい」

「じゃあ今日の夜でも、地下鉄篠崎駅のとこにある『たいほう』って居酒屋にきてくれよ。だいたい毎晩そこにいるんだ」

「篠崎駅前の『たいほう』だね」

「そう。六時くらいから九時くらいまでいる」

「わかった、いくよ」

告げてヒナは通話を終えた。佐抜に訊く。

「篠崎ってどこだ？」

「東京の東の端っこです。江戸川を渡れば千葉で」

「そんな外れかよ。でもしようがないか。ルー叔父さんは中古の家電製品やバイクをベサールに輸出してたんだ。買いとった中古品をおく倉庫が必要だものな。でも今はどうなんだろう。中国のスーパーなんかが進出してきて、日本の中古品なんてもう売れないかもしれないな」

ヒナはつぶやいた。

「明るい印象の方ですね」

「だいたいあんなもんだよ、ベサール人て。調子のいい奴が多い。明るいっちゃ明るくていいんだけど、無責任で時間とか守らないし」

「そうなんですか。昔、お会いしたことのある方はとても真面目そうでしたけど」

「上辺をとりつくろうのはうまいんだよ。愛想よくて腰が低くて、いい人だなと思わせといて腹の中で舌だしてる」

「えっ」

「あたしはさんざん見たからね。もちろん真面目でいい奴もいるけど、少ないから」

「そうなんですか」

佐抜は息を吐いた。これからの調査が思いやられる。

「まあいいや。六時に篠崎駅のところでもう一回会おう」

佐抜は携帯の地図アプリを開いた。篠崎駅を検索する。写真で見ると、ビルが並んでいた。

「けっこう駅前はひらけているようです」

ヒナはのぞきこみ、銀行の建物を指さした。

「ここの前にしよう」

「わかりました」

「勘定、あんたに払わせていいの?」

立ちあがり、ヒナは訊ねた。

「大丈夫です。『南十字星』の人から当座の費用は預かってます」

佐抜が頷くと、

「じゃご馳走になるよ。あと、金の話はルー叔父さんの前でしないほうがいい。タカられる」

ヒナはいった。

「前に母親がこぼしてたのを思いだした。日本にいた頃、よくお金を借りにきたけど返してもらったことがないって」

「わかりました」

コーヒーショップをヒナがでていくと、佐抜はほっと息を吐いた。気が短くて怒りっぽいが、根はいい人のようだ。

「南十字星」が紹介する〝アシスタント〟がまさかレッドパンサーだったとは。阪東はヒナの前身を知っているのだろうか。

おそらく知らないだろう。女子プロレスになどおよそ興味をもちそうにないタイプだ。

時計を見ると、午後三時になったばかりだ。まだ時間がある。佐抜は一度、自宅に戻ることにした。

五

午後六時に数分早く、佐抜は篠崎駅前の銀行ビルの正面にいた。「端っこ」とヒナにいってしまったが、駅の周辺はビルがたち並び、大型スーパーや量販店、ファストフードショップ、カラオケボックス、コンビニエンスストアがテナントを埋めている。

夕方とあって人通りも多い。その人種もとりどりで、中国人もいればインド人もいる。自転車に乗った中学生の集団が信号待ちをしていたが、半数が日本人ではなかった。ふつうに「オレなんかさあ」と日本語を喋ってはいたが。

「たいほう」の場所は調べてあった。駅の南口に面したビルの地下一階にある。

六時十分過ぎにヒナが現れた。服装はかわっていないが、革のキャップをかぶっている。「たいほう」の入ったビルは古い造りで、地下へは階段でしか下りられない。地下一階に入ると焼き鳥の匂いがこもっていた。

細長い通路の左右に飲食店が入っている。喫茶店、ラーメン屋、インド料理店、居酒屋だ。

「たいほう」は通路のつきあたりにあった。

「いらっしゃいませ」

扉をくぐると訛りのある声がかけられた。ジーンズにエプロンを着けた女性が迎える。中国人ではなく、ミャンマー人だろうと佐抜は見当をつけた。

「いた」

ヒナがつぶやいた。店内は半分ほどの入りといったところで、ヒナの目は奥の四人がけのテーブルに向けられている。

黒革のジャンパーを着た中年の男がひとり、ビールのジョッキを前にすわっていた。色はヒナより白い。

「おう」

男もヒナに気づくと手を挙げた。年齢は六十になるかどうかというあたりだろう。たれた目尻に笑い皺があり、灰色の髪がV字に後退している。

「久しぶりだな。父ちゃん元気か」

まったく訛りのない日本語で男はいった。

「知らない。もう三年くらい会ってない」

ヒナは答え、佐抜を示した。

「ルー叔父さん、佐抜さん」

「お、彼氏か」

男は笑った。

「ちがうよ」

「ま、いいや。すわれ、すわれ。おーい、生ビールふたつ」

男は勝手に生ビールを注文した。

「はい、生ビールふたつ」

お通しのモヤシといっしょにジョッキが届けられた。

「あと串焼きの盛り合わせとモツ煮な」

ヒナがあきれ顔で佐抜を見やった。タカられるといっていたのは、こういうことだろうか。

「で、何だ、相談したいことって」

ジョッキを合わせると、ルー叔父さんはいった。

「あたしじゃなくてこっちから聞いて」

ヒナはジョッキの三分の一を一気飲みすると佐抜を見た。

「ルーさんとお呼びしてよろしいですか」

「どうぞ、どうぞ」

「日本には長くいらっしゃるんですか」

「二十八年だよ。もう日本人だね」

ルーは顔をくしゃくしゃにして笑った。

「ベサールにはお帰りになってないのですか」

「二、三年に一回くらいかな。フィリピンとかの経由便でしかいけなくなっちゃったんで面倒なんだよ。何？　ベサールに興味あるの？」

「喋れよ」

ヒナが佐抜のわき腹を肘で突いた。

「ワタシハ大学デ、べさーる語ヲ学ビマシタ」

佐抜はいった。ルーは目を丸くした。

「すげえな、おい」

「だろ」

ヒナがいった。

「なんでまたベサール語なんて勉強したんだよ。いないだろう、そんな奴」

佐抜は苦笑した。

「教授にいわれたんです。ベサールは資源国だから、やっておけば就職の役に立つと。クーデターが起きる前でした」

「ああ、そうか。クワンの野郎ね。あいつのせいだな」

ルーは息を吐いた。

「ベサールでクワンの悪口いうとヤバいけど、日本なら何でもいえる。日本にいるベサール人で、あいつのことをよく思ってる奴なんていない」

「ルーさんは、日本にいらっしゃるベサール人をどなたかご存じですか」

「ひとり、ふたりなら知ってるけど？」

ルーは佐抜を見つめた。

「何か商売になるの？」

「実は――」

佐抜がいいかけると、ヒナが口を開いた。

「知り合いがいるなら教えてよ」

「急に連絡してきて、何だよ、お前。ベサールをそんなになつかしがってなかったくせに」

「だから佐抜さんの仕事なんだって」

「理由を教えろよ、理由を。いいか、クワンてのは独裁者なんだ。快く思ってないベサール人はたくさんいる。だがそのことを政府に知られたら、商売とかができなくなる奴もでてくる。そう簡単には教えられない」

ルーは真顔になった。

「実は王子を捜しているんです」

「王子を?!　なんで」

ルーは訊ねた。

「あるところに頼まれたんだよ」

ヒナが答えた。

「ルーさんは、王子が日本にいるのをご存じなんですね」

佐抜はいった。

「え？　どうしてそう思うんだよ」

「王子を捜していると申しあげたら、理由をお訊ねになった。日本にいるのを知らなければ、ちがうことをおっしゃった筈です」

「あんた、これ？」

ルーは指で作った丸を額にかざした。

「何です？」

「お巡りかってこと」

「ちがいます」

「だよな。ベサール語喋れるお巡りなんていないわけない」

佐抜はふと気づいた。あがり性の自分が、初対面のルーとふつうに話している。ベサール語ならともかく、日本語で、だ。相手が日本人ではないからだろうか。

「知ってたの、日本にいるって」

ヒナがルーを見つめた。

「まあな。噂でな」

「どんな噂です？」

佐抜は訊ねた。ルーは疑わしげに佐抜を見つめた。

「何なの、あんた。探偵？」

「旅行代理店をやっています。ベサール語を話せるというので、頼まれたんです」

佐抜は答えた。

「誰に頼まれたの？」

「NPO法人の人です。ベサールの王子が日本にいるので居どころを捜してほしい、と」

「どうしてNPOの人が捜すんだい？」

佐抜はヒナと顔を見合わせた。ヒナがいった。

「そんなの、うちらにもわかんないよ」

「だってお前――」

佐抜はルーの言葉をさえぎった。

「あの、少しですけど情報料がでるみたいです」

ルーの目がぱっと広がった。

「情報料！　いくら？」

「それは――」

「情報しだいだよ」

ヒナが先に答えた。

「何だ、お前もNPOに頼まれてるのか」

「そう。どうなの？」

「だから情報料くれるんだろ」

ヒナは佐抜をにらんだ。よけいなことをいった、という表情だ。

「五千円くらいなら」

いいだしたのは自分だ。佐抜はいった。

「五千円？　子供のお駄賃じゃないんだ」

ルーは横を向いた。

「じゃあ一万円。それで良ければ今すぐ僕がたてかえます。そうじゃなかったらNPOに訊かなけりゃならないんで、いつになるかわかりません」

とっさに考え、告げた。

「え、いつだよ」

「来月だね」

ヒナがいうと、ルーはしかめっ面になった。

「そんな先かい。じゃあ、しかたない。あんた、たてかえてよ」

佐抜が財布をとりだすと、ヒナが制した。

「先に知り合いの名前と連絡先」

ルーは息を吐いた。

「ウーっていうんだ。俺やマーシーと同じ中華系だ」

それで色が白いのだ。ベサールはダヤン族の他にマレー人や中華系などの多民族国家であるのを佐抜は思いだした。

「どこにいるの?」

ヒナが訊ねた。

「千葉のどこか」

「どこか?」

「引っ越しばかりしてるんだ。でも携帯の番号は知ってる」

ルーはジャンパーから携帯電話をとりだした。メモリを検索し、番号を見せる。佐抜はそれを自分の携帯電話に入れた。

「今かけてみて」

ヒナが厳しい声でいった。

「今かよ」

「適当な番号見せててもわからないでしょう」

「そんなこと、お前――」

ヒナは佐抜を見た。

「じゃあ、あんたかけな。ベサール語で話せば、向こうが本物かどうかわかる」

佐抜は頷いた。教わった番号を呼びだす。

「はい」

男の声が答えた。

「もしもし」

「うーサンデスカ。べさーるカラ来ラレタ」

佐抜はベサール語でいった。一瞬間が空き、

「うーデス。アナタハ誰デスカ」

ベサール語で答えが返ってきた。警戒しているような口調だ。

「佐抜ト申シマス」

「日本人なの?!」

男は日本語になった。

「そうです。突然電話して申しわけありません。この番号はルーさんから聞きました」

「ルー？　金返せ、といって下さい」

佐抜はルーを見た。

「お金を借りているのですか」

「大昔の話だよ」

ルーはバツが悪そうにいってジョッキを空け、

「おーい、ハイボールひとつ」

と叫んだ。佐抜は携帯電話に告げた。

「ベサールの件でウーさんにお話をうかがいたいのですが、お時間をいただけませんか。些少(さしよう)ですが謝礼のご用意もあります」

「ベサールの何デスカ」

ウーには訛りがある。

「それはお会いしたときに。ご迷惑をおかけするようなことではありませんから、心配なさらないで下さい」

ウーは黙った。

「ウーさんは今どちらにいらっしゃいます?」

佐抜は訊ねた。

「今は袖ケ浦(そでがうら)のほうデス」

「袖ケ浦ですか」

確か東京湾に面した臨海都市で石油コンビナートなどがある街だ。

「では明日、そちらまでうかがいます。よろしいでしょうか」

「えっ、い、いいデスけど……」

「住所を教えていただけますか」

「十六号沿いにあるリュウケンというラーメン屋さんデス。私の店デス。朝十時から夜九時までいます」

「十六号沿いのリュウケンですね。ありがとうございました。何かあったら、この番号にご連絡をお願いします。私は佐抜と申します」

「佐抜サン」

「はい、佐抜です。それでは失礼します」

切ったその場で、袖ケ浦市のリュウケンを検索した。似たような名の店は何軒かあるが、袖ケ浦市には「琉軒」という一軒しかない。ラーメン店で、口コミには「東南アジア風のエスニックな味」と書きこまれている。ウーの店でまちがいないだろう。

「情報料もらおうか」

ルーが手をだした。

「まだだよ。噂の話を聞いてない。王子が日本にいるって噂」

ヒナがいった。ルーは息を吐いた。

「お前、本当にマーシーに似てきたな。細かいことにうるさくて」

「親子だからね。それでどんな噂？」

「クーデターのとき、日本人の王妃と王子は王様の弟とアメリカに逃げた。弟がアメリカに留学してたんで、その伝手を頼ったみたいだ。けれど何年かして、王妃は王子を連れて日本に移った。アメリカじゃ暮らしにくかったらしい。ベサール以外だったら、生まれた国がよかったんだろ。王妃はともかく王子がきたってんで、その頃日本にいたベサール人のあいだじゃ噂になった。二人の面倒をみたいっていうのも何人かいたな。ま、下心あってだろうが」

「下心ですか」

佐抜は訊ねた。ルーは運ばれてきたハイボールをうまそうに飲んだ。

「クワンはアメリカや日本に嫌われている。いつまで独裁がつづくかわからない。もしクワン政権がひっくりかえったら、王家が復活するかもしれないだろう。だから今のうちに恩を売ろうって腹だよ」

「王様を尊敬しているからではないのですか」

「王様を好きってのもいるだろうけど、第二夫人は日本人だ。王妃までは好きにならないさ。ただ、日本に今もいるのはクワンが嫌いな連中だ。ベサールに戻ったっていい思いができないとわかっているから、日本にいるんだ。俺もそうだけどな。そういう人間にとっちゃ、クワンが倒れてくれるなら、次は誰でもいいのさ」

ルーは答えた。

佐抜は杉本教授の話を思いだした。「王政時代に利権にありついていた者は、夢よもう一度と願っていて不思議はない」といっていた。

「でもな、クワンてのはけっこう利口だぜ」

ハイボールのジョッキも半分空き、ルーの舌は滑らかになった。

「アメリカや日本に嫌われても、今は中国がいる。といって中国べったりになったら、国を食われちまう。そこを上手に世渡りしてるみたいだ」

「世渡りって、国どうしの話だろ」

ヒナはあきれたようにいった。

「いやな、俺のにらんだところ、クワンは水面下で日本にも仲よくしてくれってもちかけてる感じがするんだな。中国にいいようにやられないためには、日本と日本を通してアメリカの力も借りようってわけだ。王様の第二夫人が日本人だってのは、いざってときに切り札になる」

「なんだ、叔父さんの考えか。根拠はあるの？」

「そんなものあるわけない。あったらここで酒飲んでないね」

ヒナは舌打ちした。ルーは再び手をだした。

「とにかくウーのほうがいろいろ詳しいから、ウーに訊(き)いてみな」

佐抜はヒナを見た。ヒナが頷(うなず)く。

財布から一万円札をだして、ルーに渡した。

「あと、ここもごちそうさん」

いってルーはハイボールの残りを飲み干し立ちあがった。

「どこいくんです？」

「へへっ、ちょっと運試しな」

「パチかスロットだよ」

ヒナが吐きだした。

「じゃあな。また何かあったらいつでも連絡くれよ。お役に立ちますって」

ルーは機嫌よく告げ、店をでていった。

「串焼き盛り合わせ、お待たせしました」

今になって頼んだ皿が届けられた。

「何だよ。しようがないな」

ヒナは舌打ちした。

「ヒナさん、晩ご飯、食べましたか?」

「いや、まだだよ」

「じゃ、これ食べましょう。あと他にも何か頼んで」

「いいのかい」

「手がかりを見つけられましたから」

佐抜はいって壁に貼られたメニューを見た。ビールを少し飲んだせいか、空腹感が強くなっていた。追加で何品かを頼んだ。

「手がかりっていえば——」

佐抜はいってバッグを膝にのせた。阪東に渡された封筒に、第二夫人の住所などのリストが入っていた。ざっと目を通したが、千葉県だったのを覚えている。

「同じもの、あたしももらった」

佐抜がリストをとりだすと、ヒナがいった。

「第二夫人の実家と現住所は、両方千葉県ですね。千葉県の市原市です」

「市原……。さっきのラーメン屋に近いのかな」

ヒナがつぶやいた。

「近いですね。隣り合っています」

もち歩いているパソコンに地図を表示させテーブルにおいて、佐抜はいった。第二夫人の住所と実家の番地は近い。おそらく実家のすぐ近くに住居を見つけたのだろう。

二人は食べながらパソコンをのぞきこんだ。

「なるほどね。千葉にベサール人が多いって話は、あたしも聞いたことがある」

「なぜ多いのでしょうか」

「東京に住むより家賃が安いからじゃない。それに住んでみて、いいと思ったら、知り合いを呼ぶからね。自然と集まってくる」

外国で暮らしていれば、近所に同じ国の人間がいるほうが心強いだろう。

「そうですね」

「アジア団地もすぐそばだし」

いってヒナが画面をさした。

「アジア団地?」

聞き慣れない言葉だった。

「木更津（きさらづ）からちょっと南に下がったところにある団地だよ。アクアラインができたときに千葉県が企業を誘致して、そこで働く人間のための団地をこしらえた。ところが企業も人も思ったほど集まらなくてさ。ゴーストタウンになっちまった団地を遊ばせておくのはもったいないからって、当時の知事だか市長が外国人の入居者を募集したんだ。当初は中国が多かったけど、そのうちインドやベトナム、ラオス、カンボジア人もやってきた。住人向けの食料品店や雑貨店もできて、レストランもあるって話」

「詳しいですね」

「あたしが日本に戻ってきた頃にアクアラインが開通してさ。でもその頃はすごく料金が高かったから、誘致がうまくいかなかった。アクアラインの料金が下がった頃、アジア団地になった。自治体の方針で、在留資格のある外国人なら、すごく安く住めるっていうんでわっと集まったんだ。住まないかって話がよく回ってきた。あたしも外国人みたいなものだからね」

「いいえ、ヒナさんは立派な――」

　いいかけ、佐抜は言葉に詰まった。「日本人です」といったら、日本人を上に見ていると思われるかもしれない。

「日本人、か」

　見抜かれた。が、ヒナは怒らなかった。

「日本人はさ、外国人とつきあうのが下手なんだよ。差別しているとまではいわないけど、変にかまえるんだ。それと生活習慣がちがう人を受けいれられない。アジア団地だって結局は、隣近所に外国人がいると面倒だから、そこに集まるように仕向けたのさ」

「なるほど」

「まあでも、それはそれで逆に住みやすいからよかったって話でさ。嫌なら団地をでていけばいいんだし」

　ヒナはいってビールを飲み干した。

　ヒナの母親はベサール人で父親は日本人とフィリ

ピン人のハーフだという。日本人の血は四分の一だ。それでもベサールに戻らず、日本で暮らしていたのは、理由があってのことだろう。自分などには想像もできない苦労をしているにちがいないと佐抜は思った。

佐抜の携帯電話が鳴った。阪東だった。

「もしもし、阪東です。その後、どんな状況か、お聞かせ願えればと思いまして」

佐抜は店内を見回した。きたときよりも混んでいてざわついている。この状況なら、携帯で話していても、咎められることはなさそうだ。

「ええと、潮さんと今日の午後にお会いして、今は篠崎におります。潮さんのご親戚に、在日ベサール人事情に詳しい方をご紹介していただきました」

「潮さんの親戚の方が詳しいのですか」

「いえ、そうではなくてご親戚の知り合いの、千葉に住んでいらっしゃる方をご紹介いただいたんです。ウーさんとおっしゃって、明日、千葉まで会いにうかがうつもりです。その方なら、王子について何かご存じではないかと」

「するとまだ王妃にはお会いになっていないのですね」

「ええ。いきなり会いにうかがうのも失礼かと思いまして」

「賢明ですな。いや、結構なことだと思います。王妃の周辺から王子に情報が流れるかもしれませんから」

阪東はいった。

「で、その千葉の方は何をしておられるのですか」

「袖ケ浦でラーメン屋さんをやっておられるのだそうです」

「ベサールの方がラーメン屋ですか」

「そうです」

「ほう」

「そこでおうかがいしておきたいのですが、情報料を要求された場合、払ってもよろしいですか」

「かまいませんよ。もちろん何十万円というのなら別ですが」

「いえ、一万円とかです。領収証は必要ですか。私も、お渡ししてないのですが」

「領収証は必要ありません。むしろ佐抜さんこそ経費は足りていますか」

「今のところは大丈夫です」

「いつでもおっしゃって下さい。届けさせますので。またご連絡いたします」

阪東は告げて、電話を切った。

「阪東だろ。何だって?」

ヒナが佐抜の顔をのぞきこんだ。

「経費は使ってかまわないみたいです。王妃にいきなり会いにいかなかったのは賢明だといわれました」

「あいつ、何かムカつかない？　いちいち上から目線でさ」

佐抜は噴きだした。

「僕もまったく同じことを思いました」

「やっぱり?」

ヒナはにっこり笑ってジョッキを掲げた。

「乾杯」

二人はジョッキを合わせた。

「あの、お代わり頼んで下さい。お金は大丈夫そうなんで」

「ありがとう。すいませーん、ハイボール！」

ヒナが叫んだ。

「でもあいつ不思議じゃない？　あんたのことをどうやって見つけたの」

「それがわからないんです。成田でお客様をお見送りしたあと、急に声をかけられて。僕がベサール語を話せるというのを知っていました」

「あたしも東亜にいたときはベサール出身だなんて一切公開してなかったのに、どうやってか調べて、電話がかかってきた。気持ち悪いと思ったんだけど、ちょうど仕事を辞めたばかりでさ」

「お仕事は何だったのです?」

「介護士だよ。体力には自信があったんで資格とったのだけど」

ヒナはいって、黙った。辞めた理由は詮索(せんさく)しないほうがよさそうだ。

「僕にベサール語を勧めた教授に相談したら、きっとスパイだろうと」

周囲の客に聞こえていないのを確認し、佐抜はいった。

「スパイ？」

ヒナは眉をひそめた。

「外務省か警察の情報機関だ。もしかしたら中国かもしれないって」

「なんでスパイが王子を捜すんだよ」

「王様の具合が悪い、という話は阪東さんから聞きましたか？」

「あたしの母親からも聞いてる。公式の発表はないけど、癌で危ないらしいね」

「もう一度ベサールでクーデターが起きるとしたら、王子が御輿になるというんです」

「御輿……」

ヒナはつぶやいた。

「クワン政権とうまくいっている中国はそれを阻止したいだろうと」

「なるほどね。王子が台風の目ってことか」

佐抜は頷いた。

「『南十字星』の目的が王子の保護なら協力すべきだし、暗殺なら当局に連絡して防げ、といわれました」

「ずいぶん簡単にいってくれるね。それが本当だったら、たいへんなことだよ」

「そういう人なんです」

「その教授は助けてくれないのかい？」

「いえ、『南十字星』について調べてくれることになっています」

ヒナは頷いた。

「それで明日だけど、どういう風に動く？」

佐抜は袖ケ浦までのいき方を調べた。ＪＲより高速バスを使ったほうが早いようだ。バスだと東京駅八重洲口前から袖ケ浦バスターミナルまで五十分とある。しかも袖ケ浦バスターミナルはＪＲ袖ケ浦駅とは異なり、国道十六号沿いにあって「琉軒」にも近い。

ラーメン屋という商売柄、ランチタイムを外したほうがいいだろう。調べると午後一時に東京駅八重洲口前をでる便があって、一時五十分に袖ケ浦バスターミナルに到着する。

それをヒナに告げ、十二時三十分に待ち合わせようと提案した。

「了解」

ヒナは酔いも手伝ってか、敬礼の真似をした。

「あんた、けっこう使えるね。なんだかおもしろくなってきたよ」

佐抜は嬉しいような恐いような、何ともいえない気持ちになった。

六

高速バスは空いていた。アクアラインを走り、ほぼ定刻に袖ケ浦バスターミナルに到着した。周囲を広い駐車場に囲まれた、殺風景な場所だった。駐車場には千葉県ナンバーの車がずらりと止まっている。ここまで自家用車できて、バスに乗り換え東京に向かう人が利用しているようだ。

「琉軒」はバスターミナルから約一キロほど国道十六号を北上した位置にあった。「ラーメン」というのぼりが何本も立てられ、広い駐車場を備えている。が、その駐車場には軽自動車が二台しか止まっていなかった。

「あんまりはやってないみたいだな」

きのうとほぼ同じいでたちのヒナがいった。ちがうのは革のジャンパーの下のTシャツくらいだ。佐抜も同じスーツ姿なので、えらそうなことはいえない。

「琉軒」は十以上の丸椅子がカウンターに並んだ、横長の建物だった。二人がガラスの引き戸をくぐると、入れちがいにたったひとりいた客がでていった。

「いらっしゃいマセ」

カウンターの中にいる白い上っ張りを着た男が丼をかたづけながらいった。店内にはどこか懐かしい香りが漂っている。

「ウーさんですか。先ほどご連絡した佐抜です」

　佐抜はいった。バスターミナルから電話をしていた。ヒナが肘で佐抜をつついた。

「ラーメン頼もう」

　いわれて気づいた。注文もせずに話だけ聞こうというのは、確かに図々しい。

「あたし、スタミナラーメン」

　カウンターの上に貼られた品書きを見てヒナがいった。

「ニンニク、大丈夫デスカ」

　ウーが訊ねた。

「大好き。あんたもそうしなよ。じゃないとあたし臭くなるよ」

「じゃあ、スタミナラーメンふたつ下さい」

　ウーは頷いた。小柄で、妙に悲しげな顔つきをしている。

　丸椅子に腰かけ、佐抜は香りの正体に気づいた。杉本教授の家で嗅いだ香りだ。

「突然お邪魔して申しわけありません」

「別に大丈夫デス。店、暇デスから」

　ラーメンを作りながらウーは答えた。

「それで、話何デスか」

　麺の茹であがりを待ちながら、ウーが訊ねた。佐抜はヒナと顔を見合わせた。ヒナが口を開いた。ベサール語だった。

「近クニ王様ノ夫人ガ住ンデイルノヲ知ッテイマスカ?」

　ウーはわずかに驚いたような顔をした。

「知ッテイマス。友ダチカラ聞キマシタ。家ヲ見ニイキマシタ。小サクテビックリシタ」

「夫人ノ家ガデスカ?」

　思わず佐抜もベサール語で訊ねた。

　ウーは頷いた。

「普通ノ小サナ家。モット大キナ家ダト思ッタラチガッタ」

「ナゼ見ニイッタノデスカ」

　ヒナが訊いた。ウーは困ったように顔をなでた。

「夫人ヲ見タカッタ。王様ノ家族ナンテ、メッタニ見ラレナイ」

「なるほどね」

ヒナが日本語でつぶやいた。

「それで見られたのですか？」

つられて佐抜も日本語になった。ウーは首をふった。日本語で答える。

「一時間くらい見てた。デモ見なかった」

「夫人の家のことをウーさんに教えた友だちもベサールの方ですね」

佐抜の言葉にウーは頷いた。

「そうデス。マハドといいマス。団地に住んでマス」

「団地？」

ウーは頷いた。

「木更津の先にある団地」

「アジア団地？」

ヒナの問いにも頷いた。

「アジア団地で食料品店やってマス。私もそこで材料買いマス」


丼がふたつ、カウンターに並べられた。ニンニクと魚醤の香りが強烈だ。だが杉本教授の手料理に比べると、はるかに食べやすい。おいしいかと訊かれると微妙だった。家の近くにあっても、おそらくかないだろうと佐抜は思った。

「おいしい！」

と声をあげ、麺を勢いよくすすりこむ。

が、ヒナはちがった。ひと口スープを飲むなり、

「うん。うまい」

さらにすすりこんだ。ウーの顔が少し明るくなった。佐抜は頷いた。

「おいしいです」

「マハドの店『アヤラ』といいマス」

「『アヤラ』、古里って意味ね」

ヒナがいった。

「はい。でもベサール以外の国の食料品も売ってマス。マハドはとても、その、金儲ケガ上手」

金儲ケガ上手はベサール語だった。やり手といいたいのだろう。

「アジア団地にはベサールの方がけっこういるのですか」

ウーは考え、

「十人、二十人、いやもっといるカモ」

と答えた。

「お仕事は何をしてらっしゃるのでしょう」

「いろいろデス。この近くの工場で働いたり、川崎（かわさき）や東京に通っている人もイマス」

「王子の話を聞いたことがありますか」

佐抜は訊ねた。

「王子？　噂はありマス。ええと、何というか、ハミハミ」

「ハミハミ？」

佐抜は訊き返した。

「悪ガキって意味」

ヒナが小声で教えた。スラングのようだ。

「王子が家出したという話は知ってますか」

ヒナがウーを見つめた。ウーは首をふった。

「知りません。ベサールのこと、マハドから聞くくらいデス。週に一度、買いものにいって」

佐抜は頷いた。そのマハドなら、いろいろ知っているだろう。

「マハドの店、いけばすぐわかりマス。団地のまん中デス」

「ありがとうございます」

「王子のこと訊きにきた人、あなた二人目」

丼に戻しかけた顔を思わず上げた。

「ひとり目は誰？」

ヒナが先に訊ねた。

「名前知りマセン。でも中国の人。ベサール語、喋（しゃべ）りました」

七

「いよいよ風雲急を告げてきたな。で、その中国人は何者だと？」

杉本教授は訊（たず）ねた。バスターミナルに戻る途中で佐抜は電話をかけたのだった。

「わかりません。王子の居どころを知らないかと、ラーメンも食べずに訊いたそうです。ウーさんが知らないと答えると、しつこく本当かと念を押したといっていました」

佐抜は答えた。

「なるほどな。あれから『南十字星』についていろいろ訊いてみた」

「わかりましたか」

「外務省の関連団体というのは嘘ではないようだ。正確には外務省からも人がいっている国家安全保障局とつながった団体らしい。表向きは内緒にしているが、国家安全保障局に顧問のようなことを頼まれている人間がいてな。でたがりの国際政治学者で、顔が広いのだけが自慢のつまらん男だよ。こいつの――」

どうでもいい話が長くなりそうなので、

「すみません。今、移動中なのでまたご連絡します」

と告げ、佐抜は切った。並んで歩いていたヒナに、

「『南十字星』は日本の外務省と本当に関係があるようです」

と話しかけた。

「あんたの大学の先生がそういったのかい？」

ヒナが訊き返し、佐抜は頷いた。

「ふーん」

袖ケ浦のバスターミナルに歩き着いた。

「どうします？　これからアジア団地にいってみますか」

「どうやっていくの？」

訊かれて、アジア団地へのいきかたを佐抜はスマホで検索した。

アジア団地に向かう公共交通機関は路線バスだけだ。それもＪＲ木更津駅から鹿野山に向かう一路線のみで、朝夕以外の時間帯は二時間に一本しか走っていない。

「今からだと木更津駅にいってバスを待つことになりますが、それからアジア団地にいくと、帰りが心配です」

マハドに会って話を聞けたとしても、木更津駅に

戻るバスの最終便がアジア団地を午後四時四十分発なのだ。行くなら帰りはタクシーを呼ぶほかない。

「レンタカーを借りて出直したほうがいいと思います」

それを説明し、佐抜はいった。

「あんた運転免許もってるの？」

「はい」

「ま、あたしも運転できるけどね。わかった。じゃいつにする？」

「僕はいつでも大丈夫なんですが、ヒナさんは――」

「あたしもいつでもいい。明日でも」

「わかりました。じゃあ家の近所のレンタカーを調べてご連絡します」

バスターミナルを午後四時二十三分にでる高速バスに二人は乗りこんだ。

「ヒナさんのご自宅はどちらです？　僕は都立大学なんですが」

バスの中で佐抜は訊ねた。

「あたしん家（ち）？　中野（なかの）坂上（さかうえ）。都立大学か。長く住んでるの？」

「学生のときからずっと同じところです」

「独身？」

「はい。あの、ヒナさんは？」

「独身だよ。東亜にいたときは恋愛禁止っていわれてて、やめてすぐ彼氏ができたんだけど、一年続かなかった」

「そうなんですか」

ヒナはおもしろがっているような表情で佐抜を見た。

「彼女いないの？」

「作る時間もお金もなくて」

「そういや、これやってて本業は大丈夫なのかよ」

佐抜は頷いた。

「ちょうどガイドの依頼が切れていて、どうしようかと思っていたので、助かってます」

ヒナは笑みを浮かべた。

「正直だね、あんた」

「正直すぎるってよくいわれます」

ヒナは噴きだした。バスターミナルで買ったペットボトルから水を飲む。

「正直なのが一番だよ」

「そうですか?」

「プロレスって興行じゃん。いろんな奴がいるんだよ、男でも女でも。嘘ばっかりついてるのもいっぱいいて、初めはウケがいいんだけど、わかると皆離れてく。正直な奴って、つまらなくても長くつきあえる」

ヒナの言葉に佐抜は頷いた。

「あんたはさ、雰囲気がおとなし過ぎるんだよね。たぶんそれで損してる」

「はい」

「女が苦手なの?　もしかしてゲイとか?」

「ちがいます」

佐抜は首をふった。

「いいんだよ、隠さなくて。うちらの世界にもそういう人はいたからさ。偏見はないよ」

「あがり症なんです。初対面の人が苦手で」

「それでよくガイドなんてできるな。客は全部初対面だろ」

「それが外国の方だとわりと大丈夫なんです。日本語を喋らなければ、もっと平気です」

「へえ。おもしろいね。だからルー叔父さんやウーさんとはふつうに話せたのか」

ヒナは感心したようにいった。

「これでもだいぶ、前より治ったんです」

「でもチャラいよりはいいよ。口が達者な奴は中身がなさそうで信用できない」

きっぱりいったので、佐抜は嬉しくなった。

八

浜松町のバスターミナルでヒナと別れ、佐抜は杉本教授に電話をかけた。

「先ほどはすみませんでした。連れもいたので」

「連れ?　『南十字星』の人間か?」

「いえ、ベサール出身の方を紹介されて、その人と行動を共にしているんです」

「ほう。今どこかね？」

「浜松町です」

「近いじゃないか、これから来なさい。晩飯を作る」

「ええと、うかがうのはいいんですが、ついさっきラーメンを食べてしまいまして」

「ラーメン？　そんなものより私の手料理のほうがはるかにうまいのに。まあいい、見たら食べたくなるかもしれん。これから来なさい」

「はい。うかがいます」

午後六時前に、六本木の教授の家に着いた。インターホンを押し、扉を開いた。強烈な匂いがたちこめている。何ともいえない青臭さはパクチーの香りのようだ。

「おう、来たか。今日は炊き込み御飯だ。鳥の砂肝と刻んだパクチーを炊き込み、納豆バターソースをかけて食う。うまいんだが、カロリーが高いのが難だ」

エプロンをかけた教授は迎えるなりいった。

「パクチー、すごく入れたみたいですね」

「試しに庭に種をまいたら、日陰なのにすごくよく育ってな。ほっておくのももったいないので、どっさり炊き込んでみた。いい香りがするだろう」

ラーメンを食べておいてよかった、と佐抜は思った。パクチーは嫌いではないが、この香りでは、ほかの食べものの味を消してしまうだろう。

「本当に食べないのか」

「じゃ、ひと口だけで」

炊き込み御飯には必要だとでてきたのがカボチャの味噌汁だった。薬味にミョウガが入っている。口の中でパクチーとミョウガと納豆の香りが戦った。

今日も食器洗いは佐抜が買って出、杉本教授はコーヒーをいれた。

エスプレッソを飲み、佐抜はほっとため息をついた。できるものなら、この濃いコーヒーでうがいをしたい。

「さっきの話のつづきだ。『南十字星』は、外務省出身の国家安全保障局員が中心におる情報収集機関らしい。国家安全保障局というのは、大臣たちで作る国家安全保障会議の諮問機関でな。外務省以外にも自衛隊や警察からも人が送りこまれている。いってみれば役人による役人の下請け機関だな」

「お知り合いの国際政治学者の方がそういわれたのですか」

フンと教授は鼻を鳴らした。

「権力好きのな。学部長になれなかったものだから、役人や政治家にすりより箔をつけようとしているのさ。実力より政治で世渡りをしたいタイプだ。学者としちゃ二流、いや三流だよ」

確かに杉本教授は政治に興味がなく、大学における地位にもこだわっていない。

「『南十字星』は主に東南アジア方面の情報を集めている。特に、その地域での中国の活動に目を光らせているらしい。ラーメン屋に現れたのは、中国国家安全部の人間か、その下請けにちがいない」

「まさか王子を暗殺するのが目的なのじゃないでしょうね」

「そこまでは考えておらんだろう。アメリカが王子を御輿に担ぐのを防ぎたいといったあたりで」

「『南十字星』の目的は何です？　本当に居どころをつきとめたいだけなのでしょうか」

「今のところは、な。王子がどんな人物なのか。アメリカに乗るのか、中国に乗るのか見極めたいのさ」

「ウーさんは王子をハミハミだといっていました」

「ハミハミ？」

「スラングで悪ガキという意味らしいです」

「いくら悪ガキでも、情報機関を相手に立ち回れるわけがない。それで、君といっしょにいたベサールという名を聞いたことはありませんか」

「ええと、女子プロレスラーのレッドパンサー潮という名を聞いたことはありませんか」

「レッドパンサー？」

「はい。今は引退しています」

「まったく知らん名だ。元女子プロレスラーだと？」

杉本教授はいった。

「お母さんがベサール人で、六歳から十六歳までベサールに住んでいたんです」

「今いくつかね？」

「四十歳です。もっと若く見えますけど」

「見かけの問題じゃない。今四十で、十六までベサールにいたということは、離れたのは二十四年前だ。現在の政情に関する知識はないな」

「お母さんが今もベサールにいてときどき電話で話すそうです。国王の具合がよくないというのも、公式発表はなくても噂が流れていて、知っているようでした」

教授は頷いた。

「独裁政権下では、噂話は重要な情報伝達手段だ。マスコミは検閲をされるし、インターネットも独裁者に不都合な言葉は検索できなくなる。そうした国の人間は、用がなくても表にいる。街頭にたむろして、世間話から情報交換をおこなうのだ。テレビやラジオ、新聞の報道を待っておったら、自分の身が守れない。のんびりしている日本とは大ちがいだ」

「そうですね。でも、のんびりできるだけ日本がいい国だということじゃありませんか」

「のんびりにもほどがある。独裁政権だろうが民主政権だろうが、うすらぼんやりしている国民のほうが為政者はやりやすい。声の大きな政治家がのさばるようになったら、要注意ということだ」

「はい」

「それで王子を捜す手がかりはあったのかね？」

「アジア団地に、明日いきます」

「おう、あそこか」

教授は顔をほころばせた。

「ご存じでしたか」

「おもしろい場所だぞ。いろいろな国の人間が集まって、一種の自治区のようになっておる」

「自治区ですか？」

「もちろん日本だし、日本の法律を住人は尊重しているが、アジア地域を中心にした多国籍の人間が生活していくために独特の習慣やルールを作っているんだ。知り合いの文化人類学者にひっぱっていかれてな。その学者はパキスタン人なのだが、こんなフィールドワークができる場所は難民キャンプくらいだが、難民キャンプよりはるかに豊かで治安がいいといってな」

「難民キャンプ……」

「もちろん難民キャンプとはまったくちがう。住人は避難してきたわけでも強制的に押しこめられているのでもない」

「今日いっしょにいた人も、住まないかと誘われたことがあるといっていました」

教授は頷いた。

「だがそれは、日本独特の圧力を住人が感じた結果ともいえる」

「日本独特の圧力ですか」

佐抜は訊いた。

「我が国は島国だ。言語や習慣の異なる他国の人間が居住者になったのは、歴史的にいえば、ごく最近のできごとだ。したがって日本人になりきった外国人は受け入れられても、自国の文化や習慣を捨てられない外国人には決して住みよい国とはいえん。差別や区別の意識を、感じざるをえない」

教授はいった。

「それは、外国人観光客のアテンドをしていても感じることがあります」

佐抜は頷いた。よくいわれるのは、法で決まっているわけでもないのに、守らなければならないルールが多い、ということだ。そこにはたいてい「日本では」とか「日本人なら」という言葉がついてまわる。

いっそ法律にすればいい、といった客もいた。法律で決められているなら、我々も守る。

たとえば混んでいる店で行列を作るのは法律で決められたことではない。日本人は自然に行列を作り順番を守ろうとする。もちろん悪いことではないが、そういう習慣のない国からきた者にとってそれは奇異な行動に見える。しかも行列に気づかなかったり、順番を守らない人間を、日本人は犯罪者のように扱うというのだ。

そういう面はある、と佐抜も思う。ガイドをしていた観光客がドラッグストアでレジの行列に気づかなかったとき、「割りこんだ」とたいへんな権幕で怒った男性がいた。佐抜があやまり、「外国の方なので」といいわけをすると、「ガイドのお前がちゃんと教育しないからだ」と怒鳴りつけられた。

「『郷に入っては郷に従え』というが、この国ほどそれを、言葉以外のやり方で感じさせるところはないだろうな。その結果、住みにくさを感じながらもこの国で生きていくより術がない者が集まったのが、アジア団地だともいえる」

教授の言葉には説得力があった。

「決して楽園ではない。多国籍の者が集まっておるから宗教も異なるし習俗の衝突もある。が、そこは互いに妥協点を見いだし、共存できる環境を作っている。外国人どうし、五分五分のつきあいだ。団地の外ではちがう。外国人は日本人に合わせろ、となる」

いってから教授はにやりと笑った。

「というのは、そのパキスタン人の学者の受け売りだ」

「アジア団地には二十人以上のベサール人が住んでいるということです」

「驚くにはあたらないな。受け売りをつづけると、アジア団地には、中国、ベトナム、ミャンマー、カンボジア、インド、インドネシア、トルコ、パキスタン、タイ、フィリピンと、とにかく数多くの国の者が住んでいる。在留資格をもつことが条件だが、ビザの切れた者もいるだろう。そういう人間は、よそでは犯罪者扱いされる。もしアジア団地に逃げこまなかったら、追いつめられより凶悪な犯罪に手を染める可能性もある。彼らにとってはシェルターの役割を果たしているともいえる」

「シェルター……」

「在留期限が切れているだけで、泥棒や強盗、麻薬の密売人などと同じ扱いをうけたら、それに染まっていくのはたやすい。アジア団地に逃げこめば、犯罪に手を染めずとも生きていくことがとりあえず可能だ」

「そういう人は何をして暮らしているのですか」

「あってはならんことだが、そういう外国人を安く使う日本人事業者もいる。不当な賃金で危険な仕事をさせる。一方で、団地の外にでず、団地内だけで収入を得る者もいる。団地には自治会がある。自治会の力は強く、住人から徴収した自治会費でさまざまな事業をおこなっている。老人や病人の世話も、自治会に雇われた者がおこなう。報酬は自治会から支払われる」

「日本人はいないのですか」

「日本人かどうかはわからんが、何人か、おそらくそうだろうという者は見かけた。あそこのほうが暮らしやすいという日本人も中にはいるだろう」

「暮らしやすいのでしょうか」

　佐抜は首を傾げた。杉本教授の話によれば、団地内は人種のるつぼだ。言葉も宗教も文化も異なる人々が暮らしている。気が抜けないのではないか。

「私も暮らしてみたいと思った」

　教授がいったので、佐抜は驚いた。

「先生も、ですか」

　教授は頷いた。

「君にはわからんだろうが、昭和の時代の日本にあったような活気が、あの団地にはあるのだ。明日を信じて生きている民衆の熱がこもっている」

「明日を信じて生きている……」

「バブル崩壊とともに、この国は限界を知ってしまった。妙ないいかただが、それまでは世の誰もが、それなりの成功を夢見ておった。サラリーマンも工員も商店主も、立場に応じた幸福を得ようと身を粉にすることを厭わなかった。労働が豊かさに直結していたのだな。それがすっかり様がわりした。いつのまにか金を稼ぐのはモノではなく、金になった。作ったモノを売って対価を得るより、金で金を生む金融商品などという代物が幅を利かせるようになった。バブルのときは土地が商売の材料だったが、まだ土地は目に見え、そこに立つこともできた。金融商品とはいったい何だ？　紙切れか、ただの数字か。そんなモノが金を生むなど、どう考えても変だろう。それで儲けるのは、カラクリを知るごくひと握りの連中だ。他の者は、未来に夢など抱けず、今の生活を守るのが精一杯だ。特に震災以降、人々の気持ちは攻めるより守ることに向いている」

　教授の口調は激しかった。

「よいか悪いかは別だが、ひと旗揚げて、外車を乗り回そうとか別荘をもつとか、愛人を囲う、などという者はひとりもいなくなってしまった。つまらん。実につまらない」

「でも先生は――」

「私のことはいい。学者というのはそういうものだ。権力や金が欲しいなら、学者になどならない。庶民の話をしている。庶民からエネルギーが失われたら、その国は衰退する。身の丈に合った暮らしばかりを人が求めたら、活力は失われる一方だ。明日も今日と同じでいいと考えていたら、明後日は細っていくと思わないかね」

　彼女いないの、とヒナに訊かれ、作る時間もお金もなくて、と答えたのを佐抜は思いだした。どれほどがんばっても、自分が外車や別荘をもつことなどありえないだろう。まして愛人など、妻もいないのにもてる筈がない。

「いや、つまらん世の中だとこのごろ感じておるものだから、つい興奮してしまった。私がいいたいのは、あの団地にはエネルギーがある、ということだ。ひと旗揚げたいが自国では難しいと思っておる人間が多く集まっている。生きることの熱気が満ち溢れていて、いるだけで元気をもらえるような気がするのだ」

「お話を聞いていると、日本じゃないような場所ですね」

　杉本教授は頷いた。

「明らかに日本ではない。そこがよい」

　佐抜は息を吐いた。いって、この目で実際に見ればわかるだろうか。

「そうか」

教授がひとり言をいった。

「何でしょうか」

「王子の居どころだ。母国を離れ、アメリカでも日本でも落ちつかないというのであれば、アジア団地こそが王子にとって心安らぐ場かもしれん」

「団地にいるかもしれないというのですか」

教授は頷いた。

「もしそうなら、僕が捜すのは無理です」

「だから何といったか、レッドキングか、その女子プロレスラーを『南十字星』は君にあてがってきたのじゃないか」

「レッドパンサーです」

「ベサール人の血が流れている彼女のほうが日本人である君より、あの団地では信用されるだろう」

「そうかもしれません。それで団地というのはどんなところなのです?」

「広さはかなりある。団地といっても集合住宅ばかりではなく、公園や集会場、店舗付き住宅などもあって、ひとつの町を作っている」

教授は答えた。

「広いのですか」

「はっきりとは覚えてはいないが、ざっと二十万平米くらいはあっただろうか」

「二十万平方メートル!」

「ちがっておるかもしれんが、パキスタン人が測ったところ、東西が五百メートル、南北が四百メートルといっておったから、単純な計算だとそのくらいになる。周辺道路などを足せば、もっと広いだろうな」

「人口は?」

「これが難しい。住民登録しているのは千五百人程度だといっておったが、実際は二千人以上いるのではないかな」

「二千人……」

「『南十字星』が君を選んだ理由もそこにある」

「何ですか、理由というのは」

「アジア団地には二十人からのベサール人がいるのだろう。見かたをかえれば、百人にひとりしかベサール人はいない。しかしベサール語を話せる君が団地を訪ねれば、いやでもベサール人と接触することになる。情報は向こうから入ってくるというわけだ」

「そんなに簡単にいくでしょうか」

「希望的に考えれば、だ」

杉本教授は澄ました顔で答えた。

「えっ、そうじゃなかったらどうなります?」

「君は歓迎されない侵入者として扱われることになる。外ではいざ知らず、団地内では日本人は大きな顔はできんだろうからな」

むしろそうなる公算のほうが高いような気がした。

「追いだされると?」

「君ひとりだったらそうだ。だが君にはそのレッドタイガーがいる。彼女がとりなしてくれるかもしれん」

「レッドパンサーです」

「似たようなものだ」

学者としてはいかがなものかという発言だが、佐抜は黙っていた。

「ま、案ずるより産むが易し、というだろう。とにかくいってみたまえ」

明るく教授はいった。

九

教授の家からの帰り道、佐抜は駅前にあるレンタカーショップに寄った。小型のセダンを明日の午前十時に予約し、自宅からヒナに電話をかけた。

「はい」

ぶっきら棒な声が応(こた)える。

「佐抜です。明日十時にレンタカーを予約しました。お迎えにいきます」

「じゃあリージェントパークホテルまできてくれるかい。車寄せのところで待ってる」

「十一時でいいですか」

「大丈夫だ」

「あの、ヒナさんはアジア団地にいかれたことがありますか?」

「十年以上前に一度だけ、フィリピーナの友だちに誘われていったことがある」

「どんな印象でしたか」

「どんなっていわれても、ごちゃごちゃしてて、東南アジアみたいだったよ。ただ冬だったからさ、寒い東南アジアって感じで、妙なところだなと思った。東南アジアみたいに屋台とかでそういう食べものを売ってるのに、みんなコート着てマフラー巻いて震えながら、食べてるんだ。おかしいだろ」

確かに寒い東南アジアというのはぴんとこない。

「活気がある場所だそうですね」

「夜はね」

「昼はそうじゃないのですか」

「だって昼間はみんな、働きにいってるじゃない。にぎやかになるのは夕方からだよ」

「何千人という人が住んでいるのでしょう」

「公式には二千人いかないっていってたけど、どんどん増えてるって話だから、今は三千人以上いるかもしれない」

三千人の中からひとりを捜すのか。いや、まだ王子がアジア団地にいると決まったわけではない、と佐抜は思い直した。

「新しくきた連中の中には、日本語がまるで話せないのもいるみたいだし」

「そうなんですか」

「自分の国より住みいいとなれば家族を呼ぶからね。その家族がまた親戚(しんせき)を呼んだりして、増えるいっぽうさ」

「自治会があるそうですね」

「そういや友だちが文句いってたな。嫌な奴らがいるって」

「嫌な奴らとは?」

「いろんな国の人間がいるからね。それぞれが代表をだしてものごとを決めてるみたいなんだけど、団地内の風紀を取り締まっている自警団みたいのがいて、それがいばっているらしい」

「ありそうな話ですね」

「まあ、ゆるくやってたらぐしゃぐしゃになっちゃうだろうけどな」

　確かにそれはそうだろう。あまりに治安が悪化したら日本の警察も見過ごさないだろうし、住む場所を失う結果につながる。

「そうですね」

「あのさ、レンタカー借りるのだったら、明日先に王妃の家にいってみないか」

「王妃に会うのですか」

「王子の居どころを知っているかもしれないだろ」

「確かにそうですけど、何て説明します？　僕たちのことを」

　佐抜は口ごもった。王子は家出中かもしれないが、警察官でもない自分たちが捜している理由をどういえばよいのか。

「本当のことをいえばいいさ。『南十字星』に頼まれたって」

「それじゃ怪しまれませんか」

「うーん。あたしが思うに、『南十字星』の連中はこれまでに王妃や王子と会ってる。でなけりゃ王子が家出したことを知るわけないじゃない」

「そうですね」

「たぶんさ、あの阪東なんて、上から目線で助けてやるみたいなことをいってると思うんだよね。だからあたしらが現れても怪しまないのじゃないかな」

「阪東さんに訊いてみましょうか」

「あんたに任せる」

　ヒナはあっさりいった。

「わかりました。じゃ、とりあえず明日、リージェントパークホテルで」

　ヒナとの通話を終えた佐抜は阪東の携帯を呼びだした。

「はい、阪東です」

　すぐに応答があった。

「佐抜です。明日、車でもう一度千葉にいくことになりました」

「千葉のどちらにいかれるのですか」

「まず王妃にお会いしようと思うのですが、阪東さんは王妃と面識はおありですか」

「ええ、二度ほどお会いしたことがあります。我が国とベサールは現在正式な国交がないので、非公式な形で王妃と王子の日本滞在を『南十字星』が支援する、ということを申しあげました」

「支援というのはどんなことでしょう」

「地元自治体との折衝とかですね。王妃はもともと日本人ですが、王子が日本に住むことについてはいろいろとありますので」

「王子が家出をしたという話は、王妃からお聞きになったのですか」

「そうです。『南十字星』の者が王妃に定期的に連絡をしておりまして、それで家出のことを知りました」

「王妃はいき先に心当たりがあるのでしょうか。ないとすれば相当心配をされているでしょう」

「心配はもちろんされていたようです。ところで王妃に関して、私のほうからも佐抜さんにご連絡しようとしていたのですが、昨日から携帯電話がつながらなくなっています」

「王妃の携帯電話に、ですか」

「ええ。例の『電源が切れているか、電波の届かない場所にある』というアナウンスが流れるばかりなんです」

「それって……」

「自主的にそうされているのか、そうでないのかは、今の段階では判断がつかないのですが」

「自主的ではないとなると、トラブルに巻きこまれているということですか」

「その可能性はなくはないですね」

「もしそうだったら大変じゃないですか。警察とかに知らせなくていいのですか」

「そういうことは、王妃のご実家がされるのじゃないですか」

阪東は人ごとのようにいった。

「冷たいんですね」

思わず佐抜はいった。

「そうですかね。まあ成人の女性ですから、ちがう理由で連絡がとれなくなっているのだとしたら、騒いではご迷惑になるかもしれませんし」

　そういわれ、佐抜は何もいえなくなった。

「ですのでたぶん王妃のお宅にいかれても、お会いになるのは難しいと思います」

　阪東はいって、

「で、ラーメン屋では何か収穫はあったのですか」

と訊ねた。

「その方の知り合いで、アジア団地に住んでいるマハドさんという人に会いにいきます」

「アジア団地。木更津の近くにある、外国人住宅地ですな」

　さすがに阪東は知っていた。

「いかれたことはありますか?」

「私はありませんが、『南十字星』の人間で入ったという者はおります。日本人がいくのは、その――」

「歓迎されない?」

「とまではいいませんが、まあ警戒はされます。特に役所に関係している人間などですと」

役所に関係していると自ら認めた。

「アジア団地にはベサール人が二十人はいるという話です」

　佐抜は告げた。

「ほう!　そんなに」

「ええ。もしかすると王子はそこにいるのかもしれません」

「マハドさんというのは何をしておられる人なのですか」

「団地内で食料品店をやってらっしゃるのだそうです」

「なるほど。情報が集まってくるというわけだ」

「それから、ラーメン屋のウーさんのところに、王子のことを捜しているという中国人がきたそうです」

「中国人ですか」

「ベサール語を話し、王子の居どころについてしつこく訊いたそうです」

「中国人がベサール語を喋ったのですね」

「そうです。何者でしょうか」

「中国政府の関係者かもしれませんね」

「中国政府は王子を見つけて、どうしようというのでしょうか」

　あえて佐抜は訊ねてみた。

「さあ。そこまで私にはわかりません」

　阪東は露骨にとぼけた。

「この件について、阪東さんはどうされます？」

「それは私の一存では決められません。上にはかってみないと」

「上というのは『南十字星』の、上の人という意味ですか」

「いろいろです。もしその中国人と会うことがあったら、名前と所属先を訊いていただけますか」

　つっこまれてもまるで動じるようすもなく、阪東はいった。佐抜は思わず息を吐いた。

「訊いて、本当のことを教えてくれますかね」

「佐抜さんは中国語も達者で、中国の方とのおつきあいもある。教えてくれるかもしれません。それどころか協力を頼まれるかも」

「もしそうなったら、どうすればよいのです？」

「適当に協力して、向こうからも情報を引きだして下さい」

「そんな器用なことはできません。スパイじゃないんです」

　思わずいった。

「スパイじゃないからできるんです」

　阪東はつづけた。

「佐抜さんは誠実な方です。そういう人に、人間は秘密を打ち明けるんですよ」

　勝手なことをいっている。自分は表にでないで何もかも佐抜に押しつけるつもりのようだ。

「いずれにせよ、何かあったらいつでも連絡して下さい」

　阪東はいった。電話を切ってから佐抜は気づいた。連絡をくれとはいったが、助けるとはひとことも阪東はいわなかった。

　翌日、小型のセダンを借りた佐抜は新宿のリージェントパークホテルに向かった。車寄せに立っていたヒナが窮屈そうに助手席に乗りこむのを見て、もう少し大きなサイズを借りればよかったと後悔した。

「おはようございます」

「話しました。王妃と連絡がとれなくなっているそうです」

あらかじめカーナビゲーションにセットしておいたアジア団地に向け走りだした。

「どういうこと？」

「携帯がつながらないっていうんです。『南十字星』の人が定期的に王妃に連絡をいれていたのだけど、昨日からつながらないと」

「その番号、聞いた？」

「いえ。聞いたほうがよかったですか」

首都高速に乗り、アクアラインをめざした。車の運転は半年ぶりだ。苦手ではないが、安全運転を心がけた。

「聞いておいてもよかったかもね。どうする？　いかないの」

いわれて不安になった。

「いったほうがいいですかね」

「だって携帯がつながらないだけだろう。家にはいるかもしれない」

「そうか。その通りだ。カーナビ、入れ直します」

「あたしがやるよ」

「王妃の住所は、僕の鞄（かばん）の中に入ってます」

「わかった。開けるよ」

ヒナはいって佐抜のバッグから封筒をとりだし、中の書類にあった王妃の家の住所をカーナビゲーションに打ちこんだ。

「もしここにいって、いなかったら、実家もいってみます？」

「そうだな」

新しい住所でもアクアラインを通っていくコースは同じだ。

「中国人が捜している話もしたのですが、別に驚かれませんでした。会ったら、名前と所属を訊いてくれ、と」

「馬鹿じゃねえの」

　ヒナは吐きだした。

「本当のことというわけないじゃん」

「僕もそう思いました。どう対処するつもりか訊ねたら、上の判断を仰ぐ、と」

　ヒナは舌打ちした。

「まんま役人だね」

「ええ。今日、アジア団地にいくと話して、いったことありますかと訊いたら、役所に関係している人間は警戒されるからいったことはない、というような話をされていました」

　ヒナは鼻を鳴らした。

「面倒くさいことは全部あたしらに押しつけようって腹だよ」

「そうかもしれません」

　王妃の住居は館山（たてやま）自動車道を市原インターで降り、東に向かった住宅街にあった。丘陵地帯に戸建ての家が並ぶ、比較的新しい住宅地のようだ。そのうちの一軒、ベージュ色の二階屋が王妃の家だった。付属する駐車場にオレンジ色の軽自動車が止まっている。

「ここです。車がありますね」

　レンタカーを止め、佐抜はいった。

「あたしがまずひとりでいってみる。女なら警戒されないかもしれないから」

　ヒナはいってドアを開けた。今日はニットにジーンズ、革ジャンといういでたちだ。

「お願いします」

　道路から見える家の窓にはカーテンがかかっている。中に人がいるかどうかはわからない。ウーがいっていたように、ふつうの家だ。王妃が住んでいるようにはとても見えない。周囲にたち並ぶ家と比較しても、決して大きくはない。とはいえ親子二人で暮らすには十分な広さだろう。

　ヒナが玄関の前に立ち、インターホンを押した。

　佐抜はあたりを見回した。駐車場を備えた一軒家が並んでいる他にはコンビニエンスストアすらない。

　犬を散歩させている男性がちらちらと視線を向け

ながら、通りすぎた。

　戻ってきたヒナがいった。

「誰もでない。いないみたいだ」

「じゃあ実家のほうを訪ねてみますか」

　実家は今いる場所より北東の、千葉市との境にあるようだ。

　カーナビゲーションに住所を入れ、佐抜は車を発進させた。

「車がおいてあるということは、近所まで買いものにでたとかいうのではなさそうですね」

「歩いてどこかにいくというのはないだろうから、別の誰かの車に乗ったか、バスか電車で動いているかだね」

　前を向いたままヒナは答えた。

　王妃の実家の周囲は、古くからの住宅地のようで、敷地の広い大きな家が多い。造りから、以前は農家だったような家もある。そのぶん、狭い道が曲がりくねっていた。

「ここです」

　生け垣で囲まれた木造平屋の建物だ。庭が広く、犬の吠え声がした。門柱に「長谷部」という表札が掲げられていて、その下にインターホンがある。

「じゃあ今度は僕がいってみます」

　いって佐抜は車を降りると、インターホンを押した。犬の吠え声が激しくなる。

　少し間が空き、

「はい」

　と女性の返事がインターホンからあった。

「あ、私、佐抜と申します。お宅のお嬢様の日本滞在をサポートしていたＮＰＯ法人『南十字星』から参りました」

　くるまでのあいだ、何というか考えていたので、すらすらと言葉がでた。

　インターホンは沈黙している。

「えーと、あの、紫緒里さんはこちらにいらっしゃいますでしょうか。ご自宅にはいらっしゃらないようなので――」

「紫緒里はおりません。お帰り下さい」

硬い声がインターホンから流れでた。

「あの、私どもは健人さんを捜しております。健人さんが家出されたとお聞きして、その――」

「帰って下さい。何もわかりませんし、何も知りません」

インターホンの女性はくり返した。

「怪しい者ではないんです。『南十字星』のことは紫緒里さんからお聞きになっていらっしゃいますか」

「知ってます。でも何もお話しすることはありません。失礼します」

プツッと音をたて、インターホンの接続は切れた。

佐抜は言葉を失った。再び呼びだしボタンを押すのははばかられる。明らかに迷惑がっている。

「駄目だね」

おろした窓からやりとりを聞いていたヒナがいった。

「怪しまれたのでしょうか」

ふりかえり、佐抜は訊ねた。

「わからないね。でも、誰がきたって話したくないって感じだ」

ヒナは答えた。

「どうしますか」

「ここはいったん引き揚げようか。変に粘って、パトカーとか呼ばれたら面倒だ」

「そんな……」

悪いことをしているわけではないが、警察官に説明するのは厄介だ。

「わかりました」

佐抜はレンタカーの運転席に乗りこんだ。

「アジア団地にいってみましょう」

カーナビゲーションによれば、館山自動車道に乗ったほうが早く着けるようだ。君津インターで高速道路を降り、南に向かう。

カーナビゲーションに入れた目的地はバス停だった。アジア団地というのは通称で、バス停の名は「上総ニュータウン」という。

君津インターから県道を南へ走り、途中で別の、くねくねとした道に入る。山道というほどではないが、人家の少ない丘陵地帯を抜けていく。

「前にこられたときも車でしたか」

「そう。着くまでは、こんな田舎になんか絶対住めないって思った」

片側一車線の道の左右はうっそうとした森だ。

「いったらびっくりでさ」

ヒナはつづけた。

「びっくり？」

「いけばわかるよ」

不意に視界がひらけた。道幅が広がり、整地された丘を広い道路が九十九折り（つづらおり）に上っている。

「あっ、広い」

佐抜は思わずいった。その九十九折りの道路の始まりに「上総ニュータウン入口」というバス停がある。

「いきなり景色がかわりましたね」

「団地を造ったときに道を整備したらしい」

九十九折りの道を佐抜は上った。バス停以外、何の施設もない。看板すらなかった。

丘を上りきると、その先に広がる住宅地が目に飛びこんできた。ひどくカラフルだ。

「わ」

佐抜はブレーキを踏んだ。低層の集合住宅がたち並ぶ敷地に、赤や青、橙やピンクなどの色が散っている。天幕やビーチパラソルなどだが、まるで統一感がない。が、よく見ると集合住宅と集合住宅のあいだを走る道沿いに、その色彩の氾濫（はんらん）は起きている。集合住宅がクリーム色なので、色の洪水が住宅を囲んでいるように見える。

「派手だな」

佐抜がつぶやくと、

「屋台だよ。やってなくても派手な色のシートで囲ってるんだ」

ヒナがいった。

「屋台？　あれ全部がですか」

ヒナは頷いた。

「朝も晩も、ほとんどの人が食事は屋台でとるんだ。

ビールとかも売ってるから、飲んで食べて、大騒ぎさ。毎日がお祭りみたいなものだね」

「楽しそうですね」

「寒かったり雨が降ってたりしてなけりゃ、夕方は人で溢れてる。男のほうが圧倒的に多いから、どうしても外で飲み食いする」

「すごいな。いろいろな国の屋台があるのですか」

「そうだろ。いちいち見なかったからわからないけど。でもまずい店はなくなるって友だちはいってた。自分の国の料理じゃなくても、おいしいまずいはわかるからね」

「安いのですか」

「外よりは安いよ」

食べてみたいと佐抜は思った。杉本教授の手料理で鍛えられているから、たいていのものはおいしく食べられる自信がある。

「マハドさんの店も屋台なんでしょうか」

「いや、ちがうと思うよ。あたしの記憶じゃ、団地のまん中にある集会場の近くに何軒か店舗付きの住宅があって、そのうちの一軒に『アヤラ』って看板がでてた。ベサール語なんで、よく覚えてる」

ヒナが答えたので、佐抜はブレーキから足を離した。

レンタカーは丘の頂点からアジア団地に向け下りだした。丘を下る道は、団地へとつづく一本だけだ。知らない人間はまず、九十九折りの道を上ろうとは考えないだろう。

団地じたいにゲートのようなものはなく、敷地内に自然に入った。ただそこら中に、さまざまな国の言語で書かれた看板がある。

子供や老人のために20キロ以下で走行しろ、という内容が、中国語やタガログ語、タイ語、インドネシア語などで書かれ、電柱にまで手書きで記されている。それもまっ赤なペンキなので、嫌でも目に飛びこんでくる。

集合住宅はエレベーターのない五階建てで、窓の数からすると各階に四部屋入っているようだ。それが、見える範囲で、三十棟以上ある。

集合住宅と集合住宅のあいだを走る道は一本おきに通行止めになっていて、車が入れない道に屋台が並んでいる。車が入れる道も片側は駐車場状態で、ずらりと車が連なっていた。中には走れるかどうか疑わしいほどボロボロの車もあるが、ちゃんとしたナンバープレートがついている。

プレートの地域はさまざまで、このあたりは袖ヶ浦ナンバーの筈だが、足立や大阪、福島、中には沖縄ナンバーまであった。

「空いてるところに車を止めて、歩いたほうがいい。奥にいくほど止めにくくなる」

ヒナがいったので、佐抜はレンタカーを止めた。慣れない縦列駐車に苦労する。

「みんな、よくこんなにぴたっと止められるな」

思わずつぶやくと、

「多少こすってもどうってことない車ばかりだからさ。こすられたくないような車は、奥のほうのいい場所に止めてある」

ヒナがいった。

「いい車もあるんですか」

「あるよ、ベンツとか。中にネオンとかつけてるのもいる」

「ネオンって……」

「夕方までいたら見られるよ」

ヒナはいって、車を降りた。

車を止めたのは団地に入って二十メートルもいかない場所だった。人通りはあまりない。

静かだと思った瞬間、わーっと叫び声がした。サッカーボールを蹴りながら子供の集団が前方の道をよこぎっていく。七、八人はいる。つづいて女性のグループが見えた。民族衣装のサリーのようなものを巻きつけ、ショッピングカートをひっぱっている年配の女性たちだ。声高に喋っているのはタミル語のようだ。二人に気づいても、さして気にするようすはない。

二人は団地の奥に向かって進んだ。車を降りたとたんにハーブの香りに包まれていた。それも一種類ではなく、料理に使う香辛料や香水のような香りが混じった、一種独特の香りだ。ハッカクやジャスミン、パクチー、魚醤（ぎょしょう）など、複数の国の生産物が入り混じり、嗅（か）いだことのない匂いになっている。

　その匂いが不快かといえば、決してそうではなく、暮らしている人々の体温のようなぬくもりを感じる。

　杉本教授がいう、エネルギーの意味が少しわかったような気がした。

　団地はほぼ長方形のような形で、中心部を縦に貫く太い通りがメインストリートだった。自動車は走れず、左右に屋台がある。メインストリートの屋台はほとんどが営業していて、肉や海産物の焼ける香りが、あたりの空気をさらに濃くしていた。

　それらの屋台はどこもひとりでやっていて、食べものだけではなくTシャツやジーンズ、サンダル、財布、携帯電話ケースなどといった雑貨から、バッグや腕時計、パソコンなどの高級品を扱う店もある。

「美人ダネ！　見テイキナヨ」

　タガログ語で声をかけてきたのは革製品を売る屋台の男だ。

「ソッチノオ兄サン、腕時計アルヨ」

　中国共通語で中年の女性が話しかけてくる。

「オ金アリマセン」

　佐抜が答えると、女性は目を丸くした。

「日本人？　珍シイ」

　やはり訛（なま）りで日本人だとわかるようだ。

「ウチハ安イヨ！　本物ノろれっくす一万円」

　さらに進むと、人通りが増えてきた。正面に店舗付きの住宅が四軒ほど並んでいる。

「随園食単」と看板を掲げているのは中国料理店のようだ。その隣には漢字の交じったベトナム語の看板を掲げた店があって、どうやら美容院のようだ。その隣にベサール語とローマ字で「アヤラ」と記された店があった。平仮名で「ふるさと」とも書かれている。残る一軒は、バイクや自転車を扱う店のようだ。

「『アヤラ』ですね」

　並んでいる四軒の前には人だかりがある。プラスチック製の椅子や地面にすわって食事をとる人や、店頭に並べられたバイクやスクーターをチェックする客たちだ。「アヤラ」の内部にも十人近い客がいたが、大半が女性だ。

二人は店内に足を踏み入れた。天井まで生野菜や冷凍の肉、缶詰め壜詰め、さらにはビニール袋に入った香辛料や食材が積まれ、売られている。野菜のいくつかは、日本の八百屋でも見るものだったが、見たことのない葉ものや果物らしきものもあった。大量に積まれているのはニンニク、ショウガ、トウガラシ、ウコンなどだ。

正面のレジの奥にマレー系の中年男がすわり、雑誌を広げている。日本のマンガ雑誌だ。

「マハド?」

ヒナが訊ねた。男はマンガから目を離すことなく、ベサール語で、

「何ダイ?」

と訊ねた。

「人ヲ捜シテル。アナタガ情報ヲタクサンモッテイルトうーカラ聞イタ」

マハドはヒナを見つめ、佐抜に目を移した。

「ソッチハ日本人カ?」

「ソウデス。佐抜トイイマス」

佐抜がベサール語で答えると、マハドはマンガ雑誌を閉じた。

「アタシハひな。母サンガべさーる人ダ」

ヒナがいった。

「キノウ、うーカラ電話ガアッタ」

マハドはいった。

「デハ――」

佐抜がいいかけると、ヒナが手で制した。ここは任せろという意味のようだ。佐抜はヒナの目を見て頷いた。

ヒジャブをかぶった女性が香辛料の入った袋と冷凍肉をカウンターにもってきた。肉の包みには「HALAL」と書かれていた。イスラム教徒のようだ。

マハドは数字を打ちこんだ電卓をさしだした。女性が頷き、日本円を払う。マハドは香辛料と肉を分

けてビニール袋に入れ、カウンターに積まれている、キャンディらしき毒々しい色の箱を女性に見せてから袋に入れた。おまけのようだ。

「テレマカシ」

「テレマカシ」

マハドは他の客のようすをうかがい、ヒナを指で手招きした。

「誰ヲ捜シテイルノカモ聞イタ。金ハ払エルカ？」

ヒナは佐抜をふりかえった。

「少シナラ払イマス」

マハドは首をふった。

「少シ、駄目。ジュウマンエン」

ジュウマンエンが十万円であることに、一拍おいて気づいた。

「今アリマセン」

「用意シテ、キナサイ。ワタシハズット店ニイル」

マハドは佐抜を見つめ、いった。

「足下見てんじゃないの」

ヒナが日本語でつぶやいた。

「ココニATMはアリマスカ？」

佐抜が訊ねると、マハドは首をふった。

「ATM、こんびに行カナイトナイ」

「ワカリマシタ。オ金ヲオロシテ、マタキマス」

佐抜がいうと、

「本当ニ王子ノイルトコロ、知ッテルノ？」

ヒナが訊ねた。マハドは頷いた。

「知ッテル。王子ハココニイル」

佐抜とヒナは顔を見合わせた。

「しかたないな」

ヒナは息を吐いた。二人は「アヤラ」をでてレンタカーまで戻った。

「十万なんて、吹っかけやがって」

レンタカーに乗りこみ、ヒナは吐きだした。

佐抜は阪東の携帯を呼びだした。十万円は立て替えようと思えば立て替えられる。が、その前に同意を得なければならない。

「阪東です。どうされました？」

電話を待っていたかのような返事があった。

「情報料を十万円要求されました。もちあわせがないので、おろそうかと思うのですが、払っていいでしょうか」

「情報料を要求したのは何者です？」

「きのうお話ししたマハドさんです。アジア団地内で食料品店をやっている方です。マハドさんの話では、王子は団地内にいるようです」

「なるほど。十万円を払えば居場所を教えるというわけですか」

「そうです。払ってよいのなら、私が立て替えます」

「わかりました。そうしていただけますか。今日中に、佐抜さんの会社に、前回お渡ししたのと同じ金額を届けておきます」

振り込みではなく現金で渡すというのは、「南十字星」の都合なのだろう。金の流れを形に残したくないようだ。

「わかりました。ありがとうございます」

「いえ。あと少しですね。がんばって下さい」

阪東はいって電話を切った。佐抜はレンタカーのエンジンをかけた。

「コンビニだけど、けっこう遠い」

スマホの地図アプリを見ていたヒナがいった。

「一番近くて四キロ離れてる」

「そこへいきましょう」

佐抜は発進させた。

十

コンビニエンスストアで金をおろし、広い駐車場に止めた車の中で、二人は遅めの昼食をとった。本当はアジア団地の屋台を試したかったのだが、マハドから情報を得るまでは我慢することにした。

「ヒナさんは団地の屋台で食べたことありますか」

「あるよ。ベサール料理はなかったけど、近い食べものはあるからね。串焼きとか肉かけご飯とか」

「そういえば、『アヤラ』ではハラル食品も売ってましたね」

「団地はムスリムが多いからね。モスクもあるし」

「あるんだ」

「仏教寺院も教会もあるよ。本当はマズいらしいけど、納骨堂もあって、本国のお墓に入れるまでお骨を預かってくれるみたいだ。形上はお墓になるわけじゃん。認可をうけてないから、こっそりやってるんだ」

　ヒナは説明した。

「独特の活気がありましたね」

　カレーパンを頬ばりながら佐抜はいった。ヒナはハムサンドを食べている。

「まあな。活気がなけりゃ、やってられないってのもあるだろうけど。稼げるから日本にいるだけで、本音は国に帰りたいと思ってるだろうし」

「そうなんですか」

「ルー叔父（おじ）さんみたいにさ、日本人になってもかまわないと思ってたら、団地には住まないよ。団地にいるのは、家賃が安いのと不便な思いが少なくてすむからさ。稼いだら国に帰るか、よそに移ると思うね」

「じゃあヒナさんも日本人になろうと思っていたんですね」

　思いきって佐抜が訊（たず）ねると、ヒナはぐるりと目玉を回した。

「女子プロレスなんて、日本人より日本的な世界にとびこんじゃったからさ。それまではいろいろあったよ。見かけでいじめられたし、さんざんケンカもしたし」

　佐抜は無言でヒナを見つめた。

「まあ、あたしはあたしの生き方しかできないからね」

　昼食を終えたヒナは、トイレを借りたいとコンビニエンスストアに入った。

「じゃ、いくか」

　車に戻ってきたヒナはいった。佐抜は団地に向け発進させた。

「王子はたぶん、あの団地の中の一部屋にいるのでしょうね。知り合いの家かな」

　佐抜はいった。

「たぶんそうだな。ベサール人ならいさせてくれるだろうし、仲間の子もいっしょだろう」

　ヒナが答えた。

「仲間の子?」

「あたしがフィリピーナの友だちを作ったように、日本に住んでる外国人の子供は仲間になりやすいんだ。日本の子とうまくやれればいいけど、疎外感もあるしさ。コミュニケーションは日本語だけど、日本人とは別のグループを作る」

「でも王子の住居は団地じゃありません」

「だからこそ、さ。あんたもさっき見たろう。王子が住んでるのは新興住宅地で、外国人なんていない。遊び友だちを探すのも難しい」

「じゃあどうやって探すんです?」

「SNSさ。スマホをもっていれば、LINEやフェイスブックで、友だちの友だちとつながっていく。どこにいけば、自分と同じような子供に会えるかわかるんだ」

「でも王子の家から団地までは離れています」

「他にいくあてのある大人はそう思う。でもそこにしか友だちがいなければ、チャリでだって、子供はいくよ。まして男の子だ」

　自分も寂しい思いをした経験があるのか、ヒナの言葉には実感がこもっていた。

「もちろん最初は、どこか大きいJRの駅あたりでたむろしたりしてたのだろうけど、外国人の子供ばかりだと地元の不良に目をつけられたり、酔っぱらいのオヤジにからまれたりするからね」

　そうかもしれないと佐抜は思った。外国人を奇異に思いはしないだろうが、十代の子供ばかりがいたら人目をひく。嫌な思いをすることもあるだろう。

「それで自然、団地にくるようになった……」

「あたしだって子供の頃、ああいう場所が近所にあったら、入りびたったと思うよ。自分を浮いてるって思わないですむ」

　佐抜は頷(うなず)いた。十代の頃、何より恐かったのが、周囲から浮いていると思われることだった。

「わかります」

「いじめにあったことあるのかい？」

ヒナの問いに佐抜は首をふった。

「それはありません。幸運でした。でも恐かったです。十代のときって世界がすごく狭くて、そこで生きられなかったら終わりだみたいに思っているじゃないですか」

「そう。大人になったらわかるんだよね。小さい世界で何をあたしはびびってたんだろうって。お前らなんかに嫌われたって、痛くもかゆくもないって。もっとも、あたしはやられる前にやっちまえってほうだったけど」

「それでお父さんに、プロレスにいけといわれたのですか」

「厄介払いしたかったのもあると思うよ。親父は次から次に商売もののフィリピーナに手をだしちゃモメてたし、あたしはそういうあいつが大嫌いだったから、家の中でも外でも暴れてた。こんな家をでていけるならって飛びこんだ」

「でも勇気があります」

ヒナは佐抜を見やった。

「あんたは大事大事に育てられたのかい」

「どうですか。九歳のときに父親が亡くなって、十八のときに母親は再婚しました」

「今もいっしょに住んでるの？」

「いえ。大学に入ってからはひとり暮らしです。たぶん母親はそれまで再婚を待ってくれたのだと思います」

「ふーん。やさしいんだね」

「母親ですか？」

「ちがうよ。ふつうは母親が再婚するなんて絶対嫌だって思う。男の子だったらなおさらだ。でもあんたは母親が再婚を待ってくれたと思ってる。やさしいのはあんたさ」

動揺した。

「そんなこと、考えてもみませんでした」

ヒナはふっと笑った。

「あんたのそういうところ、いいと思う人間とイラっとくるのと、両方いるだろうね」

「それは何となくわかります」

頷き、ヒナはどっちだろうと佐抜は思った。訊く勇気はない。

再びアジア団地に車は入った。止まっている車の数が増え、人通りも多くなっている。

前に止めた場所は他の車が使っていたため、入口近くまで戻って駐車した。

「アヤラ」のある方角に歩いていくと、音楽が聞こえてきた。ヒンディー語の歌だ。アップテンポで、ポップスのようだ。

「アヤラ」のある一画はさっきの倍以上の人がいた。

音楽は他の通りからも聞こえてきて、そちらはタガログ語や中国語だ。営業している屋台の周辺には、缶ビールなどを手に串焼きを食べている男たちが集まっていた。それとは別に、子供連れの女性のグループはお喋りに余念がない。香ばしい煙がたち昇り、屋台の売り子が声を張りあげている。

「活気がありますね」

「夕方に向かって、もっと人がでてくるよ」

ヒナもどことなく楽しそうに答えた。

バイク屋の前の人だかりをかき分け、二人は「アヤラ」に入った。

「あれ」

ヒナがつぶやいた。マハドの姿がなかった。奥にいるのは知らない男だ。

「マハドさんいませんね」

レジのかたわらにすわった男は客の女性と中国語のやりとりをしている。その会話が途切れるのを待って、佐抜は中国語で訊ねた。

「まはどサン、居マスカ」

「まはど？　帰ッタ。仕事終ワッタ」

男はぶっきらぼうに答えた。

「デモ、ココハまはどサンノ店デショウ？」

「ソウダケド、夜ハ俺ガヤッテル。何カ買ウノカ？　買ワナイナラ、商売ノ邪魔シナイデクレ」

佐抜はヒナをふりかえった。

「マハドさんは仕事が終わって帰ったっていってます」

「帰るって、どこにだよ」

佐抜は男に訊ねた。

「まはどサンノ家ヲ知ッテイマスカ」

男は返事をしなかった。まるで聞こえていなかったかのようだ。

「スミマセン――」

無言で手の甲を佐抜に向け、振った。追い払うような仕草だ。

「感じ悪いな」

ヒナがいった。別の客が品物をレジにもってくる。

「とりあえず一度でましょう」

佐抜はいって、二人は「アヤラ」をでた。

四人の男が立ち塞（ふさ）がった。服装はまちまちだが、全員が左腕に赤い腕章を巻いている。「自治会」と、腕章には日本語で書かれていた。日本語がかえって目立つ。

「日本人ですか」

中のひとりが日本語で訊ねた。

「そうです」

佐抜は男を見た。背が高く額が後退していて、目つきが鋭い。何人かはわからなかった。

「上総ニユータウンに何の用ですか」

訛（なま）りはあるが、聞きとりやすい。

「知り合いを訪ねてきたんです」

「誰ですか」

「この店のマハドさんです。さっきお訪ねして、もう一度お会いすることになっていたんですが、いらっしゃらなくて」

「マハド」

男はつぶやいて、連れをふりかえった。ウルドゥー語らしき言葉でやりとりを始める。パキスタン人だろうかと佐抜は思った。やりとりにはマハドという単語が何度かでてきたが、内容はわからない。

男は佐抜に向き直った。

「マハドさん、いません。でかけました」

「でかけたって、どこに？　あたしら約束してたんだけど」

ヒナがいった。男はじっとヒナを見つめ、

「あなた日本人じゃないですね。何人ですか」

と訊ねた。

「ベサールだよ」

ヒナが答えると、男はベサールとつぶやいて再び連れをふりかえった。

「なんだか妙な感じですね」

佐抜はいった。

腕章をつけた小柄な男が進みでた。佐抜にもそうとわかる下手なベサール語でいった。

「アナタ、名前ヲイイナサイ」

「ナンデイワナケリャナラナイ？　アンタタチハ何ナノ？」

ヒナがベサール語で返すと、

「私たちはジッチカイからきました」

最初の男が腕章を見せた。

「それは見ればわかるよ。自治会がなんであたしらのことを訊くんだい」

険しい表情でヒナはいった。

「あたしらが何かした？　知り合いを訪ねてきただけだろ」

「外の人、トラブルは駄目」

ベサール語を喋った小柄な男がいった。

「トラブルって何だよ」

佐抜もいった。最初の男は腕組みし、首をふった。

「外部の人がここでトラブル起こすこと多いです。お金の話でケンカになる」

「そういう話ではありません。人を捜しているんです」

「人を捜している？」

「マハドさんの知り合いです」

ベサールの王子とはいわないほうがいいような気がして、佐抜はいった。

「誰ですか」

男は訊ねた。

「健人さんです」

名前で告げた。

「ケント？」

男は首を傾げた。

「あたしと同じベサール人だよ。ここにいるって聞いたんだ」

ヒナがつけ加えた。小柄な男が首をふった。

「ケントというベサール人、いない」

「ここにいるベサール人を全員、ご存じなのですか」

佐抜が訊ねると、小柄な男は黙った。

「じゃあさ、こうしようよ。誰か、あんたたちの知ってるベサール人を連れてきてよ。その人と話をする」

最初の男がいった。

「ジッチカイにベサール人いません」

「別に自治会の方じゃなくてもいいんです。ケントさんの話が聞ければ」

佐抜はいった。

「ケント、いない。あなたたち帰りなさい」

小柄な男が声を荒らげた。

佐抜とヒナは顔を見合わせた。気づくと人垣に囲まれている。あたりにいた人々が集まり、無言でやりとりを見守っていた。百人近くいるだろう。異様な感じだ。佐抜はつぶやいた。

「ここは引きあげたほうがよさそうです」

ヒナはくやしげに佐抜を見た。

「何でだよ、別に何も悪いことをしていないのに」

「粘ったらかえってマズいかもしれません」

佐抜がいうと、不承不承頷いた。

「わかったよ。帰る」

「それが賢いです」

額の後退した男がいった。

二人は人垣をかき分け、団地の入口に向け歩きだした。四人はその場に残り、見送っている。

「妙だと思いませんか。囲んでいた野次馬は何もいいませんでした。僕の感覚だと、ああいうとき、いろんな人がいろんなことをいうのがふつうだと思うんですが」

四人に聞こえないところまでくると、佐抜は小声でいった。

「やりとりが理解できなかったのでしょうか」

佐抜がつづけると、ヒナは首をふった。

「それはないよ。うまい下手はあっても、この団地にいる人間はたいてい日本語が話せる。じゃなけりゃ外で働けないからね」

「じゃあ皆、帰れって思ってたのでしょうか」

佐抜は不安になった。阪東も、歓迎されないといっていた。

「たぶんちがう。あたしらに味方して、あいつらににらまれるのが嫌だったんじゃないかな」

「自治会にはそんな力があるんですか」

「団地内のいろんなことを管理してるって話だからね。そうだ、前にいっしょにきたあたしの友だちに電話してみようか。その子はここに住んでないけど、友だちを紹介してくれるかもしれない」

「じゃあ車に戻ったら」

二人はレンタカーに乗りこんだ。ドアを開けるときにうしろをふりかえったが、自治会の人間があとをついてきているようすはなかった。

ヒナは携帯を操作し、耳にあてた。

「あ、あたし。ひさしぶり、元気してた？　ジミーどうしてる？」

互いの近況を語りあうやりとりがあって、

「ねえねえ、今さ、アジア団地にいるんだ。マリア、誰か知り合いいない？　信用できる人」

ヒナは訊ねた。友人はマリアという名のようだ。

「うん、そう。中の事情に詳しい人がいい。頼まれて人を捜しにきたんだけど、自治会だっていうのに追いだされちゃって。そう、腕章なんか巻いてやがって、すげえ感じ悪い。お前は学級委員かって」

佐抜は噴きだした。

「え？　それがさ、ガキンチョなんだよね。あたしと同じベサール出身の十六歳。団地の住人じゃないんだ。家出したんだけど、たぶん友だちがいるんで、団地にきてるのだと思うんだ」

マリアの言葉に耳を傾けていたが、

「うん、じゃ頼むね」

と告げて切った。

「どうなりました？」

　佐抜は訊ねた。

「何人か知り合いがいるみたいだから、あたしの携帯に連絡させるって」

「助かります」

　二人は車の中で待った。あたりが暗くなってきた。音楽が聞こえた。カーステレオから大音量で音楽を鳴らす車が連なってやってくる。おそろしく派手な装飾をこらした車ばかりだ。

「わっ」

　先頭を走っているのは、年式は古いが大型のメルセデス・ベンツだ。車体につけたネオン管が輝き、車内ではシャンデリアが点っている。

　つづいてきたのはピックアップトラックだが、ボンネットがまるでデコトラのように飾りつけられている。さらに天使のイラストが車体いっぱいに描かれ、それを電球で縁どったワンボックスカーがやってくる。

「何です？　あれ」

「いったろ、ネオンつけてる車がいるって」

「団地の人ですか」

「も、いるし、そうじゃないのもいる。稼ぎを車に注ぎこんで、見せびらかすのが好きなんだ。女の子にもてるしね」

　乗っているのは皆、二十代の男ばかりだ。

「決まった曜日の夕方に集まってくるみたいだ」

「十年前もいたんですか」

「前はもう少し地味だったし、車の数も少なかった」

　派手な車は十台以上、連なっていた。団地内の狭い道を奥に向かってとろとろと走っていく。

　最初に集まったのは子供たちで、そこに大人が加わり、あっというまに道ばたに人垣ができた。まるでパレードだ。

「あれをいつもやってるんですか」

「週二回くらいじゃないかな。雨だとやらないみたい。前にきたときは、冬であんまり人が集まらなかったから十五分くらいで解散してたね」

　パレードの車のナンバープレートは、袖ヶ浦以外に足立や練馬、習志野、千葉、大宮とさまざまだった。

「今日はあったかいし天気がいいから、一時間くらいいるんじゃないの」

「自治会は何もいわないんですか」

「さあね。でもきて帰るだけだし、中には住人もいるから、文句もいいにくいんじゃない。楽しみにしてる子供とかもいるし」

「エンターテインメントだ」

「そうかもね」

ヒナの携帯が鳴った。

「はい。そう。マリアの？　ありがとう。で、どうすればいい？　さっき『アヤラ』のとこで自治会に文句いわれたんだ」

ヒナは相手の言葉に耳を傾けていたが、

「わかった。そこでいつ？　一時間後？　了解です」

告げて、切った。

「お友だちのお友だちですか？」

「そう。マリアの弟の同級生らしい。中であたしらに会ってるのを見られたくないから、さっきいったコンビニにきてくれって」

ヒナはいった。

「その方もフィリピン人ですか」

「たぶんそうだと思う」

佐抜はレンタカーのエンジンをかけた。パレードをもっと眺めたかったが、今は仕事優先だ。それにヒナはあまり興味がなさそうだ。

昼食をとったコンビニエンスストアの駐車場に車を止めた。夕刻とあって混んでいる。

「ここで待ってりゃくるよ」

ヒナがいった。

「僕らのことがわかるでしょうか」

「わからなかったら電話してくるさ」

確かにその通りだ。佐抜は話題をかえた。

「マハドさんはどうしたんでしょうね」

「あたしもそれが気になってた。十万円をぼったくるチャンスなのに、なんでいなくなったんだろうって」

前を向いたままヒナは答えた。

「それに自治会の連中は、あたしらを待ってたみたいだった」

「僕も同じことを思いました。誰かが僕らのことを知らせたのでしょうか」

「おそらくそうだね。自治会の連中は王子を捜してほしくないのかな」

最初に「アヤラ」を訪ねたときのことを佐抜は思いだした。

「でも王子を捜しているとは僕たちは『アヤラ』でひとこともいいませんでした。人を捜しているといっただけで」

ヒナは佐抜を見た。

「確かにそうだ。じゃあどういうことなんだろう」

「『アヤラ』の客の中に、マハドさんを監視している人間がいたのだと思います。日本人を含む怪しげな二人がきたことを自治会に知らせた」

「あたしらはベサール語で話していた。ベサール語のわかる奴だったってことだね」

「自治会の人もベサール語を喋っていました。うまくはありませんでしたが」

「あいつね。たぶんフィリピン人だと思う」

佐抜は「アヤラ」にいた客を思い返した。十人近い客の大半は女性だったが、二、三人男がいた。

「ベサール人かベサール語のわかる奴が『アヤラ』に張りこんでいたんだ」

「自治会にベサール人はいないっていってませんでしたか」

「いってた」

佐抜は考え、いった。

「マハドさんが前もって教えない限り、自治会は僕らが今日アジア団地にくることを知りようがありません。教えておいて十万円を要求するのは変ですから、自治会は前からマハドさんに目をつけ、『アヤラ』を見張っていたのじゃないでしょうか」

「頭いいね、あんた。そうだよ、そうにちがいない」

感心したようにヒナがいい、佐抜は嬉(うれ)しくなった。

「団地の外の人間が王子のことを調べにくるのを自治会はよく思っていないんです」

「理由は？」

ヒナに訊かれ、佐抜は口ごもった。

「王子を守りたいから、かな」

「ありえないよ。ベサール人なんてたいしていないのだから」

「でも同じ外国人どうし――」

佐抜がいいかけるとヒナは鼻を鳴らした。

「そんなワケない。皆、食っていくのにけんめいなんだ。一円にもならないのに、よその国の王子を守ったりしないって」

「じゃあなぜでしょう」

二人は黙りこんだ。確かにヒナのいう通り、報酬もないのに王子を自治会が守るのは変だ。王妃の〝自宅〟を見た限りでは、そこまでの報酬を王子が払えるとは思えない。

「ただトラブルが困るだけとか」

佐抜はいった。

「それだったら王子を追いだすよ。住人じゃないのだから、団地からでてけというのは簡単さ」

「確かにそうですね」

「あたしは中国が気になる」

「中国ですか」

「ウーさんとこにも中国人がきたっていったろう。もし中国政府が王子を捜しているなら、日本や他の国の人間に王子を会わせたくないのじゃないかな。最初に声をかけてきた自治会の奴は中国人だと思うんだ」

「じゃあ自治会は中国政府のいいなりということですか」

「いいなりかどうかはわからないけど、団地も中国人は多い。ベサール人より発言力はあるのじゃない。その中に中国政府寄りの奴がいれば、あたしらを追いだそうと考えて不思議はない」

「そうか！　ヒナさんこそ頭いいですよ」

「そうじゃない。日本人のあんたとは見かたがちがうんだ。団地みたいに、いろんな国の人間がいれば、いろんな考え方がある。日本人はそこまで考えない。日本人かそうでないかでまず線引きするからね」

佐抜は唸った。そうかもしれない。自分だってガイドとしていろんな国の人のアテンドをしなければ、同じような考え方をしただろう。

今は同じ中国人でも、年齢や住んでいる場所、仕事で、さまざまな考え方をする人がいると理解しているが、以前はちがった。

「じゃあマハドさんがいなくなったのも自治会のやったことでしょうか」

「たぶんそうだね。自治会に逆らったら、団地内じゃ商売ができなくなる。マハドをどこかにやって、かわりの人間を店番においたんだ」

「中国人でした、確かに」

そのとき駐車場に大型のバイクがすべりこんできた。

バイクを止めたライダーがヘルメットを脱ぐと金髪が現れた。若い外国人の男だ。

ヒナが窓をおろした。

「マガンダンガビー」

確かタガログ語で「こんばんは」という意味だ。

「マガンダンガビー」

男は答え、レンタカーに歩みよった。

「日本語、平気?」

車を降りたヒナが訊ねた。男は頷いた。

「大丈夫」

佐抜も車を降りた。男は二十そこそこに見える。

ヒナがいった。

「マリアの弟の同級生って聞いたけど、ずいぶん若いね」

「マリアとホセ、お母さんちがうから」

ホセはマリアの弟の名のようだ。

「あたしはヒナ、この人は佐抜」

「ジェイです」

男は名乗った。金髪は染めているようでつけ根が黒い。彫りの深い顔立ちで口ヒゲをのばしているが、ウブ毛のように見えた。

「ジェイさんは団地に長いんですか」

佐抜が訊ねると、ジェイは値踏みするように見つめ、

「十年」

　と答えた。

「長いね」

　答えて、ヒナは佐抜に目配せした。任せろという意味だろう。

「ベサール人の友だちいる？」

　ジェイはヒナに目を移した。

「ベサール人、団地に少ない」

「いないの？」

「いなくはない。なんで？」

「ベサール人の男の子を捜してるんだ。市原の子なんだけど、団地にもよくきてると思うんだよね」

　ジェイはすぐに答えた。

「その子なら知ってる。プリンス(王子)だろ」

「有名なの？」

「有名じゃないけど、本人からそう聞いた」

「自慢してるんだ」

「少し、ね。でもいい奴だよ」

「今も団地にいるの？」

「一昨日(おととい)見かけたけど、今もいるかはわからない」

「どこかに泊まってるの？」

　ジェイは頷いた。ヒナは佐抜を見た。

「王子と話がしたいんです。難しいですか」

　佐抜は訊ねた。

　ジェイは首をふった。

「団地にいたら、簡単」

「いるところまで案内してくれる？」

　ヒナがいうと、ジェイは迷ったように佐抜とを見比べた。

「いいけど、最近自治会がうるさい。部外者を入れるなって」

「なぜうるさいんです？」

　佐抜が訊くと、ジェイは肩をすくめた。

「わからない。ときどきうるさくなる」

「僕らを団地に案内してもらうのは無理ですか？」

「今からは無理」

　ジェイは答えた。

「いつならいい？」

ヒナが訊ねると、考えていたが答えた。

「夜遅く。自治会の見回り、十二時過ぎたらないから」

佐抜はヒナと顔を見合わせた。

「王子に僕らが会いにいくことを伝えてもらえますか。『南十字星』に頼まれた人間だといえば、わかってくれると思います」

佐抜がいうと、ジェイは頷いた。

「団地にいればね」

「ねえ」

ヒナがいった。

「自治会が最近うるさいことと王子って何か関係があると思う？」

ジェイはとまどったような表情になった。

「考えたことない」

「これまで見たことのない人を団地内で見ませんでしたか」

佐抜は訊ねた。

「わからないよ。団地に人はいっぱいいるから」

「じゃあかわったことは別にないのね？」

ヒナの問いにジェイは頷いた。

「ないよ、別に」

「王子の仲のいい友だちというのはベサールの方ですか」

「いろいろ。ベサール人以外にもベトナムやパキスタン、インドネシアとか」

「若い子が多いんでしょ？」

ヒナがいうとジェイは頷いた。

「俺らの後輩」

いかにも外国人という顔立ちのジェイの口から後輩という言葉がでてくるのがおかしかった。

「中学生とか高校生。まだ子供だよ」

「ジェイさんはいくつなんですか」

「二十一。あいつらとはちがう」

誇らしげに答えたので、逆に幼さを感じた。

「十二時って、夜中に皆、何してるの？　家にいるんじゃないの？」

ヒナが訊くとジェイは鼻を鳴らした。

「寝ないよ、そんな早くに。たいていどっかの部屋に集まって音楽聞いたり、喋ったりしてる。イチャつくのもいるし」

「女の子もいるんだ」

「もちろんいるよ。でも十六くらいになると女の子はみんなでていっちゃうね。団地の外の男とつきあうから」

「なぜ外の人とつきあうんです？」

佐抜は訊ねた。ジェイはきつい目になった。

「そりゃ、外の奴のほうが金もってるからだよ。日本人のあいだじゃ団地の子はかわいい子が多いって知られてるから、学校の帰りとかにナンパされるんだ」

「学校？」

「千葉市にインターナショナルがあって朝はスクールバスが迎えにくるんだけど、帰りは自由だから、街とかブラついてるとナンパされちゃうのさ」

腹立たしげにジェイは答えた。

「で、具体的にどうすりゃいい？」

ヒナが話をかえた。

「帰って、王子がいるかどうか訊いて電話するよ」

「わかりました。ありがとうございます」

佐抜は頭を下げた。ヒナが耳もとでいった。

「お礼、あげて」

「はい」

佐抜は一万円札を渡そうとした。

「いいよ。マリアに怒られる」

ジェイは断った。

「マリアには内緒にしとくから。そのかわり、あとでお願いね」

ヒナが押しつけ、ジェイは受けとった。大切そうに金を畳んでジーンズのポケットにしまう。それを見て、なぜだか佐抜は胸が痛んだ。法律に触れているわけでもないのに、お金で何か悪いことを強いているような気持ちになったのだ。

ヘルメットをかぶったジェイはバイクにまたがると、エンジンを勢いよく吹かし、コンビニエンスストアの駐車場をでていった。

「いい人ですね」

佐抜はいった。ヒナは頷いた。

「すれてない。ま、あと二、三年もすりゃ、かわる」

「なぜかわっちゃうんです？」

「いったろう。団地にいたら、ずっとくすぶってるだけだ。金儲けしていい思いをしようと思ったら、団地をでていかなけりゃならない。でもでていったら、日本人じゃないって壁にぶつかる」

「壁は厚いのですか」

「厚いね。人を募集している会社も、日本人じゃないとわかったら面接もしてくれないところが多い。働けちゃんと就業ビザをもっていたって関係ない。働けるのはコンビニとか工事現場くらいだ。名前の通った大学でも卒業してない限り、正社員なんかじゃ雇ってくれない」

吐きだすようにヒナはいった。

「そうかもしれませんね。僕が知っている、大きな会社の中国人やインド人も皆、一流大学をでています。でも団地にいても、がんばって勉強すれば、そういう大学にいけるのじゃありませんか」

「日本人の子の何倍も苦労する。塾なんかいく金はないし、周りに足をひっぱられる。勉強して大学いったって何になる、所詮ガイジンの子なんだからって」

「祖国に帰るという選択肢はないのですか」

「親にはあるよ。日本で稼いだ金で、故郷に家をたて店をもつ、とかね。でも日本で育った子はちがう。日本が祖国なんだ。日本のほうが暮らしやすい。たとえ日本人に差別され、安く使われる仕事しか見つけられなくても」

「そうですね」

佐抜はつぶやいた。

「やがてはかわると思うよ。日本人はどんどん減って、ガイジンの占める割合が増える。何人だろうと、平等に学校にいけ、仕事を選べるようになる。ただそれは、何十年も先、あたしらが年寄りになる頃だ」

ヒナがいった。佐抜は思わずヒナを見た。

「何だよ」

「早くそんな時代がくるといいですね」

「何いってんだよ。そうなったら、あんたみたいな仕事はまっ先にガイジンにとられるぜ。どこの国の人間だって、どうせなら同じ国のガイドを頼みたいもの」

「今でも、中国とかはそうです。日本語がぺらぺらで日本人以上に日本の事情に詳しい中国人ガイドがいっぱいいます。僕なんかは小さな団体とか個人旅行のガイドしかありません」

「じゃあ困るじゃん。ガイジンがいろんな仕事をするようになったら」

「でも大きな目で見れば、日本という国にはそのほうがいいのだと思います。日本人だけでやっていたら、どんどん活気が失われていくのじゃないでしょうか。僕にベサール語を勧めた教授もそういっていました」

「その教授って日本人？」

佐抜は頷いた。

「かわっていますが、いい人です。ヒナさんとは気が合うかもしれません」

「大学の先生なんて見たこともないよ」

「独身で料理好きなんですが、それだけは困ります」

「なんで困るの？」

「味覚がふつうじゃないんです。砂肝とパクチーの炊きこみご飯とかサンマの煮付けにナンプラーで味つけした豚そぼろあんかけとか……」

「おいしそうじゃない！」

ヒナの目が輝いた。そういえばウーの作ったラーメンも、佐抜には香りがきつかったが、ヒナはおいしいと食べていた。

「ええと、じゃあ今度、教授の家にお連れします。教授も喜ぶと思います」

レッドキングとかレッドライオンとは呼ばないよう釘(くぎ)を刺さなければならないが。

ヒナはふっと笑った。

「ありがとう」

佐抜の携帯が鳴った。阪東からだ。

「もしもし、佐抜です」

「今、お話しして大丈夫ですか」

「大丈夫です」

「いかがです？　王子の居どころはわかりました？」

「一昨日までは団地にいたようです」

「それはマハドさんの情報ですか」

「別の方です。マハドさんはその――」

佐抜は口ごもった。自治会の干渉については想像も混じっているので、うかつなことはいえない。

「いなくなってしまったんです」

「いなくなった？」

「阪東さんとお話ししたあと、お金をおろし団地に戻ったら、店からいなくなっていました。別の店番の人がいて、そこに自治会だという人たちがやってきて、団地をでるよう、いわれました」

「王子を捜している、とその人たちにいいましたか」

「いえ。王子のことはいってません。でも目的はバレているようでした」

佐抜が告げると阪東は沈黙した。

「それで、ヒナさんの知り合いの知り合いという人を頼って、団地の外で話を聞きました。すると一昨日、団地で王子を見たというんです。今もいるかはわからないから、調べて連絡をくれることになっています」

「いたら、会えそうですか」

「ええ。でも夜中まで待てといわれました。深夜になると自治会の見回りがなくなるので、出入りしやすくなるというのです」

「なるほど。するとまだ千葉にいらっしゃるのですね」

「はい、連絡待ちです」

阪東は再び沈黙した。

「何かマズいでしょうか」

「いえ。そんなことはありません。それでもし王子が団地内にいるなら、夜中に会いにいかれるのですね」

「だってそのためにきているのですから」

妙ないいかたにさすがにむっとした。まるで佐抜たちが勝手な行動をとっているかのようだ。

「いや、それはもちろんです。誤解されたのでしたら、あやまります。佐抜さんの粘りに感心して、そう申しあげただけです」

阪東はあわてたようにいった。

「問題は、王子に何というか、です。ベサールに帰るよう勧めるのですか。それともそういうことはいわず、阪東さんに会え、と？」

佐抜は訊ねた。

「そうですね。まずは『南十字星』の人間と会っていただかないことには何もできないと思います」

「僕らが王子をどこかに連れていくのですか」

「それもまた大変なので、王子とお会いになったら、その場からご連絡をいただけますか。夜中でも待機しております」

「わかりました。それからさっき言い忘れたのですが、王妃のお宅に誰もいらっしゃらなかったので、ご実家にもうかがいました」

「ほう。それで？」

「王妃のお母さんらしい女性とインターホンで話したのですが、警戒されたのか、王妃はいない、知らない、帰ってくれの一点張りでした」

「異常を感じました？」

「え？」

「異常です。お母さんが何かに怯(おび)えているとか、誰かに強制されてそう返事をしている、といった印象をもちました？」

いわれて、佐抜は考えこんだ。

確かに怯えていたような気がする。

「いわれてみればそうかもしれません。警察に知らせたほうがよかったでしょうか」

「いえ、警察などにはどうしようもないと思います。おそらく王妃の身柄を押さえている者がいるのでしょう」

とんでもないことを阪東は淡々といった。

「押さえているって、それは拉致(らち)とかそういうことですか?!」

佐抜は大きな声になった。ヒナが驚いたようにふりかえる。

「拉致というより保護していると向こうは主張するでしょう。まあ実際、危害を加えるわけではなく、王子からの連絡をいつでも確認できる状態に王妃をおいているということですね」

阪東は説明した。

「でも王妃本人の意思に反して、そうしているのですよね」

「そうかもしれませんね」

あくまで人ごとだ。

「誰がそれをしているんです？　中国政府の人ですか」

「さあ。中国筋かもしれませんし、ベサール本国から派遣された人間かもしれません」

「でも日本でするのは犯罪ですよね」

「厳密にいえばそうなるかもしれません」

何をいっても「かもしれません」だ。佐抜はあきれた。

「ほっておいていいのですか」

「ほっておくとはいっていません。ただ今の段階で、私たちにできることは限られています。警察に通報したところで問題の解決にはつながりません。それどころか、かえって事態を悪化させてしまう危険があります」

「どう悪化するんです？」

「もし王妃を押さえているのが中国政府の関係者だったら、ベサール政府からの要請でそうしたと主張する可能性があります。ベサールと我が国は現在国交がないので、中国が協力を依頼された、というわけです。そうなれば、日本政府の問い合わせに備え、中国政府はベサール政府に圧力をかけるでしょう。結果として、日本国内で活動している者にお墨付きを与えることになる」

佐抜は息を吐いた。本当かどうかはわからないが、阪東の説明は理屈が通っているように聞こえる。そうでないとしても、騒ぎを起こしてまで王妃をとり戻そうと阪東が考えていないことはまちがいない。

「戻ってこられたとはいえ、王妃はベサール国王妃になられるにあたって日本国籍を離脱しておられます。王妃も王子もベサール人です。であるからこそ、こうして佐抜さんにご協力をお願いしているのです」

「つまり何もできないというのですか」

「今の段階では、と申し上げました。状況がかわれば、また別の手段を講じることも可能です」

「どうかわったら、そうなるのですか」

腹立ちまぎれに佐抜は訊ねた。

「国際情勢の変化によるものです。ベサール国王の健康問題には多くの国が注目しています。状況がかわれば、対応が大きく異なってくる可能性もあります」

まるで国会での政治家の答弁だ、と佐抜は思った。いや、ああいう文章は役人が作っているのだろうから、まさに役人そのものの答といえる。

「とにかく、何かあれば常に連絡を下さるよう、お願いします。そんなことはないと思いますが、危険を感じられるようなときは、すぐに回避して下さい。佐抜さんは日本国民です。身辺に危険が及んではたいへんです」

日本国民じゃなければ危険が及んでもかまわないといっているようにしか聞こえない。

「わかりました」

怒りを通りこしあきらめの気持ちで佐抜は答え、電話を切った。ヒナを見る。

「いわなくてもいい」

ヒナは手をふった。

「あんたの話を聞いてりゃ、だいたい想像がつく」

そのときヒナの携帯が鳴った。

「ジェイだ」

耳にあてた。

「もしもし――」

ジェイの話に耳を傾け、佐抜を見た。

「王子はもういないらしい」

いって、

「それはどうしてわかったの？」

と携帯に訊ねた。ジェイの返事に、

「ふーん。で、その子とは会えるの？　うん、話を聞きたい」

と告げた。

「わかった。じゃあ連絡待ってるね」

通話を終え、ぷくっと頬をふくらました。

「どこへいったんでしょうか、王子」

「わからない。ジェイが後輩に訊いたら、もういないって皆がいってるっていうのだけれど、怪しい感じなんだよね」

「怪しい？」

「ジェイがいってたけど、いついなくなったか、どこへいったか、誰も答えられないらしい。つまり本当に団地からいなくなったかどうかわからない。だから王子が泊まっていたっていうベトナム人の家の子に会わせてくれって頼んだ。王子と仲がいい、リンて男の子で、夜、話せる」

「つまり、王子がどこにいるのか、本当は皆知っているのだけれど、教えてくれない？」

ヒナは頷いた。

「ジェイは確かに団地の住人だけど、世代がちがうからね。後輩は警戒しているのかもしれない」

佐抜は息を吐いた。

「もし王妃が中国政府に保護されているとしたら、王子もそのことは知っているでしょうしね。自分を捜す人間には注意しろって友だちにいうでしょう」

ヒナは舌打ちした。

「面倒くさいことになったよ」

「夜までどうしますか？　一度東京に戻るにも時間が中途半端ですね」

午後六時を過ぎている。渋滞がなければ八時前には都心に戻れるが、それからまた数時間で団地にこなければならない。

「木更津で晩ご飯食べて、時間潰すか」

ヒナはいった。

「そうしましょう」

十一

　木更津港の近くにあるファミリーレストランに二人は入った。平日なのに、けっこう混んでいる。地元の人間よりドライブ帰りといった人たちが多い。

　料理を頼み、食べ終え、コーヒーを何杯か飲んだところで、ヒナの携帯が鳴った。

「今？　今、木更津のファミレス。そう。きてくれるの？」

　ヒナは眉を上げ、佐抜を見た。

「ジェイがリンをここまで連れてきてくれるって。どうする？」

　佐抜はファミリーレストランを見回した。九時を過ぎ、きたときは八割がた埋まっていたテーブルはがらがらだ。

「じゃあそうしてもらいましょう」

「待ってるよ。ありがとう」

　携帯をおろしたヒナに佐抜はいった。

「僕らが団地にくるのを警戒しているのかもしれませんね」

　一拍おき、ヒナは目をみひらいた。

「そうか」

「あたしらがあれこれ調べ回るのが嫌ってわけだ」

「ええ。嫌なのは、王子の友だちだけじゃないでしょうし」

「自治会もいる」

「王子の友だちは自治会を恐がっているのでしょうか」

「恐がってるかどうかはわからないけど、たぶん仲はよくないね。子供らからすれば、自治会はやることなすことに文句をつけてくる、うるさいオヤジ共だから。でもあんまりモメると、親に叱られる。親はやっぱり自治会の目を気にするからね」

　佐抜は頷いた。

「リンという子が王子と仲がいいなら、そのあたりのことを何か知っているかもしれません」

　三十分ほどすると、ジェイがひょろりとした少年を連れて、ファミリーレストランの入口に現れた。

髪を染めていないし、口ヒゲを生やしてもいない。ジーンズにパーカーを着ていて、まちがいなく十代だろう。

「こんばんは。佐抜です」

佐抜がいうと、こくんと頷いた。

「こんばんは、リンです」

「何か食べる?」

ヒナがメニューを押しやった。リンはメロンソーダとパンケーキ、ジェイがノンアルコールビールを注文した。

「リンは十六で、王子と同じ年なんだ」

ジェイがいった。

「学校もいっしょ?」

ヒナが訊ねた。リンは首をふった。

「僕は地元の中学、高校だけど、ケントは千葉のインターナショナルスクール」

「じゃありンくんは日本が長いんだ」

「三歳から日本。ずっと日本の学校です」

佐抜の問いに答えた。

「国はベトナム? あ、あたしはヒナ」

ヒナがいうとリンは頷いた。

「はい」

「ベトナムにはよく帰るのですか」

佐抜が訊くと、リンはあいまいな表情になった。

「一年に一度くらい」

「やっぱりなつかしいですか」

リンは首をふった。

「両親はいつも帰ってるけど僕は外国みたいにしか思えない。あまり知らないし」

「日本のほうが暮らしやすい?」

ヒナがいった。

「友だちはみんなこっちだから」

その言葉をきっかけに、佐抜はいった。

「アリョシャ・ケントさんを捜しています。お父さんのことでケントさんに連絡をとりたいんです」

リンはジェイを見た。

「ジェイにも訊かれたけど、どこにいるか知りません」

「ずっとお前ん家に泊まってたんだろ」

ジェイがいうと小さく頷いた。

「うち、ふだんお祖母ちゃんと僕しかいないんで、部屋が空いてるんです」

「ご両親はどちらに?」

佐抜は訊いた。

「ベトナムです。二人で貿易の仕事をしているんで、ベトナムと日本をいったりきたりしてて」

「で、ケントはいついなくなったんだよ」

ジェイがいった。

「きのう、あ、でも一昨日かな」

「どっちだよ」

「わかんない。一昨日、僕が学校から帰ってきたらいなかったから」

「ケントは学校いってないのか」

ジェイの問いにリンは頷いた。

「ずっと休んでるっていってた」

「なぜ休んでいたんです?」

佐抜は訊ねた。リンは黙った。

「いえよ」

ジェイが促した。

「わかんない」

「わかんないことないだろう。お前、仲いいのだろうが」

ジェイが尖った声をだした。

「まあまあ」

ヒナが割って入った。

「ケントのこと、かばってるんだよね。なんかマズいの?」

リンがうつむいた。

「あたしらお巡りじゃないから、心配しなくていいよ」

「本当ですか?」

リンは上目づかいでヒナを見た。

「こんなお巡りいるわけないじゃん」

ヒナは笑った。

「いったろう。マリアの友だちだって。信用しろよ」

ジェイがいった。リンは小さく頷いた。

「ケント、なんかヤバいことして追っかけられているみたいなんです。学校にも刑事みたいのがきたっていってましたから」

「警察に追われる心当たりがあるんだ」

ヒナの言葉に、

「よくわかんないです。でもたまに千葉市とかに遊びにいくと、ヤバそうな連中に声かけられて挨拶してるし」

リンは答えた。

「ヤバそうな連中って？」

ジェイが訊ねた。

「地元の、恐い感じの人たちです」

「やくざってこと？」

ヒナが訊いた。

「やくざかどうかはわかりませんが、ケンカとかしてそうな人たちです」

「仲がいいの？」

リンは頷いた。

「ケントって呼ばれてました。訊いたら、ときどきつるんでナンパしてるって」

「ナンパ」

「あいつ、すごく女の子にもてるんです。顔もいいし、あと何といっても王子じゃないですか。それをいうとみんなキャーって」

「最低だね」

ヒナは吐きだした。

「学校にいっていないのは、何か犯罪をしたとか、そういう理由なのですか」

佐抜は訊ねた。そうなら、自分の手には負えない。

「実際はどうなのか知らないです。犯罪なのか、それとも恐い連中とモメたのか」

「恐い連中というのは日本人？」

ヒナが訊くと、

「たぶん」

とリンは答えた。

「だったら団地の中のほうが安全じゃん。団地にいれば、やくざだって入ってこられない」

ヒナの言葉にリンは答えなかった。佐抜は思いついた。

「団地内でもケントさんを捜している人はいますか。日本人ではなくて」

リンは無言で目をみひらいた。図星だと思った。ヒナを見る。ヒナは頷いた。

「本当は団地にいたほうが安全なんだけど、中でもケントを捜す人間がでてきたんで、いられなくなった。そうなんだろ？」

ヒナはいった。リンはこっくりと頷いた。

「誰が捜しているんだい？」

「自治会の人です」

「やっぱり」

「一昨日の夜、僕とケントが帰ったら、自治会のチョウさんがきたってお祖母ちゃんから聞いて。チョウさんがケントを捜してたって」

「チョウってどんな奴？」

「背が高くて、頭がちょっとはげた――」

「あいつだ」

ヒナは佐抜を見た。「アヤラ」の外で待ちかまえていた男だ。佐抜は訊ねた。

「そのチョウさんはお祖母さんに何といったんです？」

「ここにいつも泊まってるベサール人の男の子がいるだろう。今どこだって。知らないってお祖母ちゃんがいったら、帰ってきたら遅くてもいいから自治会に知らせろって」

「知らせなかったのですか」

「お祖母ちゃん、日本語があまり得意じゃないんです。孫が帰ってきたら孫から連絡させるっていって……」

団地内では日本語が共通語なのだろう。

「で、その晩のうちにケントは逃げた」

ヒナがいうと頷いた。

「ケントって足あるの？」

「原チャリに乗ってます」

「なぜ自治会が自分を捜しているのか、理由をケントさんはわかっているのでしょうか」

佐抜は訊いた。

「たぶん。でも何かは教えてくれませんでした」

「リン、ケントの携帯の番号知ってるんだろ」

ジェイがいった。リンは頷いた。

「かけろよ。かけて今、どこにいるか訊いてみな」

リンはジェイ、ヒナ、佐抜の顔を見渡した。

「僕らはケントさんに危害を加えたり、警察につきだすようなことは絶対しません」

佐抜はいった。リンは頷き、携帯をとりだした。操作し、耳にあてる。

「あ、ケント？　リンだけどさ。ケントのこと捜してる人たちがいて、今いっしょなんだ。警察じゃない。いや、日本人。ケントに信用してほしいって。ひとりはマリアの友だちの女の人」

携帯をおろし、佐抜を見た。

「なんで俺のこと捜してるのって」

「お父さんの件で『南十字星』の人に頼まれたと伝えて下さい」

リンは携帯を耳に戻した。

「『南十字星』に王様の件で頼まれたって」

返事を聞き、携帯をさしだした。

「ケントが話すって」

ヒナが息を吐いた。佐抜は受けとった。

「もしもし、お電話かわりました。佐抜と申します」

「サヌキ？　おもしろい名前。うどん屋さんみたい」

やや高い声が返ってきた。

「いえ。旅行代理店をやっています。べサール語が話せるというので、『南十字星』の阪東さんから頼まれまして」

「バンドウサン、べさーる語、マルデ話セナイヨ」

いきなりケントはべサール語でいった。

「知ッテイマス。ダカラ、べさーる語ヲ話ス私ヲ信用シテ下サイ」

「べさーる語ヲ話セテモ、信用デキルカドウカワカラナイ」

「オッシャル通リデス。デモ私タチハ、けんとサンノコトヲ心配シテイマス。オ母サンニモ会イニイキマシタガ、会エマセンデシタ」

　佐抜は告げた。

「オ母サンニ？」

　ケントの声が低くなった。

「『南十字星』ノ人ハ、中国人ニ保護サレテイルカモシレナイトイイマシタ。ソウナノデスカ？」

「ワカラナイ。今ハ、何モワカラナイ」

　ヒナが手をさしだした。「モウヒトリ、ワタシノ知リ合イニ代ワリマス」

　佐抜はいって預けた。

「もしもし。電話かわりました。あたしはヒナ。十六までベサールにいたんだ。母さんがベサール人で」

　ヒナは日本語でいった。するとケントも日本語で返事をしたようだ。

「そう。王様の具合がよくないっていうのは、あたしも母さんから聞いて知ってる。息子に会いたがっているんじゃない？」

　ケントが喋（しゃべ）った。

「わかるよ。確かにクワン政権はヤバいらしいね。あんたが帰ったら、つかまっちゃうかもしれない」

　王子に向かってあんたはどうかと思ったが、十六歳でハミハミとなれば、かまわないかもしれない。王子という身分をナンパの道具に使うような子だ。

「うん。でもお母さんのことは心配だろう。あんたひとりじゃどうにもならないよ。『南十字星』だってアテにはできないかもしれないけど、あんたひとりよりはマシだよ。あたしら？　あたしらは別に役人とかじゃない。あんたのことを捜すよう頼まれただけで」

　ヒナはつき放すようにいい、佐抜は冷や冷やした。すると、

「あんたと話したいって」

　ヒナは携帯をつきだした。うんざりしたような顔をしている。

「もしもし、佐抜です」

「なんか、感じ悪くないすか。僕はベサールの王子ですよ。なのに、あんたって、あんたって」

ケントが尖った声でいった。やはりそうきたか、と佐抜は息を吐いた。

「申しわけありません。ケントさんとこうして連絡をとらせていただくのに、いろいろと苦労したものですから」

「別に捜してくれって頼んでないんだけど」

「存じております。ですが、王子も今お困りじゃないかと思うのですが、私の考えはまちがっていますでしょうか」

いやみないい方だ、と思いながら佐抜は告げた。が、ここはクレームをつけたがる客のガイドをしているつもりでいくしかない。ガイドがいなくなったら困るくせに、あれが嫌だ、これが気に食わないと文句をつける客の扱い方でいく。

「僕？　困ってませんけど？」

ケントの声がさらに高くなった。ヒナがいらいらしたように水のグラスの氷をかみ砕いた。リンがそれを見て、目を丸くした。

「とりあえず、一度会ってお話ししませんか？　今、王子はお宅にも帰れないし、団地にもいられない状況でしょう」

「そんなことないよ」

ケントは即座に答えた。

「今、どちらにいらっしゃるのですか」

「知り合いのとこ」

ケントは口ごもった。

「それはどこですか」

「と、東京。渋谷(しぶや)」

「渋谷。私どもも東京からきています。だったら、お会いするのは難しくないと思うのですが」

ケントは黙った。怪しいと佐抜は思った。渋谷にいるというのは嘘だろう。

「私の携帯の番号を申し上げます。王子の番号はリンさんにお聞きします」

ケントはまだ黙っている。

「よろしいですね？」

「一応、番号聞いとく」

佐抜は告げた。ケントは復唱した。

「リンに代わって」

佐抜は携帯をリンに渡した。

「もしもし、リン。うん。うん。うん。わかった、そうする。じゃあね」

リンは通話を終えた。

「ケントが携帯の番号、教えていいよって」

「ではお願いします」

リンが見せた番号を、佐抜は自分の携帯に打ちこんだ。

「で、王子は何と?」

佐抜はリンに訊ねた。

「考えるっていってました。いろいろあって混乱してるから、考えて、また連絡する、と」

「ケントって根性あるの?」

黙っていたヒナが訊ねた。

「え?」

「悪ガキってさ、本当は弱いくせに強がってるのが多い。ケントはどうなの?」

「いい奴です。けっこう優しいとこあるし」

リンはいった。

「友だちのあんたがいうなら、本当にいい奴ってこと?」

リンはこっくりと頷いた。

「自治会が捜してるって聞いて団地をでていったのも、僕やお祖母ちゃんに迷惑かけたくないからって」

「確かにいい子ですね」

佐抜はいった。

ヒナは話をかえた。

「自治会の奴、チョウっていったっけ?」

「はい」

「中国人?」

「中国とパキスタンのハーフだよ。どっちの言葉も話せて、自治会じゃ大きな顔してる。昔から団地にいる」

ジェイが答えた。

「それでウルドゥー語を喋ったのか」

佐抜はつぶやいた。

「あれ、ウルドゥー語だったんだ」

ヒナがいい、佐抜は頷いた。東南アジアで使われている言語の大半は、内容はわからないまでも何語かの見当がつく。

「何と話していたのかはわかりませんが」

「自治会にカーンてのがいて、いつもチョウとつるんでる。カーンはでっかくて腕っぷしが強いんだ」

「いたよ、そんな奴も」

ヒナがいった。佐抜は思いだした。大柄でがっしりした体格の男がいた。直接やりとりはしなかったが、チョウがふりかえり話していた。

「チョウとカーンは、いつも団地の中を巡回してる。俺の友だちはカーンに逆らって殴られた」

ジェイがいった。

「乱暴なのですか?」

佐抜は思わず訊ねた。

「すぐに殴ったりとかはないけれど、とにかくいばってるんだよね。何かあると、『自治会の決まりでそれは駄目だ』とか『許されない』とかうるさくてさ。頭きた友だちが靴を投げたんだ。それが肩にあたって、怒ったカーンが殴った。すげえ力でさ。ふっとんでたよ」

怒って靴を投げるという行為を日本人はしないが、東南アジアや中東の人間がやるのを佐抜も見たことがある。はいていた靴を脱ぎ、それで殴りつけたりもする。激しい侮辱を意味するようだ。

「チョウやカーンは働いてないのかい?」

ヒナが訊ねた。

「自治会があいつらの仕事だよ。住民が払う自治会費から給料もらってるくせに、『文句があるならでていけ』とかいうんだ。本当、最悪だよ」

ジェイが答えた。

「自治会費というのはいくらなんです?」

「ひとり、月五百円」

「ひとり?」

ジェイは頷いた。

「大人も赤ん坊も、ひとり五百円」

「高くないか、それ」

ヒナがいった。

「高いけど、自治会はそれで、怪我で働けなくなった人や年寄りの面倒をみてる。食事とかの世話をして、家賃も肩がわりしてくれるんだ。いつ自分もそうなるかわからないから、お金の文句はいわない。嫌なら確かにでていけばいいのだから」

仮に二千人の住民がいるとすれば、月に百万円だ。自治会は実数を把握しているだろうから、もっと多いかもしれない。

「自治会で働いている人は何人くらいいるのですか」

「チョウやカーンみたいな専業はそんなにいない。二、三人かな。あとはボランティアで手伝ってるのが二、三十人くらい」

「自治会のトップって誰なの？」

ヒナが訊ねた。

「会長は、ヨギさんてお爺(じい)ちゃんだよ。何人かな？インド？」

ジェイはリンを見た。

「インドネシアだと思う」

リンが答えた。

「県とかと話をつけて、外国人が住めるようにした、最初の人だって聞きました。ヨギさんがいろんな国の人に声をかけて、今みたいに集まったって」

「偉い人なんですね」

「きったない爺さんだよ。ボロボロの格好して、ヒゲを胸くらいまでのばしてて、今はもう働かないで、一日中、団地の中をうろついてる」

ジェイがいった。

「自治会には、いろんな国の人が代表をだしているんでしょう？」

佐抜は訊ねた。

「それは自治委員ね。全部で二十人くらい、いるかな。三ヶ月に一度、委員と自治会が会議やって、いろんなことを決めてるみたい。自治委員は回りもちでさ、熱心な人と面倒くさがる人と、分かれる」

「ベサール人の委員もいる？」

ヒナが訊ねた。

「いる筈だよ。誰だかは知らないけど、ひとつの国にひとり、委員をたてる決まりだから」

「その人に訊けば、何かわかるかもしれませんね」

佐抜はいった。ヒナは頷いた。

「ベサール人の委員のこと、調べられる？」

「今日はもう遅いから無理だけど、明日なら訊ける」

ジェイが答えた。

「お願いします」

佐抜はいった。ジェイは頷いた。

「じゃあ、俺ら、もういいかな？」

「ありがとうございました」

ファミリーレストランを二人がでていくと、佐抜は時計を見た。午前零時を過ぎている。

「やれやれ、長い一日だった」

ヒナがアクビをした。

「我々も帰りましょう。この時刻なら、中野坂上まで一時間くらいでいけますよ」

「じゃ送ってもらおうかな」

「任せて下さい。そのかわり、ジェイから連絡があったら、お願いします」

ヒナは頷いた。

十二

翌日の午前中、佐抜は箱崎の事務所に顔をだした。事務所の代表の柿内から、阪東の使いが預けていったという封筒を受けとる。中には現金が三十万円入っていて、「更にご入用のときは、遠慮なくおっしゃって下さい」という、阪東からの手紙も同封されていた。

気前がいいというよりは、金で解決しようとしているような印象だ。

その阪東から、電話がかかってきた。

佐抜が金の礼を告げると、

「今はどちらにいらっしゃいますか」

阪東は訊(たず)ねた。

「箱崎の事務所です」

「では、今日の午後でも一度、お会いしませんか？」

午後一時に、箱崎のシティエアターミナル内のコーヒーショップで待ち合わせる。

阪東は、成田空港にもいっしょにきた男と現れた。名刺交換をして、小野（おの）という名だと知った。

成田空港いきのバスがでたばかりなのか、コーヒーショップはがらんとしている。三人は隅の席にすわった。

「とりあえず、きのうまでのことをご報告します」

佐抜がいうと、小野がＩＣレコーダーをとりだした。二台ある。

「同じ話を何度もうかがうのは申しわけないので、録音させていただいてよろしいでしょうか」

阪東が訊ねた。

「もちろんです」

「二台使うのは、万一、一台の具合が悪かったときのためのバックアップです」

小野がつけ加えた。

佐抜は報告を始めた。すでに電話で話したこともあったが、ヒナと篠崎でルーに会ったところから始めた。ルーからウー、そしてアジア団地の「アヤラ」でマハドに一度は会ったものの、要求された情報料を渡しに戻ったところ姿を消していたこと、そして自治会に団地からの退出を促され、その後ヒナの伝手（つて）を頼って、ジェイ、リンと会い、ケントと電話で話したところまでを告げた。

「王子は渋谷にいる、と電話でいったのですね」

「はい。でもこれは僕の想像ですが、たぶんちがうと思います」

阪東の問いに佐抜は答えた。

「なぜ、ちがうと思われるのです？」

「これまで王子の行動範囲に東京の話がでてきたことがなかったからです。千葉市では、ガラの悪そうなグループと交流があるようですが、十六歳という年齢を考えると、そこから一足飛びに渋谷というのは離れすぎていると思います。せいぜい渋谷に憧（あこが）れて、一、二度遊びにいったことがあるていどではないでしょうか」

阪東は深々と頷（うなず）き、佐抜を見つめた。

「すると佐抜さんは、王子はどこにいると思われますか？」

「千葉県内だと思います。千葉市の友人を頼って隠れているとか。王子は、私たち以外の者も自分を捜していて、母親が保護下におかれていることも知っているようです。団地をでていったのも、友だちに迷惑をかけたくないという気持ちもあったのでしょうが、身の危険を感じたからにちがいありません」

「危険を感じているのに、佐抜さん、ひいては『南十字星』に助けを求めなかったのはなぜだと思われます？」

　小野が訊ねた。そのことは佐抜も昨夜寝る前に考えていた。

「理由はふたつある、と思います」

「ほう。ふたつ？」

　阪東が身を乗りだした。佐抜は頷いた。

「ひとつは、王子自身が、自分の力でまだ何とかできる、と考えている。もうひとつは、『南十字星』を信用しきれていない」

「なるほど」

「王子は父親の病状がすぐれないことを知っていました。父親に何かあったら、自分に接触する者が増えるのを予測しています。その結果、現在のクワン政権に危険視されることもわかっていると思います」

　阪東がほっと息を吐いた。

「まったくその通りでしょうな。実にすぐれた分析です」

　上から目線でほめられても、あまり嬉しくない。

「では、どうすれば王子に信用されるのでしょうか」

　小野が佐抜を見つめた。

「簡単ではないと思います。直接会って、話す他ないのではないでしょうか」

　阪東が深々と頷いた。それを見て、佐抜はつけ加えた。

「ただ、こちらの意図が何であるかは伝えなければなりません」

「意図？」

　小野が訊き返すのとは逆に阪東は視線をそらした。

「そうです。『南十字星』は王子をどうしたいのか。保護されている彼の母親を助けだす意思はあるのか」

佐抜が答えると小野は阪東を見た。阪東は横を向いている。

「それらのことを明確にしなければ、王子の信頼を得るのは難しいと思います。それどころか――」

佐抜は一拍おいた。

「それどころか？」

小野がくり返した。

「自分にとって心地いい言葉をかけてくる人についていく可能性があります。それが真実かどうかはさておいて」

阪東が顔をしかめた。

「実は我々もそれを心配しています。王子といっても十六歳の子供で、周囲に相談できる大人がいるとも思えない。夢物語を聞かされ、なびいてしまっても不思議はありません」

「夢物語？」

「ええ。クワンを追いだし王になる、という夢です」

佐抜は首を傾げた。

「それを簡単に信じるほど単純ではないと思います。潮さんと話したときも、王に何かあったら、ベサールに帰るのは危険だとわかっているようでした」

「なるほど」

阪東は頷いた。

「それに王様になりたいと思っているかどうかも不明です。もっと現実的な条件を求めるのではないでしょうか」

佐抜はいった。

「現実的とは？」

小野が訊ね、考えていると、

「お金とか」

阪東がいった。佐抜は頷いた。

「お金は欲しいでしょうね。十六歳の男の子です。洋服を買ったり、それこそ渋谷に遊びにいくようなお金も欲しいかもしれない」

さすがに王子の身分をナンパに使っているとはい

いづらかった。

「じゃあお金をあげるといえば、いうことを聞くと？」

小野が訊ねた。佐抜は首をふった。

「そんなことをいえば、かえって怪しまれるでしょう。まずは彼と王妃の身の安全を保証することではないでしょうか」

そして阪東を見た。

「王妃がどこで誰に保護されているのか、具体的な情報はありませんか？」

阪東は目を合わせないまま答えた。

「王妃と定期的に話していた者が、その件については調べています」

「王妃がどこでどうしているかを伝えられれば、王子の信頼を得られるかもしれません。そうなれば、直接会って話すことも可能になると思います」

阪東は無言だ。

「警察の協力を仰いではどうでしょう」

「警察？」

驚いたように阪東は佐抜を見た。

「どうして警察がでてくるのです？　警察を巻きこむとかえって問題が複雑になります」

「王子に対してはそうかもしれませんが、王妃を保護している連中にはちがうのではありませんか」

「どう説明するのです？　警察に」

「ありのままを」

阪東は渋い表情になった。

「それはどうでしょうか。警察の介入はできる限り避けたい」

「なぜです？」

「なぜって、事態が大きくなりますし、マスコミなどにも伝わるかもしれません」

「つまり王妃の居どころを見つけるより、騒ぎになるほうが困る、というのですか」

「そうはいってません。警察を巻きこんでどうにかなるなら、とうに我々から警察に通報しています。だが今の段階で事件性があるのかどうかは微妙です。それなのに警察に知らせれば、事態そのもののコントロールを彼らにもっていかれてしまう危険がある」

本音がでた、と佐抜は思った。同じ役人どうしでも、いや、だからこそ、警察が首をつっこんでくるのを防ぎたいのだろう。

「では王妃の居場所を、どうやって見つけるのです？」

阪東と小野は顔を見合わせた。

「王妃の居場所に関する手がかりを得られなければ、王子の信頼はとうてい得られません。それに——」

佐抜はいって、言葉を切った。

「それに、何です？」

「王子をどうしたいのか、まだ返事をいただいていません」

阪東は佐抜を見つめた。

「そこに関しては、まだ結論がでていないのです」

「でていない？　どういう意味ですか」

「王子をどうすべきかは、ベサールとどう向きあうかという外交的なテーマと直結しています。それについて我が国はまだ結論がだせていないのです。ただ一点、我が国領土内で王子に危険が及ぶことだけは避けたい。今のところ、そういう状況ではありませんが」

「つまり王子が日本にいなかったら、何も関係がない、ということですか」

「そうです。日本にいなければ、我々の仕事はない。たまたま日本にいたがために、目を向けなければならなくなった。それも公にではなく、佐抜さんのような民間人のお力を借りて」

「見ているだけで何もしない？」

佐抜は腹が立ってきた。いくら何でも無責任すぎる。

「いや、危険だとなれば保護します。そのときは警察の協力も仰いで。ですが、ぎりぎりまで、公に動くのは控えたい」

佐抜は黙った。口を開くと責める言葉がでてしまいそうだ。

携帯が振動した。ヒナからだ。

「すみません」

断って耳にあてた。

「佐抜です」

「ジェイから連絡があってさ、ベサール人の自治委員が話をしてくれるって。今夜九時に、きのうのファミレスに連れてくるそうだよ」

ヒナがいった。

「わかりました。車を用意して連絡します」

「よろしく」

電話を切り、

「潮さんでした。団地に住んでいるベサール人の方と話すことができそうです。王子はずっと団地内に隠れていたようですから、何か情報が得られるかもしれません。今夜九時に木更津にあるファミリーレストランで会います。お二人もお越しになりますか」

「いきたいのはやまやまですが、別件があって、東京を離れられません」

小野がさも残念そうに首をふった。佐抜は阪東を見た。阪東は表情すら変えずに、

「ベサール人との接触は佐抜さんにお任せします」

といった。小野が訊ねた。

「団地の自治会の人間が王子を捜していたと、先ほど佐抜さんはおっしゃいましたが、大丈夫なのですか？」

「会うのは団地内ではありませんから」

「あなた方に退去を促したのも自治会でしたね」

阪東がいった。

「ええ。チョウという、中国とパキスタンのハーフで、もうひとりのカーンというパキスタン人と、専業で自治会の仕事をしているそうです」

佐抜は答えた。

「その自治会の人間が、中国政府の指示をうけているとは考えられませんか」

小野が訊ねた。

「そこまではわかりません」

佐抜は首をふった。

「もしそうであるなら、王子も王妃と同様に保護下におこうとしたとも考えられます。王子はそれを警

戒して団地から逃げだした」

　阪東がいい、佐抜は頷いた。

「その可能性はもちろんあります。もし『南十字星』に保護を求めてきたら、どうしますか」

「それは、できる限りのことをするつもりです」

　阪東の返事は歯切れが悪かった。佐抜は気づいた。

「南十字星」が恐れているのは、王子の身柄を中国に押さえられることではなく、王子をめぐって中国政府と対立することだ。

　王子がどうなろうが、問題さえ起きなければよいのだ。だから直接動こうとはせず、自分やヒナに任せている。

　つまり何があっても「南十字星」が救いの手をさしのべることはない。だから佐抜と契約書も交わさず、経費の領収証も要求しないのだ。

「本当に王妃の居場所を見つけられますか?」

　佐抜は訊ねた。

「できる限りのことはします」

　阪東が答えた。

「ではもし王子が警察に届けるといったらどうしますか?」

「それは……王子本人の問題です。ただ千葉県警がまともにとりあうかどうか」

　どこか嘲（あざけ）るような口調で阪東はいった。

「王子のおかれた状況を説明すれば、とりあわざるをえないのではありませんか」

「そうなったら面倒がって、外務省に丸投げしますよ。巡り巡って、我々のところに降りてくるだけです」

　阪東がいい、佐抜はがっかりした。

「そうなんですか」

「佐抜さん、我々のことを冷たいと思われているのでしょうが、国際政治がからむと、私情はときに捨てざるをえません。まずは国としてどう対処するのかという問題になるのです。ベサールに関しては、日本一国ではなく、アメリカなど同盟国も今後の動向に関心を寄せています。しかし、日本に王子や王妃がいる以上、日本政府も無視するわけにはいかない。ベサールを離れた当初のように、ずっとアメリカにいればこうした問題はおこらなかった。日本にこられたことで、さまざまな可能性が生まれてしまったのです」

阪東が真剣な表情でいった。

「我が国領土内で、王妃や王子の身体生命に危害が及ぶことを見過ごすわけにはいきません。が、それ以外のことでベサールの政治状況に関与するような行為は慎まなければならないのです。ただし――」

いいかけ、阪東は言葉を切った。

「ただし何です？」

阪東は首をふった。

「いえ、これ以上は申し上げるべきことではないので、忘れて下さい」

佐抜はまじまじと阪東を見つめた。

「忘れて下さい」

阪東はくり返した。口をすべらせ、うろたえているようにも見える。珍しいことだ。

「申しわけありません。我々にもお伝えできることとできないことがあるのです」

小野があやまった。佐抜は息を吐いた。

「わかりました」

「誰も傷つかず、ことが大きくならないのを願っています。そのためには佐抜さんが入れて下さる情報が頼りなのです」

佐抜は無言で小野と阪東を見た。

「本当です」

阪東がいった。かえって信じられない、と佐抜は思った。

十三

レンタカーを借りた佐抜はヒナを昨夜送った中野坂上の自宅近くで拾った。ヒナの住居は佐抜の住居に負けず築年数がたっていそうなマンションだった。

時刻は夜七時だ。新宿から首都高速に上がり、アクアラインをめざした。木更津南インターで高速を降り、八時二十分にはファミリーレストランに着いた。二人とも夕食がまだだったので、ジェイたちを待つあいだに食べることにした。

食事をしながら、佐抜は「南十字星」の二人と交わした会話の内容を告げた。

「まあ、そんなものだろうね」

特に驚きもせず、ヒナはいった。

「何かが起きたときに、知りませんでしたでは叱られるから、目だけは開けているってことじゃない」

ヒナはカツカレーを、佐抜は魚の西京焼を食べている。

「叱られるって、誰にですか」

「政治家とかマスコミとか。手をだすだけさないに関しては、上のオーケーがなかったら、絶対無理だろうし、警察を巻きこんだら、まちがいなく外務省の上司に怒られる。役人どうしの縄張り主義があるからね」

「阪東さんが口にした『ただし』が気になります。ベサールの政治状況に関与するような行為は慎まなければならない。ただし、といって黙ってしまったんです。そのあとに何というつもりだったのかは、わからないのですが」

「何だろうね」

ヒナも首をひねった。

「ただし、上の許可があれば、ですかね。そうならわざわざいうほどのこともないと思うのですけど。王妃や王子が怪我をしたらとか、そういう意味だったのでしょうか」

佐抜はいった。ヒナは考えている。

「わかんないね。まちがいなくいえるのは、何かマズいことが起きたら、あいつらはあたしらを知らないっていう。それだけだよ」

「僕もまったく同じ意見です」

「やってらんないっていえばよかったじゃん。そうしたら、あいつらあわてるかも」

「そうなんですが、王子とも電話で話してしまった以上ここでやめるのは、王子に対して無責任だという気がして」

ヒナは苦笑した。

「あんたって、マジメだね」

「ヒナさんはどうなんですか」

「あたし？　あたしはさ、半分ベサール人じゃん。日本にベサール人が何百人もいるのなら、別に関係ないよっていう話だけど、少ないから、何かほっとけない」

「ヒナさんのほうがよほどマジメですよ。マジメというよりお人よし、かな」

「あんたもだよ」

二人は顔を見合わせて笑った。

ファミリーレストランの入口をくぐるジェイともうひとりが見えた。

「きた」

ヒナがいった。ジェイの連れは、小太りの男性だ。背はあまり高くなく、髪の毛が薄い。年齢は四十代のどこかだろう。

「こんばんは」

佐抜は立ち上がった。ジェイが男性を、自治委員をしているダニエルだと紹介した。佐抜とヒナも名乗った。ベサール語のわからないジェイのために、会話は日本語ですることになった。

「私たちはベサールの王子であるアリョシャ・ケントさんを捜しています。王子は少し前まで団地にいたようですが、ご存じでしたか」

ダニエルは頷いた。

「はい。王子が団地によくきてるの、知ってました」

「それで何か特別なことはありましたか」

「いいえ。王子は何も特別ではないです。ただの子供」

「でも団地にいるベサール人は皆、知っていた？」

ヒナが訊（たず）ねた。

「はい。王子とお母さんが日本にいるのはベサール人は皆知ってます。だから団地にきてもおかしくない。住んだら変、ですけど」

「なぜ変なのです？」

「お金あったら団地に住まない。王子も王妃もお金あるでしょう」

「団地に何人くらい、ベサールの方はいらっしゃるのですか」

佐抜は訊ねた。

「今は――十四人です。みっつの家族と二人」

三家族十二人と独身者が二名という意味のようだ。

「ダニエルさんも家族がいらっしゃるのですか?」

「はい。奥さんと娘、息子。息子は日本で生まれました」

「『アヤラ』のマハドさんを知ってる?」

ヒナの問いにダニエルは頷いた。

「はい、知ってます。今日もお店いきました」

佐抜はヒナと顔を見合わせた。

「きのう、マハドさんから王子の話を聞く筈だったのに、自治会に追いだされちゃったんだ。ダニエルさん、何か知ってる?」

ヒナが訊ねた。ダニエルはうつむいた。

「はい」

「自治会が王子を捜してるみたいなんだけど」

「わんサンガちょうニ命令シタ」

不意にベサール語をダニエルが喋った。

「わんサンテ誰?」

ヒナがベサール語に切りかえた。

「中国ノ自治委員。団地ハ中国人多イカラ、トテモチカラガアル」

「わんサンハナゼ王子ヲ捜スノ?」

「ワカラナイ。デモ、自治会ニ中国ガオ金ヲダスト急ニイッテキタ。団地ニハ中国人ガ多イ。ダカラ中国ガ援助スル、ト。特定ノ国ノ援助ヨクナイトイウ人モイタケド、中国ガ団地ノ医療設備ニ五百万エンダストイッタラ、何モイワナクナッタ」

「ツマリ自治会ハ、中国ノイウコトヲキク?」

ダニエルは頷いた。

「自治会は王子をどうしたいのでしょうか」

佐抜は日本語で訊ねた。

「わからない。でも王様は死にそうと聞いています。クワンが中国に頼んだのかもしれない」

ダニエルも日本語で答えた。

「何を頼んだの?」

ヒナが訊いた。

「クワンをやめさせたい人と王子が仲よくなるのは困る」

「そのために王子をどうするというのです?」

「わからない。どこかに連れていく。もしかしたら……コロス」

コロスはベサール語だった。

「クワン政権は今、安定しているのではないですか」

思わず佐抜はいった。

「安定しています。中国との貿易もうまくいっている」

「だったら王子を担いでクーデターなんて起きないでしょう?」

「今すぐは無理。でも二年後、選挙をするとクワンはいっています。選挙で大統領を選ぶ。そのとき、王子がいたらどうなるかわからない」

二年後でも王子は十八歳だ。とうてい大統領になれる年ではない。だが王子を代表にした政党ができるかもしれない、とダニエルはベサール語で続けた。クワンに対抗できる人間は、王族しかいない。

「選挙をやるっていうのは本当なの?」

ヒナの問いにダニエルは頷いた。

「アメリカやイギリスの圧力でクワンもオーケーした」

「そういうことか」

ヒナがつぶやいた。佐抜も頷いた。

大統領を選ぶからには、たぶんその前に国政選挙もおこなわれる。そこに王子を代表とする政党が立候補させた人間が大量当選すれば、クワンの座が危うくなる可能性が生まれる。

その芽を今のうちに摘んでおこうということなのだろう。

王子を立てる政党が生まれれば、アメリカやイギリスもバックアップするにちがいない。

ベサールの政情はかえって不安定になる。

「クワンは王子をどこかに隠したいんだね。さもなけりゃ……」

ヒナの言葉にダニエルは頷いた。

「王子はそれに気づいていますよね」

佐抜はいった。

「はい」

「誰か、王子が頼れる人はいるのでしょうか。団地の中でも外でも」

ダニエルは首をふった。

「わかりません」

佐抜はヒナの親戚、ルー叔父さんの言葉を思い出した。

――ただ、日本に今もいるのはクワンが嫌いな連中だ。ベサールに戻ったたっていい思いができないとわかっているから、日本にいるんだ。俺もそうだけどな。そういう人間にとっちゃ、クワンが倒れてくれるなら、次は誰でもいいのさ。

「ベサールの方で、クワンに対して強硬な考えをもっている人です」

佐抜がいうと、

「キョウコウ?」

ダニエルは首を傾げた。

「くわんヲ大嫌イッテコト」

ヒナがベサール語に訳した。

「くわんノコトハ、皆、嫌イ」

ダニエルが答えた。

「特ニ嫌ッテイル人ハイマセンカ。反政府活動ヲシテイルヨウナ」

佐抜がベサール語で訊ねると、ダニエルは目を丸くした。

「アナタ、べさーる語、話セルノカ!」

「いいからさ、どうなの？　団地の人でもよその人でもいいけど、クワンをやっつけたいと思っているベサール人を誰か知らない？」

ヒナが日本語でいった。ダニエルは大きく息を吸いこんだ。

「大丈夫です。それを誰かにいいつけるようなことはしません」

佐抜はいった。それでもダニエルは考えている。

「その人を頼って王子が隠れているのかもしれませ

ん」

　佐抜はつづけた。ダニエルは首をふった。

「それはないです」

「そういう人はいるんだね?」

　ヒナが念を押した。ダニエルは頷いた。

「はい。でもいえません」

「じゃあ、これだけ教えて。その人は団地の人なの?　外の人なの?」

「ダメです。いえない。でもこれだけはいいます。ベサール、クワンに対するレジスタンス、あります。そのメンバーは日本にもいる。クワンは、レジスタンスを警戒しています。ベサールで見つかったら、つかまります。拷問サレル」

　最後はベサール語だった。ヒナがジェイを見た。

「ジェイ、今の話はマリアにもするなよ」

　恐い顔だった。ジェイは頷いた。

「レジスタンスのメンバーが王子をかくまっている可能性はあるのでしょうか」

　佐抜はにわかに緊張を覚えながら訊ねた。木更津のファミリーレストランで、まさか「レジスタンス」などという言葉を使うことになるとは思わなかった。

「わからない。でも、たぶんちがう。レジスタンスがかくまっていたら、王子は団地にいます」

「でも自治会が目を光らせているのでしょう?」

「自治会に見つからない場所があります。そこに王子を隠せる」

　佐抜とヒナは顔を見合わせた。

「レジスタンスが王子をかくまってないとしたら、それはなぜなの?」

　ヒナが訊ねた。ダニエルが首を傾げ、ヒナはベサール語で同じ質問をした。

「ああ……。それは王子が信じられないから。レジスタンスと友だちになるかどうか」

　王子を味方につけられる自信がない、ということなのだろう。

「なんだか複雑な話になってしまいましたね」

　佐抜はいった。クワン政権に対するレジスタンスのメンバーが日本にいるなどと話したら、阪東は何というだろう。

「私、帰りたい。いいですか」

ダニエルは訊ねた。喋りすぎたと思ったのか、不安げな表情だ。

「あっ、どうぞ。ありがとうございました」

佐抜は情報料として用意した、一万円の入った封筒を渡そうとした。が、ダニエルはがんとして受けとらなかった。受けとれば、自分に災厄が及ぶと考えているようだ。

バイクで帰るというジェイら二人を見送り、佐抜とヒナはテーブルに残った。

「レジスタンスなんてあったんですね」

冷たくなったコーヒーをすすり、佐抜はつぶやいた。

「今でこそ穏健だけど、クーデター当初は王制派の軍人や政治家をクワンはばんばん殺したらしい。生きのびた連中は、やっぱりクワンをぶっ倒したいのじゃないの」

ヒナがいった。佐抜は頷いた。

「とりあえず引きあげようか」

ヒナの言葉にしたがい、会計をすませてファミリーレストランをでた。駐車場に止めたレンタカーに歩みよったとき、四人組の男に二人は囲まれた。

「おい、佐抜ってのはお前か」

タトゥーをびっしり入れたガラの悪そうな男がいった。日本人のようだ。

佐抜は立ちすくんだ。四人はいずれも大柄で、でっぷり太ったひとりなど夏でもないのにタンクトップにショートパンツ姿だ。

「な、何でしょう」

声が震えそうになった。

「何、びびってんだよ、こら。人が訊いてることに答えろや！　お前は佐抜なのか、ちがうのか」

タトゥーの男が大声をあげた。

「そうです」

タトゥーの男は仲間をふりかえった。

「どうする？　こいつがそうだってよ。ここでシメるか？　それとも海に連れてって沈めちまうか」

　不意に佐抜は押しのけられた。ヒナだった。佐抜の前に立ち、タトゥーの男を見つめた。

「何なの？　あんたら」

「やかましい！　お前は関係ねえ」

「はあ？」

　ヒナは男をにらみつけた。

「関係ないのはあんたらだろ」

「このクソ女。ガタガタいうとシメるぞ、こら！」

　男がヒナの肩に手をかけた。その瞬間、ヒナは男の手首をつかみ、体を半回転させた。

「痛ててて！」

　男は自ら体を捻（ひね）り、悲鳴をあげた。ヒナに関節を決められたのだ。

「な、何すんだ」

「それはこっちのセリフだよ。人のこと駐車場で待ち伏せて、何すんだよ」

「は、離せ、痛えよ！」

「あたしは痛くないね」

「この！」

　ショートパンツの男がヒナの首をつかもうとした。ヒナはタトゥーの男の手首を決めたままかいくぐり、男の膝（ひざ）を蹴（け）った。軽く蹴っただけのように見えたが、

「わっ」

と膝をかかえ、うずくまった。

「何なんだよ」

　残る二人のうちのひとりが声を上げた。

「離せ、クソ女！」

　タトゥーの男が叫んだ。

「離す前にあんたの手首、折るわ。クソ女って二回いったから、二ヶ所折る」

　ヒナは平然といって男の手首を捻りあげた。

「や、やめろ！」

　男は陸にあがった魚のように体をびくんびくんと跳ねさせた。

「やめて下さい、だろ」

　ヒナはいった。

「ふざけやがって――」

残る二人のうちのひとりがヒナの顔に拳をつきだした。ヒナは体を沈めてそれをかわすと回し蹴りを放った。爪先がその男の頬に命中し、男は尻もちをついた。何が起こったのかわからないのか、頬を押さえ目をみひらいている。が、ヒナのその動きでタトゥーの男の肘がさらに捻られた。

「がああっ、やめて、やめて下さい」

タトゥーの男は叫んだ。

「あっ、今、コキッといった」

ヒナはいった。タトゥーの男は汗みどろになって目をみひらいている。

「お、折れた」

「折れてないよ、ただの脱臼」

ヒナは男の手を離した。男はその場にへたりこんだ。うらめしそうに腕をかかえ、ヒナを見上げる。

「何なんだよ、ク、姉さん」

クソ女をみたびいいかけ、あわてて姉さんといい直した。

「あんたらこそ何だよ。名前を知ってるってことは、誰かにいわれて待ってたんだろ」

強え、強すぎる、と回し蹴りを浴びた男がつぶやいた。佐抜はおかしくなった。さっきまで恐かったのは自分だが、今はこの四人が怯えている。

「どこからきたんだい」

ヒナがタトゥーの男を見おろし訊ねた。

「千葉だよ」

「ここも千葉だけど？」

「千葉市です」

「千葉市から、わざわざ木更津までできたのかい」

「その……後輩に頼まれて」

「後輩？」

「ケントさんですか」

佐抜は訊ねた。タトゥーの男は頷いた。

「変な奴らにつきまとわれている。このファミレスにくるから、つきまとうのをやめるよういってくれって」

「はあ？　シメるだの、沈めるだのっていってなかったっけ？」

「あれはちょっと威(おど)かそうと思っておおげさにいっただけです。勘弁して下さい。姉さん、なんでそんなに強いんですか」

　タトゥーの男は急に態度を改めた。

「うるさい！」

　ヒナは佐抜を見た。

「とんでもないクソガキだね。こんなチンピラ、けしかけて」

「ケントさんは千葉市にいるのですか」

　佐抜は訊ねた。タトゥーの男は聞こえないフリをしている。ヒナが一歩踏みだすと、

「そ、そうです」

　と答えた。

「千葉市のどこです？」

「富士見(ふじみ)二丁目だよ。『マタドール』ってバーの二階に隠れてる」

　富士見二丁目は千葉市中央(ちゅうおう)区の歓楽街だ。バーやキャバクラなどが集まっている。

「なんで、その『マタドール』にいるんだよ」

　ヒナが訊いた。

「俺らの基地なんです。ナンパした女を連れてったり、二階にベッドルームがあって……」

　ヒナは舌打ちした。

「十六でそんなことしてるのかよ」

「あいつ、女の扱いはうまいんですよ。だから俺ら、すごく重宝してて……」

「それで頼まれたから、あたしらをシメにきたわけだ」

「相手まちがえました！　すんません、勘弁して下さい！」

　不意にタトゥーの男は正座した。ヒナはあきれたように佐抜を見た。

「どうする？　全員、腕を折っとこうか」

「や、やめて」

「勘弁して下さい」

「姉さん！　一生ついていきますから」

　男たちは口々に叫んだ。どうやら見かけほど凶悪ではないようだ。

「それより、『マタドール』にいきましょう。ただしケントさんには知らせないでいてもらって」

佐抜がいうとヒナはにやりと笑った。

「なるほどね。それがいいや」

そしてタトゥーの男のかたわらにしゃがんだ。額を人さし指で弾く。ピシッと小気味のいい音がして、男は呻き声をたてた。右腕はぶらんと垂れ下がっている。

「今の聞こえた?」

「はい」

「あたしらこれから、その『マタドール』ってとこいくから、そのときもしケントがいなかったら、あんたら全員に責任とらせるから。基地なんだろ。毎日見張って、あんたら順番に腕の骨、粉々にしてやる。医者いってもくっつかないくらい」

ひいっと悲鳴が上がった。現役時代を思いださせる迫力がヒナの表情にはあった。とてつもなく凶暴な、まさに「レッドパンサー」だ。

「いいません！　絶対いいません！」

四人の男たちはヒナを拝まんばかりだ。

ヒナは膝をのばした。

「あたしらがここにくるってのは、ケントから聞いたんだね」

四人全員が頷いた。

「ジェイさんがダニエルさんを連れてここにくるという話が、リンさんを通して伝わったのでしょう」

佐抜はいった。

「なるほど。あんたやっぱり頭いいわ」

ヒナは感心したように頷いた。

十四

ファミリーレストランの駐車場をでたレンタカーを追ってくる車はなかった。少し走ったところで佐抜は車を止め、地図アプリで調べたバー「マタドール」の住所をカーナビゲーションに打ちこんだ。館山自動車道を使えば、三十分ほどで到着する。

「ヒナさんは本当に強いんですね」

レンタカーを再発進させ、佐抜はいった。

「別に強かないよ。あんな連中、トレーニングもしてないし、どうってことない」

ヒナは不機嫌そうにいった。強いとほめられるのが嬉しくないようだ。佐抜は話題をかえた。

「さっきのダニエルさんの話で気づいたことがあるんです」

「何だい？」

「レジスタンスのメンバーは団地にいる人か、そうでない人か訊いたら、ダニエルさんは答えられないっていったじゃないですか」

「うん。かなり恐がってたな」

「でもその後、『レジスタンスがかくまっていたら、王子は団地にいます』って、ぽろっといってたじゃないですか。自治会が目を光らせているのでしょうと僕が訊くと、自治会に見つからない場所があるから、そこに王子を隠せるって。つまりレジスタンスのメンバーは団地内にいるってことですよね」

「確かにそうだ。でもなんであんなに恐がってたんだろう。レジスタンスって、そんなに強いのか」

ヒナはつぶやいた。

「というより、レジスタンスの存在がベサールや中国の政府関係者に伝わるのが恐いのじゃないでしょうか。ダニエルさんもベサールに帰らないわけですから、クワン政権が好きではなく、心情的にはレジスタンス寄りなのだと思います。だからレジスタンスにとって不利になるような情報を外部の、それも日本人には教えたくなかったんです」

「それはあたしもわかるよ。でもレジスタンスってのは反政府活動だろ。いったい誰がやっているんだろう」

「僕の想像では、マハドさんです」

佐抜はいった。

「『アヤラ』には、いろいろな情報が集まるって、ラーメン屋のウーさんもいっていたじゃないですか。マハドさんなら、怪しまれずに情報の中継がおこなえます。自治会が監視していたのも、それを疑っていたからじゃないでしょうか」

「でも十万で王子の情報を売るっていった」

「実際に売ったわけではありません。僕らがいったい何者か、マハドさんには知りようがない。もし中国やベサール政府の回し者をけんもほろろに追い返したら、自分の立場が危うくなります。そこで金で売るといって、いったん僕らを追いだし、そのスキに姿をくらませたのではないでしょうか」

「あたしらがその場で十万円払ったら、どうした?」

「値をつり上げればすむことです。すぐ十万払うくらいなら、もっとだせるだろうといって――」

「じゃあ、店番してたのは、自治会の回し者じゃなかったってこと?」

「ええ。あるいはレジスタンスの協力者かもしれません。中国人のようでしたが、クワンを快く思っていない人もいるでしょうから」

ヒナは息を吐いた。

「なんだかひとすじ縄じゃいかないって感じだね」

「王子にとって誰が敵で誰が味方だか、見分けがつきにくい状況です」

「だからってあんなチンピラけしかけやがって、どうしてくれようか」

佐抜は思わず笑った。

「何がおかしいんだよ」

「いや、何でもないです」

「いえよ!」

「いや、さっきのヒナさんの顔を思いだしたんです」

「さっきのあたしの顔?」

「これをいうと怒られるかもしれませんけど、僕が大ファンだったレッドパンサーを、あんなに間近で見られたのは興奮しました」

ヒナは大きなため息を吐いた。

「そこかよ」

「だってめちゃくちゃカッコよかったんです。『強え、強すぎる』って、あいつらのひとりがいったとき、誰を相手にしているのか知らないのかって思いました」

「プロレスラーだって、リングの外じゃ暴れないのもいる。むしろそっちのほうが本物さ」

ヒナはいった。

「本物？」

「格闘技をやっている人間が強いのはあたり前だよ。そのためのトレーニングもしている。だから、やっていない奴に勝っても自慢でも何でもない。そんなのは弱い者いじめといっしょだよ。だから本当に強いプロレスラーは、リングの外じゃ決して暴力なんてふるわない」

「そうなんですか？」

「さっきはさ、あいつらが四人がかりであんたを威しにかかったろう。それが気に食わなかった。あそこまで痛めつける必要もなかったんだ。敵じゃないってわからせればいいだけだった。脱臼させたのは弾みだよ」

「僕は助かりました。ヒナさんがいなかったら、どうなってたか」

「たぶん小突き回されて青タンくらいは作ったかもしれない」

「痛い思いをしたわけですよね」

「確かにね」

答えてヒナは黙った。少しして口を開いた。

「暴力って不思議なもんなんだよ。それが日常の人間からすれば、多少痛い目にあってもあわせても、別に目くじら立てることじゃない。兄弟ゲンカがそう。兄貴にいつも痛い思いさせられてる弟は、だからって兄貴を恨んだりしない。でも同じことを学校でやると大問題になる。俺はいつもこれくらいやられてるのに、親にいいつけたりしない。なのになんでお前は先生にいいつけるんだって。やられたほうはさ、痛い思いさせられて許せないって頭にきてるわけさ」

「なるほど」

「ああいう連中は、ふつうに小突き合いくらいはしていて、それで自分を強いと思ったりしてるのさ。だから他人を小突くのにも、たいして罪の意識がない。慣れていない人間が恐がると馬鹿にする。そういうのは見ていてムカつくね。お前らだって恐い存在があるんだって、わからせてやりたくなる」

「ヒナさんも恐いと思うことはありますか」

「もちろんあるよ。たとえばの話、あんたみたいなタイプが本気になって刃物とかもちだしたら、すげえおっかないと思う。無傷じゃ絶対にすまないからね」

「僕が刃物を、ですか」

「たとえばの話だよ。あいつらみたいにおふざけ半分で暴力をふるうのと、本気で暴力をふるうのはまるでちがう。素手ならなんとかなるだろうけど、刃物とかもちだされたら、あたしは逃げるね」

ヒナの言葉には説得力があった。それだけ修羅場をくぐってきたということなのだろう。

「刃物をもちだすほどの勇気は僕にはありませんよ」

佐抜がいうと、

「勇気ね」

ヒナは息を吐いた。

「勇気ってのはさ、ケンカに強いとか弱いとかじゃない。体の大きい大人が子供に勝っても、ケンカに強いとか勇気があるとか思わないだろ」

「じゃあヒナさんの考える勇気は何です?」

ヒナは黙っていたが、口を開いた。

「日本に戻ってきて編入した高校でさ、あたしは浮きまくりだった。そんなの平気だって顔をしてたらいじめの標的にされた。こっちも生意気だったから、先公にまで嫌われてさ、思いきりやられた。机や鞄からモノが無くなるのはしょっちゅうだし、『死ね』だの『退学しろ』だのって手紙が机や下駄箱に入っててさ」

「ひどいですね」

「そんな中で、ひとりだけあたしの味方してくれた子がいたんだよ。どっちかというと地味でおとなしめな女の子だったんだけど、ホームルームで、あたしに対する皆の態度はおかしいと思うって、その先公にまでいったんだ」

「すごい。それでどうなったんです?」

「そんなんでいじめがやむわけもなくて、翌日からその子も標的さ。あたしは頭にきて、いじめてる奴らをぶっ飛ばしたよ。自分ひとりだったら無視も我慢もできたけど、あたしをかばったせいでその子がやられるのは許せなかった。卑怯な奴らだと思ってさ」

ヒナはフンと笑った。

「おかげで退学。オヤジにいわれて女子プロレスラーさ。でも後悔はしちゃいない。ぶっ飛ばしたのは悪かったけど。勇気ってのはさ、皆が同じ向きで同じことをいっているときに、自分がちがうと思ったら、それをはっきりいえることじゃないかな。いえば叩かれるとはわかっていても、正しいと思ったことを主張する」

「その人はどうなりました?」

「学校をやめず卒業して、今じゃ先生やってる。立派だろ」

「ええ」

「でもね、仲よくなったわけじゃない。あるときいわれたんだ。『あたしは別にあんたがかわいそうで味方をしたわけじゃない。皆のやっていることがまちがっていて、それを誰もいわないのが嫌だったんだ』って。その上、『どっちかというと、あたしもあんたのことが好きじゃなかった』」

佐抜は思わずヒナを見た。ヒナは笑っていた。佐抜も噴きだした。

「すごい人ですね」

「だろ」

「でも、本当に勇気があったんですね。だってヒナさんにそんなこといったら、どつかれるかもしれないのに」

「おい! そんな真似するかよ。でも、そうされても平気だったのだろうな。あれが本当の勇気だって、今でも思ってる」

車が千葉市の繁華街に入った。バー「マタドール」は、カラオケボックスと焼肉屋にはさまれた細長いビルに入っていた。位置を確かめると、佐抜は近くのコインパーキングにレンタカーを止めた。

歩いているのは男ばかりで、立っている女性は呼びこみだった。あたりにはキャバクラやガールズバーといった店も多いようだ。

　背中に剣の刺さった牛の絵が描かれた扉を押すと、大音量の音楽に包まれた。正面にソフトダーツの機械があり、右側はカウンターで左がテーブル席になっている。

　カウンターにラフな格好の男が二人いて、向かいに黒いベストを着けた男が立っていた。髪を金髪に染め、鼻にピアスを入れている。

「いらっしゃいませ」

　気怠げにピアスの男はいった。年齢は三十代のどこかだろう。シャツの胸もとをアバラが見えるほど開けていて、ひどく痩せていた。

　カウンターにいた男たちが佐抜とヒナを見つめた。

「何にします?」

　佐抜とヒナは顔を見合わせた。

「あたしはジントニック」

　ヒナがいった。まずは客としてようすを見ようというのだろう。

「車なんで、何かノンアルコールのものはありますか」

　佐抜が訊ねると、

「コーラ、ジンジャーエール、オレンジジュース、トマトジュースってあたりかな」

　ピアスの男は答えた。

「じゃあコーラを下さい」

　いって佐抜は店内を見回した。ダーツの機械の横に階段があった。タトゥーの男がいった「二階」にはそれで上がるのだろう。

「うち、キャッシュオンデリバリーで、カードも使えませんがいいすか」

　ピアスの男が訊いた。佐抜は無言で頷いた。

　やがて男はふたつのグラスをカウンターに並べ、

「三千円です」

といった。高いような気もしたが、佐抜は無言で払った。先客は二人への関心を失ったように話を始めている。

　ピアスの男が離れていくのを待って、

「知らせはいってないようですね」

と佐抜はささやいた。ヒナはいった。

「電話してみなよ、王子に」

「ここからですか?」

佐抜は訊き返した。

「ここにいるっていったら、あきらめて下りてくるかも」

ヒナの答えに納得し、携帯をとりだした。

リンから教わった王子の番号を呼びだす。しばらく鳴らしたが、応答はなく留守番電話に切りかわった。

「でません」

電話を切った佐抜はいった。木更津のファミリーレストランに男たちをいかせた手前、何もなかったようには電話にでられないのだろう。

ヒナは頷き、ピアスの男を手招きした。

「ねえ。この上って何があんの?」

「上?」

「そこの階段上がったところ」

ダーツのかたわらにある階段をさしてヒナはいった。

「オフィスです」

「この店の?」

男は頷き、うさんくさげにヒナを見つめた。

「オフィスに電話はある?」

「ありますけど?」

「申しわけないけど、ちょっとかけてくれない? 上にいる人に用事があってさ」

「は?」

「ケントがいるんだろ」

ヒナがいった。

「何の話ですか?」

「ここを基地にしてるって、ケントの先輩から聞いたんだよね。ここの二階にケントがいるって」

「よくわかんないすけど、何いってんすか」

ピアスの男はカウンターの先客に目配せした。先客二人が立ちあがった。

「おい、何わけわかんねえこといってんだよ」

「帰ったほうがいいんじゃねえのか、こら」

二人はヒナにすごんだ。ヒナは息を吐いた。

「タトゥー入れた奴、あんたらの仲間？　あとショートパンツのでぶ」

二人は顔を見合わせた。

「ケントにいわれて、あたしらを威しにきたのだけど」

「あの、僕らは怪しいものではありません。ケントさんのことを心配して捜しているんです」

佐抜はいって、ピアスの男を見つめた。ピアスの男の手には携帯があった。

「ケントって誰だよ」

ピアスの男がわざとらしくいった。

「あんたらがナンパに使ってる小僧だよ。ベサールの王子で」

ヒナが答えた。ピアスの男は黙った。

「そうだ。あんたのその携帯からケントに電話してくれないかな。今、下にいるから下りてこいって」

そのときピアスの男が手にした携帯が光った。男は耳にあてた。

「もしもし？」

相手の声を聞き、表情がかわった。携帯を耳にあてたまま、佐抜とヒナを見比べる。

「その二人なら、今、店にきてる。えっ、マジか？」

「さっきの連中だね」

ヒナが佐抜にいった。

「コウジ？」

先客のひとりがピアスの男に訊ねた。ピアスの男は頷いた。

「貸せよ」

先客はいって手をさしだした。受けとると、

「何やってんだよ。こっちにきてるじゃねえか」

といきなり電話に向かっていった。

「誰が教えたんだよ、ここのことを、よ」

返事があって、

「嘘だろ」

と男はヒナを見た。ヒナは右手をさしだした。

「いや、それマジかよ。そんなに強えの？」

客の目に恐怖があった。

「貸して」

ヒナがいった。客はヒナに携帯をさしだした。受けとるなり、

「電話するなっていわなかったっけ」

ヒナはいった。

「覚悟しとけよ」

告げて、電話を切った。

「ヤべえよ。すげえヤべえ」

電話で話した客がつぶやいた。

「コウジ、何だって？」

仲間が訊ねた。客は首をふった。

「いいから。でよう」

「おいおい、でるって――」

客は仲間を引き寄せ、耳もとで何かをいった。仲間の目がまん丸くなった。

「嘘だろ」

「嘘じゃねえ。コウジたち、マジでびびってた」

二人はカウンターの椅子から下りた。

「いくわ」

ピアスの男にいう。

「王子の番号は？」

ヒナが佐抜に訊ねた。佐抜は自分の携帯に表示し、さしだした。ヒナはとりあげた携帯からその電話を呼びだした。

「お前ら――」

ピアスの男がかけた声を無視し、二人の客は逃げるように店をでていった。

ヒナは携帯を耳にあてた。

「でたでた。この番号にはでるんだね。下りてきな」

ケントが応(こた)えると告げた。

「なんでここがわかったかって？　やさしく訊いたら、あんたの先輩が教えてくれたんだよ」

ヒナはピアスの男に携帯を返した。

「あ、俺だけど。とりあえず下りてきてくれ」

ピアスの男はいって、携帯をカウンターにおいた。ごくりと喉(のど)を鳴らし、ヒナを見つめる。

「コウジの腕の骨折ったたって本当ですか」

おそるおそる訊ねた。

「折ったんじゃない。脱臼しただけだから。それも弾みで」

ぶっきら棒にヒナは答えた。

「あの、もう一杯飲みますか。うちの奢(おご)りでいいんで……」

「いらない」

奥の階段を人が下りてきた。髪をメッシュに染めた小柄な少年だった。ジーンズに革のベストを着けている。写真で見た、整った顔立ちそのままだ。

「やっと見つけたよ」

ヒナがつぶやいた。

「何でしょう。何か僕に用事ですか」

少年は離れたところに立ち、訊ねた。

「いいからすわんな」

「いえ、あのう、ちょっとこれから人に会わなけりゃいけなくて。時間ないんですけど」

明らかに嘘とわかる口調だった。

ヒナは隣の椅子をぽんぽんと叩いた。

「すわって。いいから」

少年はピアスの男を見た。ピアスの男は無言だ。

「ジンさん、何とかいって下さいよ」

少年はいった。ピアスの男は目をそらした。

「コウジたちがボコボコだってよ。このお姉さん、めちゃくちゃ強いらしい」

「わかったら、すわんな」

ヒナが恐い声をだした。少年はあきらめたように、ヒナの隣に腰かけた。ひどく心細そうだ。

ヒナは佐抜を見た。

「あんたに任せる」

佐抜は頷き、深呼吸した。少年の顔には怯(おび)えがある。

「改めて確認します。アリヨシャ・ケントさんですね」

少年は上目づかいで佐抜を見やった。何もいわない。

「『南十字星』の人から、あなたやご両親の写真を見せてもらいました」

佐抜がいうと、

「だったらわかってんじゃん」

ふてくされたように少年は答えた。ピアスの男を見る。

「ジンさん、ビール下さい」

「未成年だろ」

ヒナがぴしりといった。ピアスの男はヒナと少年を見比べ、コーラをグラスに注いだ。

「なんで――」

文句をいいかけた少年に、

「ここはいうこと聞いとけ」

ピアスの男がいった。少年はむっとした表情でコーラを飲んだ。

「『南十字星』の人が、あなたと連絡をとりたがっています」

佐抜はいった。少年は佐抜を見た。

「連絡とってどうしようっていうの？　何かしてくれるわけ？」

硬い声でいった。

「お母さんが今、どこにいるのかご存じですか？」

「知らないよ。電話はつながるけど、どこにいるかはわからない。訊いても教えてくれない」

少年はいった。

「それはいっしょにいる人に口止めされているからですか」

「じゃないの。ザザが死ぬのを待ってるんだ、みんな」

「ザザ？」

佐抜が訊き返すと、

「ベサールのスラングでパパ」

ヒナがいった。少年はヒナを見た。

「ベサール人？」

「母親はね」

「電話で話した人ね」

少年はヒナを見つめた。

「あのときいったけど、あたしもあんたくらいの年までベサールにいた」

「なんで日本にきたの？」

「親父にこいっていわれたから」

「お父さんは日本人？」

「フィリピン人とのハーフ」

「日本にきてよかった？」

少年は訊ねた。真剣な表情を浮かべている。

「いろいろだよ」

「ちゃんと答えてよ」

少年は食いつくようにいった。ヒナは目をぐるりと回した。

「日本で嫌な思いもしたけど、今はとりあえずベサールに帰りたいとは思わない。クワンの悪い噂もあるし」

「僕はベサールに帰りたい」

その言葉には切実な響きがあって、佐抜ははっとした。

「ベサールにこんなところはないよ」

ヒナはバーを目で示した。

「あっても、子供のあんたは入れない」

「そうかな。僕なら入れてくれるのじゃない？」

「ケントさんは日本が嫌いですか」

佐抜は訊ねた。

「別に」

「ベサールじゃできないことしてるだろう。ここの連中といっしょになって」

ヒナがいった。皮肉のこもった口調だった。

「ベサールにいても同じことできる」

「そこまで思うなら、なんで帰らないんだい」

「帰りたくても帰れないんだ。叔父さんはアメリカにいるし、ザザとも話せない」

「お母さんは何といっているんです？」

佐抜は訊いた。

「あの人はさ、日本人だから。日本のほうがいいんだよ」

「だったらあんたひとりでベサールに帰ればいいじゃない」

「そうしたいよ。でも――」

ケントは口ごもった。ヒナがケントの顔をのぞきこんだ。

「でも、何だい？」

「帰ったら、何をされるかわからないって、皆がいうんだ」

「皆って誰？」

ヒナの問いにケントは黙った。

「レジスタンスの人たちですか」

佐抜が訊くと、目をみひらいた。

「知ってるの？　レジスタンスを」

「そういう人がいるとは聞きました。レジスタンスの人たちは、あなたを守ろうとしているのではありませんか」

「ちがうよ」

「じゃ、何なんだい？」

ヒナが訊いた。

「わかんないけど、うまく使おうと思ってるんだろ」

佐抜はヒナと目を見交わした。

「お母さんといっしょにいるのは誰です？」

「たぶん中国人」

「中国人はあんたに何もいわないの？」

ヒナが訊いた。


「中国経由でベサールに帰れるといわれた。でもお母さんがダメだっていったんだ。日本にいなさいって」

「それはなぜです？」

佐抜は訊ねた。

「中国はクワンとつながっている。だから信用できないって。そうしたら、あいつら、お母さんを連れていったんだ」

「あいつら？」

「最初にうちにきた連中」

「中国人ですか」

「中国人と日本人。確かグオと山本(やまもと)っていった」

「グオはどういう字を書くのですか」

「知らない」

「阪東に電話しな」

ヒナがいった。佐抜は頷いた。確かにこれ以上は「南十字星」の指示を仰いだほうがいい。

阪東の携帯を呼びだすと、すぐに応えた。

「阪東です」

「王子を見つけました。今、いっしょにいます」

「それはご苦労さまでした。どこですか」

「千葉市の中央区にある『マタドール』というバーです。迎えにこられますか？」

「それに関してはちょっと待っていただけますか。指示を仰ぐので」

「今からですか?!」

思わず佐抜はいった。

「ええ。何といいますか、こんなに早く佐抜さんが結果をだされるとは思わなかったものですから」

歯切れの悪い阪東の口調に、佐抜は息を吐いた。

「わかりました。早いご返事をお待ちします」

告げて、電話を切った。

「時間が欲しいそうです」

ヒナにいうと、舌打ちした。

「あいつら」

「みんな、本気で僕を助けようなんて思ってないんだ」

ケントがさびしげにいった。


「甘ったれんなよ」

ヒナがいった。

「確かにそうかもしれないけど、あんただって王子ってことで、それなりにいい思いもしてきたんだろうが。楽しいことが多けりゃ嫌なことも多くなる」

ケントは驚いたようにヒナを見つめた。

「誰もあんたの代わりはできない。そう考えて腹をくくらなけりゃ」

ケントは無言だ。そのケントのベストの中で音が鳴った。携帯をとりだし、

「リンだ」

といって耳にあてた。

「もしもし、ケント。え？　どうしたの？」

聞いているうちに表情がかわった。

「そんな……。で、リンのお父さんは何て？」

うつむいた。

「わかった。考えるよ」

電話を切った。

「どうしたんだい？」

「ベトナムにいるリンのお父さんに自治会が電話をして、団地を退去させられたくなかったら、明日までに僕を連れてこいって……」

「退去?」

「自治会にでていけといわれたら、でていくしかない。お父さんから電話をもらったリンが困って電話してきた」

「どこに連れてこいというんです?」

「自治会だって」

ヒナの携帯が鳴った。

「ジェイだ。もしもし――」

ヒナはジェイの言葉に耳を傾け、

「今、聞いた。うん。いっしょにいる」

と答えた。どうやら、ジェイもリンの一家にかけられた圧力のことを知って、ヒナに電話をしてきたようだ。

ヒナは、うん、うんとあいづちを打っていたが、

「で、実際のとこはどうなの?」

と訊ねた。ジェイの言葉を聞き、ヒナは眉間にしわを寄せた。

「マジで? それはヤバいじゃん、役所とかに知らせても駄目なのかな」

ジェイの返事にヒナは息を吐いた。

「わかった。本人と話してみる」

携帯をおろし、

「どうやらリンのいったことは本当みたいだね。自治会は、あんたがこない限り、次はジェイの一家を団地から追いだすといってるらしい」

「そんなのひどすぎませんか」

思わず佐抜はいった。

「いくら自治会だからって横暴でしょう。訴えるとかできないんですか」

「あたしも同じことをいった。でも市役所なり県庁に訴えたら、団地内でトラブルが発生しているって話になる。外国人を住まわせるからだ、退去させろっていう声があがるかもしれない。そうなったら団地にいる人間すべてが困るって」

「ええっ」

いくら何でも何千人を路頭に迷わせるようなことをするだろうかといいかけ、佐抜は黙った。阪東たちの対応からすべてを断言することはできないが、役人からすれば団地の住人は所詮(しょせん)外国人だ。トラブルが発生しているとなれば、追いだす可能性は十分にある。

「日本にきて金を落としていく外国人観光客は大歓迎だけど、団地に住みついて自分たちの世界を作っている外国人は害虫みたいなもんだと思っている奴は多い。マスコミとかに話が伝わったら、そういう連中が何をいいだすかわからない。場合によっちゃ団地に押しかけてきて嫌がらせをされるかもしれないって」

ヒナがいった。

ないとはいいきれない、と佐抜は思った。しかもそれが起きるとすれば、自分にもその責任の一端がある。

「ケントさん……」

佐抜はケントを見つめた。だからといってケントに、自治会に出頭しろというのはあまりに酷だ。

ケントは無言だ。うつむき、何かに耐えるようにコーラのグラスを握りしめている。

「リンたちに迷惑はかけられない」

低い声でケントはいった。

「でも、でていったら何をされるかわからない……」

「どうすればいいんでしょう」

佐抜はヒナを見た。が、ヒナも唇をかみ、険しい表情を浮かべている。

何かいい知恵はないだろうか。そう考え、杉本教授の顔が思い浮かんだ。ワラにもすがる気持ちで、教授の自宅に電話をかける。

幸いにも教授はまだ起きていた。

「はいはい」

「こんな夜分にすみません、先生。佐抜です」

「佐抜くんか、どうした?」

佐抜はスツールをすべり下りた。「マタドール」の隅にいき、教授に状況を話した。

「どうすればいいか、わからなくて。警察や役所はやっぱりアテにはできないでしょうか」

教授は唸り声をたてた。

「今のこの話を『南十字星』の連中は知っているのかね？」

「王子を見つけたことは知らせましたが、今度は向こうが時間をくれといっているんです。上に相談したいからと」

「そんなものだろうな。もし今の話を聞いたら、すぐに連れてこいというかもしれん。団地の住人のことなど、おかまいなしで」

「それは駄目ですよ」

佐抜はいった。

「そんなことはできません」

「私も同じ意見だ」

「だからといって王子ひとりにいかせるなんて、あまりに無責任です。何かいい方法はないでしょうか」

「まず役所や警察はアテにならん。警察はおそらく動かないだろうし、役所は動くとしても遅いし、最悪の場合、団地の閉鎖も考えられる。公的な機関は頼れないと考えるべきだろうな」

「ではどうすればいいでしょう」

教授は黙った。しばらく何もいわない。電話が切れてしまったのではないかと佐抜が疑い始めたとき、ようやく口を開いた。

「団地には、ベサールのレジスタンスがいる、といったな」

「はい。ダニエルさんは、それが誰かは教えてはくれませんでしたが、僕は『アヤラ』のマハドさんじゃないかと思っています」

「今の状況で王子の出頭は避けられない。とりあえず自治会にいかせる。が、そのあと脱出させるというのはどうだ」

「脱出ですか」

「自治会にしても、王子をすぐどこかにやるというのは難しい。君の話だと、自治会を牛耳っているのは中国人のようだ。では中国政府は王子をどうするのか。ベサールに連れていくのか、それとも王の死に備えてどこかで保護をするのか。行方不明の王妃のこともある。団地から連れだし、飛行機に乗せるのも簡単ではない。それこそ犯罪になりかねん」

「確かにそうですね」

「飛行機に乗せるのなら民間機はありえんだろうから、中国あるいはベサール政府のチャーター便ということになるだろう。そう簡単に手配はできん。それまでは近くのどこかに軟禁する他ない。もしその場所が団地内であれば、レジスタンスのメンバーが脱出させることも可能ではないかね」

「でもそんなことをしたら、レジスタンスの人が団地にいられなくなるのではありませんか?」

「むろん堂々とはできん。誰が救出したのかわからないように、王子を連れだすのだ。そのダニエルという男も、レジスタンスが誰なのかはいいたがらなかったのだろう」

「はい。ただダニエルさんの話では団地にベサール人は十四人しかいないようです。すぐにばれてしまうのではないかと思うのですが」

佐抜はいった。

「脱出させたあとは王子をどこかに隠し、ベサール人は堂々としていればいい。王子は自力、あるいは外部の勢力に救いだされたことにする。外部の勢力というのは、この場合、君たちになってしまうだろうが」

教授の言葉に、佐抜は深々と息を吸いこんだ。

「実際に君たちが協力する、しないは別だが、少なくとも救出した〝犯人〟だと思わせることはできる」

確かに自治会のチョウに、自分やヒナは疑いの目を向けられている。監禁された王子を誰かが連れだしたということになれば、まっ先に犯人だと思われて不思議はない。

「そんなにうまくいくでしょうか」

「王子の協力が不可欠だ。君らが連れだしにくると王子が確信しているかのように、自治会の人間には思わせなければならん。その上でレジスタンスの人間に接触し、王子の脱出への協力を依頼する」

「できるでしょうか……」

　マハドかどうかはわからないが、レジスタンスの人間に急いで会わなければならない。会った上で相談する。

「レジスタンスは、王子を中国政府に押さえられることを何より嫌がる筈だ。説得は難しくない。むしろん、君たちが実際に王子を脱出させられるなら、話はよりシンプルになるが。佐抜くんとそのレッドキングでは難しいだろう」

　レッドキングでは怪獣だ。怪獣なみにヒナが強いのは事実だが。

「相談してみます」

「出頭の期限は明日といったな。急いだほうがいい」

　教授との通話を終えたとたん携帯が鳴った。阪東だった。

「佐抜です」

「佐抜さん――」

　いって、阪東は咳ばらいをした。

「実は、指示を仰ごうと思ったのですが、その……。責任者が出張中でして」

「はあ？」

　さすがの佐抜もあきれた。

「いや、本当なのです。それで今夜中に王子への対応を決めることが難しくなってしまいまして――」

「あの、王子は人間なのですよ。荷物とかではなくて」

「ええ、もちろんわかっています。ですので、どこかビジネスホテルの部屋でも確保して、明日まで王子をそこで保護していただけないでしょうか。明日には、どう対応するのかがはっきりすると思います」

「王子が嫌だといったらどうするのです？」

「そこを何とか説得していただいて。どうしても駄目のようであれば、その場合は王子の自由にさせる他ありません。もちろん連絡はとれるようにしていただくという条件で」

　虫がいいことを阪東はいった。

「王妃の件はどうなりました？」

「ご実家と連絡がとれまして、どうやら日本国内にいることは確かなようです。ご実家には定期的に連絡があるというのです」

「誰かといっしょにいるのですか」

「はい。おそらく中国政府の関係者だと思われますが、それほど深刻な事態ではないようです」

「自由に動けないとしたら、十分深刻なのではないですか」

「いや、身体生命に危険が及ぶ状況ではないので、深刻とはいえないと判断しているのです」

佐抜は天を仰いだ。王子が自治会に出頭を求められていると話したところで、とうてい頼りにはならないだろう。

「あの、明日には必ずご連絡をいたしますので、どうかよろしくお願いいたします」

初めて聞く、低姿勢な言葉だった。

電話を切り、佐抜はカウンターに戻った。

「何かいい知恵でた?」

ヒナが訊ねた。ケントはうつむいている。

「とりあえず明日、ケントさんには自治会にいっていただきます。そのあとケントさんがどこに連れていかれるかはわかりませんが、明日のうちに国外ということはないだろうという話なんです――」

佐抜の言葉をヒナがさえぎった。

「それって誰の話?」

「教授です。ケントさんをベサールに連れていくとしても直行便はありませんから、一度中国にいかなければならない。でもケントさんの意思に反して飛行機に乗せるのは簡単ではありません。民間機ではなく、チャーター便ということになるだろう。その手配には時間がかかると教授はいうんです」

ヒナはケントを見た。

「中国に連れていくといわれたら、どうする?」

ケントは首をふった。

「中国は嫌だ。ベサールに帰れるなら別だけど」

「中国経由でベサールにいく、といわれたら?」

「そんなの信用できない。直接ベサールにいくのじゃない限り、絶対嫌だ」

「てことは、中国いきに無理やり乗っけるか、ベサールいきのチャーター便てことになる。その教授がいう通り、時間がかかるね」

ヒナはいった。佐抜は頷いた。

「そうなった場合、ケントさんは近くに軟禁されるだろう。それが団地内だったら助けだすことができるのじゃないかって」

「なるほど！　さすがあんたの先生だ。要するに一度この子を自治会に渡し、それから連れだせばいいんだ。そうなれば、リンやジェイの一家にも迷惑がかからない」

「でも誰が僕を連れだしてくれるの」

「決まってる。あたしらだよ」

「いや、あの、僕らだけじゃ無理です」

佐抜はあわてていった。

「どうして?!」

ヒナが佐抜を見た。

「僕たちは団地の人間じゃありません。もしケントさんが団地内に軟禁されたとしても、それがどこかはわかりません。住人の協力は必要です」

佐抜の言葉を聞き、ヒナは頰をふくらませた。

「そうか。そうだな。確かにあたしらだけじゃ駄目だ。でもジェイやリンにはこれ以上迷惑かけられない」

「だからレジスタンスに頼むんです。レジスタンスの人たちは、王子を中国に連れていかれたくないと考えている筈です。どうですか、ケントさん」

ケントは佐抜を見て、小さく頷いた。

「中国に連れていかれたら、どこかに閉じこめられて一生でられないかもしれないといわれた」

「誰に?!」

ヒナがかみつくように訊ねた。ケントは迷ったように目を動かした。

「大丈夫です。秘密にします」

佐抜はいった。

「マハドさん」

ぽつりとケントはいった。

「やっぱり」

佐抜はヒナを見た。

「あんた、たいしたもんだね。仕事まちがえたのじゃない」

ヒナが感心したようにいった。

「マハドさんがレジスタンスなのですね」

佐抜がいうと、ケントは頷いた。

「何かあったらいつでも連絡しろっていわれてる」

「だったら今がそのときです。マハドさんに連絡して下さい」

佐抜はいった。

十五

ケントの電話をうけたマハドは、すぐに会うことを了承した。佐抜は途中で電話をかわってもらい、「南十字星」の依頼で動いていると説明した。

「僕たちが王子をお連れします。どこにいけばいいいでしょうか」

佐抜が訊ねると、一瞬間をおき、

「ウーの店、わかりますか」

マハドは日本語で訊ねた。

「ラーメン屋さんですか。はい」

「そこに今からきて下さい」

「わかりました」

「あなたと王子の二人ですか」

「三人です。もうひとり女性がいます」

「店にきた人ね。わかりました」

告げて、マハドは電話を切った。日本語とベサール語のちがいがあるからかもしれないが、「アヤラ」で会話したときより口調がていねいだ。

「ウーさんの店にきてほしいそうです」

ケントに携帯を返し、佐抜はいった。

「あのラーメン屋?」

佐抜は頷き、ケントを見た。

「『琉軒』というラーメン屋を知っていますか。袖ケ浦バスターミナルの近くにある」

ケントは首をふった。

「ウーさんというベサール人がやっているんです。マハドさんはそこに今からきてほしいそうです」

「ウーさんという人は知らない」

ケントはいった。

「ウーもレジスタンスのメンバーなのかな」

ヒナが訊ね、佐抜は首をふった。

「わかりません。王子と安全に会えそうな場所を思いつかなかっただけかもしれません」

「とにかくいってみよう」

ヒナがいい、カウンターの中にいるピアスの男に目を向けた。

「もしかしたら、ケントを捜す奴がここにもくるかもしれない。何もいうなよ」

ピアスの男は無言でケントを見た。

「お願いします、ジンさん」

ケントがいうと頷いた。

「わかった。誰にもいわない」

レンタカーの後部席にケントを乗せ、佐抜は「琉軒」に向かった。

「お母さんがどこにいるのか、ケントさんはご存じですか」

途中訊ねると、

「よくわからないけど、ホテルみたいなところだって、お祖母ちゃんから聞いた」

ケントは答えた。

「なんでお祖母ちゃんが知ってるんだい」

ヒナが訊いた。

「毎日、お祖母ちゃんに電話があるんだって。無事にいるって伝えるようにいわれているみたいなんだ」

「誰に？　いっしょにいる奴？　グオと山本だっけ？」

「たぶん、そう」

「その二人はなぜお母さんを連れていったのでしょうか」

佐抜はいった。

「わからない。もしかしたらお母さんが僕を連れてまたアメリカに戻ると思っているのかもしれない」

「アメリカではどうだったの？」

ヒナが訊ねた。

「つまらなかった。英語が下手だから友だちもできなかったし」

「ずっといれば喋(しゃべ)れるようになったさ」

「でも、ベサールなんて誰も知らない。日本の首都が北京だと思ってる奴がふつうにいたり、サムライや忍者の友だちはいるかって訊くんだ」

　ケントは鼻を鳴らした。

「馬鹿ばっかり」

　ヒナが笑い声をたてた。

「じゃあ日本のほうがまだマシってこと？」

「ベサールが一番いい。ザザが元気だったらよかったのに」

「クワンが信用できないというのはわかります。レジスタンスの人たちはどうなのですか？」

　佐抜は訊ねた。

「よくわからない。ベサールを民主主義国家にするって、マハドさんはいってたけど、民主主義国家になったら、王様なんていらなくなる」

「そんなことはありません。イギリスにだって女王がいます」

「でもベサールはどうなるかわからない。僕は利用されたくない。利用されるくらいなら、自由に暮らしたい」

「どこで暮らすんだよ」

　ヒナの問いに、

「日本しかないじゃん」

　怒ったようにケントは答えた。

「国王の具合はどうなのですか」

　佐抜は話題をかえた。

「あまりよくない。て、いうか、いつ死んでもおかしくないってお母さんはいってた」

「そんなに悪いのですか」

「国外で治療をうけられたら、もう少し生きられる筈(はず)だけど、クワンが許さない」

「中国に連れていって治療するという話はなかったのですか？」

　佐抜は訊ねた。

「クワンはそうさせようとしたけど、ザザが断った。ザザは中国を信用できないって思ってる」

「あんたも同じ考えなの？」

「わからないけど、クワンが仲よくしてるってだけで嫌」

「なるほどね」

ヒナはつぶやいた。

「『南十字星』の人たちは僕をどうするつもりなの？」

ケントが訊ね、佐抜は息を吐いた。

「正直、僕にもわかりません。でもケントさんが中国に連れていかれるのは止めたいと考えている筈です」

答えてから、つけ足した。

「個人的に、僕もケントさんが中国に連れていかれるのを防ぎたいと思っています」

「わかんないじゃん。中国にいったら、好き放題させてくれるかもよ。女も食いものもあてがってくれて、一生、中国で楽しく暮らせって。そのかわりベサールのことは忘れろ」

ヒナがいった。佐抜は思わずヒナを見た。

「何だよ」

「無責任ですよ」

「あたしが？」

「だって、どうなるかわからないじゃないですか。たとえ一時的にはそうなっても、クワンが中国と仲違いしたらどうするんです」

「そのときは殺されるんじゃない？」

「ヒナさん！」

ルームミラーの中で佐抜はケントを見た。

「とにかくケントさんが自由でいられるように、僕たちも協力します」

ケントは黙っていた。

「琉軒」に到着したのは午前零時になろうかという時刻だった。さすがにバスターミナル周辺は交通量が少ない。

看板の明かりは消えていたが、店内は明るい。「琉軒」のかたわらにワンボックスカーが止まっていた。袖ケ浦ナンバーだ。その横に佐抜はレンタカーを止めた。

「琉軒」のカウンターに、マハドとウーがいた。扉を開くと、強い香辛料の匂いに包まれる。

「王子！　ゴ無事デシタカ」

マハドがベサール語でいった。

「コノ者タチニ何カサレマセンデシタカ？」

「するわけないじゃん！　あたしらがここまで連れてきたんだ」

ヒナが嚙みつくようにいった。マハドは革のジャケットにジーンズ姿だ。

「オ前タチハ何者ダ？」

「だから『南十字星』に頼まれたっていったろう。『南十字星』は日本政府の下請けだよ」

「日本政府の？」

マハドとウーは顔を見合わせた。ウーは前に訪ねたときと同じ白い上っ張りを着ている。

「日本政府ハ王子ヲ保護スル気ガアルノカ？」

マハドが訊ねた。

「何カラ保護スルノデスカ？」

佐抜は訊ねた。

「決マッテイル。中国ダ。中国ハべさーるへノ影響力ヲ強メタイノダ。ソノタメニ王子ヲツカマエヨウトシテイル」

「つかまえてどうするの？　殺すの？」

ヒナがいった。マハドとウーは顔を見合わせた。

「王ガ亡クナルマデ、ワカラナイ。王ガ亡クナッタラ、中国ノ本当ノ目的ガワカル」

ウーがいった。

「ウーさんもレジスタンスのメンバーなのですか」

佐抜は訊ねた。政治がからんだ話になると、ベサール語に自信がない。

ウーは無言で頷いた。

「何人くらい、いるの？　レジスタンスって」

ヒナが訊ねると首をふった。

「それはいえません。中国やクワンに知られたくない」

「でも日本にいるベサールの方は、心情的にはレジスタンスの仲間ですよね」

「シンジョウテキ？」

「心の底ではってこと。クワンが嫌いだからベサールに帰らず、日本にいるのだろ」

ヒナがいうと、ウーは頷いた。

「日本にいるベサール人の多くはＢＬＣの協力者です」

「ＢＬＣ？」

佐抜は訊き返した。

「『ベサール解放会議』。クワンからベサール国民を解放することを決めた、私たちの正式な名前です」

マハドが答えた。

「そのＢＬＣに頼みがあるんだ」

ヒナがいった。

「何ですか」

ヒナは佐抜を見た。説明しろという表情だ。しかたなく佐抜は現状を説明した。自治会が、明日中にケントが出頭しなければ、リンやジェイの一家を団地から追いだすといっていて、どうやら威しではないらしい。それに対して、日本政府は今の段階では何もできないし、下手に役所や警察を巻きこめば、団地全体にマイナスに働く可能性がある。

なのでケントには一度自治会に出頭してもらう。その後逃げだせば、自治会もリンやジェイの一家に圧力をかけられなくなる。

「リンたちがケントに連絡できるとわかっているから、自治会は圧力をかけてる。それが逃げたあと連絡もとれないとなれば、どうしようもないだろう。ただ、ケントが出頭したあと、どこに連れていかれるのかわからなければ、脱出させられない。それをあんたたちＢＬＣが見張ってほしいんだ」

「王子がどこにいるのかわかったら、どうするのです？」

「あたしらが脱出させる」

ヒナが断言した。やはりそうなるのか。佐抜はそっと息を吐いた。

「あなたたち、日本政府のエージェントなのですね」

ウーが感心したようにいった。

「いや――」

佐抜がいいかけると、

「そんなもんだね」

ヒナがかぶせ、佐抜をにらんだ。佐抜は黙った。

「それなら信用できます。王子はそれでいいのですか」

マハドがケントを見つめた。

「リンたちに迷惑はかけられない。でもきっと僕を連れだしてよ」

ケントはヒナと佐抜にいった。

「任せておきな」

ヒナが頷いた。

「自治会のやりかたは許せない。鼻を明かしてやる」

「あの、ケントさんが出頭したら、自治会はどこに連れていくと思います?」

佐抜は訊ねた。

「二、三日であれば、そのまま団地においておくでしょう」

マハドが答えた。

「そんな場所があるのですか」

「自治会がもっている建物があります。アパートではなくて、『アヤラ』のような店舗型住宅です。使ってないが、きれいです。そこに王子を閉じこめます」

「それは団地のどのへんにあるの?」

ヒナが訊いた。

「入口からは一番遠い。消防設備などの倉庫のそばです。周りにアパートがないから、見張りもしやすい」

「王妃がどこにいるかご存じですか。もしかしたら先にそこに連れていかれているのかもしれません」

佐抜が訊くと、マハドは首をふった。

「王妃は団地の中にはいません。中国は、王妃が王子を連れてアメリカに戻るのを警戒しているのです。だから二人を引き離した。クワンが身柄を押さえたいのは王子だけ。王妃はどうでもいい」

「ベサールで選挙がおこなわれるそうですね」

佐抜はいった。マハドは頷いた。

「そのときに、自分の敵になる政党がでてくるのを、クワンは恐れています。王はそれまで生きていないでしょうから、王子の存在が大きくなります」

ヒナはケントを見た。

「あんたはどうなんだい」

「どうって?」

とまどったようにケントは訊き返した。

「反クワンの先頭に立つ覚悟はあんの?」

「そんなの、わからないよ」

「わからないっていってるうちに閉じこめられたり、殺されちゃうかもしれない。クワンの敵になりたくないのなら、はっきりそういったほうがいい。この人たちだって、いいかげんな王子のために体を張りたくないいさ」

佐抜は息を呑んだ。

だがヒナのいっていることは正しい。ケントはクワンを憎んでいるわけでも、ベサールの王になりたいと考えているわけでもない。

中途半端な覚悟で「ベサール解放会議」に担がれたら、いつか齟齬が生じる。そのときは、人の命にかかわる事態になるだろう。

ケントは目をみひらき、ヒナを見つめている。マハドやウーの表情が険しくなった。

「そんな……。そんなこと急にいわれても」

ケントは途方にくれたようにうつむいた。

「ヒナさん、正論だけど、今のケントさんには酷ですよ」

佐抜はいった。ヒナは佐抜を見たが無言だった。

佐抜はつづけた。

「とりあえず今は、リンさんやジェイさんたちが団地を追いだされないようにする作戦に専念しましょう」

「そうだね。あんたがいいって思うなら、そのまま自治会の連中といればいいんだし」

ケントが目をみひらいた。が、何もいわない。ヒナはマハドに訊ねた。

「王子が乗っからなくてもBLCは活動をつづけるの?」

マハドは頷いた。

「我々の目的はベサールの民主化です。そのためにはまずクワン体制を倒す。王子の協力がなくても、新党は立ちあげます」

「選挙でうまくいかなかったら？　そのときは武力に訴える？」

恐ろしいことをヒナは訊ねた。

「武力革命モ選択肢ノヒトツダガ、ソノタメニハ協力者ガ必要ダ」

マハドはベサール語で答えた。

「協力者？」

「中国ト対立スル国家ダ。日本政府ハ応援シテクレルカ」

「あめりか次第ダネ。日本政府ハ、あめりかト中国ノ顔色ヲウカガッテ、ドッチニツケバ得カ、イツモ考エテイル。デモあめりかガアンタタチノ味方ニナルトイエバ、応援スルト思ウ」

「そうか！」

それを聞いていた佐抜は思わず叫んだ。

「どうしたの？」

「いや……」

阪東がいいかけた「ただし」のあとの言葉がわかった。「ただしアメリカ政府がベサールの政治に関与すると決めたら、話はちがう」といいたかったのだ。

アメリカがベサールの民主化に積極的にかかわると決めれば、その先頭に立つかもしれない王子を保護し、支援するのは、日本政府の役目になる。ケントが日本にいる限り、アメリカもそれを求めてくる。

そうなれば、自分やヒナの出番はない。本物のエージェントがでてくるだろう。日本にそういう存在がいればの話だが。

「何だよ、急に」

「すみません。とにかくこれからどうするかを相談しましょう」

ヒナにあやまり、佐抜は皆の顔を見回した。

ケントを団地に連れていくのは佐抜たちの仕事と決まった。団地に入ってからは、マハドと仲間が、自治会の動きを監視する。もし団地の外に連れていくようであれば、外で待機する佐抜たちが尾行する。

「今夜のうちに団地に戻って、明朝、リンさんやジェイさんと自治会にいけば、お二人の立場も悪くならないのではないですか」

佐抜がいうと、ケントは携帯をとりだした。

「リンに訊いてみる」

つながると「琉軒」のカウンターの端にいった。

「明日、王子を誰が見張る？　あんたは店だろ」

ヒナが訊ねると、マハドは答えた。

「我々ニハ同志ガイル」

「団地にいるベサール人全員を、自治会は知っているのではありませんか」

佐抜はいった。

「同志ハベサール人ダケデハナイ」

それを聞いて、やはり「アヤラ」の店番をしていた中国人はマハドの仲間だったのだと佐抜は思った。

それはつまり、中国政府の現在の外交政策に反対する考えをもつ者ということだ。佐抜はにわかに緊張を覚えた。中国政府は、反政府主義者の中国人に対して厳しい姿勢をとっている。

ＢＬＣに加担する中国人がいるなら、それ相応の覚悟をもって活動しているのだろう。

「今夜だけなら泊めてくれるって」

電話を切り、ケントがいった。

「じゃあ、送っていきます。この時間なら、自治会には見つからないでしょうから」

佐抜がいうと、ケントは頷いた。

「自治会の巡回は、午後十一時が最後で、次は午前六時です」

マハドが日本語でいった。

「でも誰かに見られたら困るので、私は、あとから帰ります」

「わかりました。ではケントさん、いきましょう」

佐抜はいった。

「携帯の番号、教えて」

ヒナがマハドにいい、二人は番号を交換した。明日、ケントがどういう状況におかれるのか、報告がくる筈だ。

「日本ノえーじぇんとヲ信用シテイイノカ？」

マハドが真剣な表情で訊ねた。

「あたしらは信用していいよ。日本政府のことはわからないけど」

ヒナが答えると、理解できないというようなしかめっ面になった。首をふり、ウーを見る。ウーは肩をすくめた。

「私タチハ、私タチニデキルコトヲスルダケデス」

「ＢＬＣにリーダーはいるのですか」

佐抜は訊ねた。マハドとウーの二人が同時に首をふった。いないか、いてもいえないのか。いえなくても不思議はない。

ＢＬＣのリーダーは、ベサール政府だけではなく中国政府からも目をつけられるだろう。ベサールの反政府活動に中国人を巻きこむ危険人物と目される。

「交通事故に気をつけて」

ウーがいい、佐抜は不安になった。

十六

団地に到着したのは、午前二時を回った時刻だった。入口を入ってすぐの道で佐抜はレンタカーを止め、エンジンを切った。

「あたしがケントをリンの家まで連れてく。あんたはここで待ってな。その格好じゃ日本人だとすぐバレるから」

ヒナがいうので、佐抜は頷（うなず）いた。本当は団地の中を歩いてみたかったのだが、スーツ姿では確かに目立つ。ケントを〝救出〟するときは、団地に馴染（なじ）んだ服装でこようと思った。

見かけた男の多くは皆、ジーンズや作業ズボンをはいていた。

学生時代、塗装屋でアルバイトしたときにもらった作業衣があった。それを着れば、目立たないだろう。

窓をおろした。流れこむ空気の中に「琉軒」で嗅（か）

いだようなエスニックな香りがわずかに混じっていた。

昼から夕方にかけては活気のあった団地も今は静まりかえっている。明日の仕事に備え、皆眠りについているのだろう。その大半はホワイトカラーではなく、体を使って働く人々だ。睡眠は重要にちがいない。

走る車もなく、あたりに人けはまるでない。

佐抜はレンタカーを降り、そっとドアを閉めた。

街灯は点(とも)っているが、たち並ぶ共同住宅の窓はどれもまっ暗だ。

遠くで犬の吠(ほ)え声がした。団地の中にも犬を飼っている人がいるようだ。

レンタカーによりかかり、団地の奥に目をこらした。目がなれてくるにしたがい、奥のほうには明かりの点っている窓がひとつふたつあるのが見えた。起きている人もいる。

教授をここに連れてきたら、きっと一日中、朝から深夜まで歩き回っているだろう。誰かれなく話しかけ、ときには家まで上がりこんで、知識を得ようとするにちがいない。

そして並んでいる屋台の料理をかたっぱしから試すだろう。そう考えたとき、ヒナが教授の手料理をおいしそうといっていたのを思いだし、佐抜は笑った。

あの破壊力は想像もつかないにちがいない。それとも「おいしい」を連発するだろうか。

まっすぐな女性だ。多少乱暴なところもあるが、自分の気持ちを隠さず、嘘やおためごかしは口にしない。

佐抜は息を吐いた。まさかファンだったレッドパンサーとこうして行動を共にすることになるとは夢にも思わなかった。しかも、こんな真夜中に、アジア団地にいるなんて。

道を歩いてくる人の姿が見えた。ヒナだ。あたりを見回しながら、こちらに向かって早足で進んでくる。

佐抜は手を振った。別に深い意味はなかった。するとヒナも振り返した。不意に佐抜は胸の奥があたたかくなるのを感じた。ヒナと気持ちがつながっている、という気がしたのだ。

佐抜は運転席に戻り、車のエンジンをかけた。

「何、子供みたいなこと、してんだよ」

助手席に乗ってくるなり、ヒナはいった。

「いけませんか」

佐抜がいい返すと、口ごもった。

「別にいけなかないけど……」

「ヒナさんが見えたら、手を振りたくなったんです。ヒナさんも振り返してくれたじゃないですか」

「だってそうしなけりゃ怒ってるみたいだろ。別にあんたに怒る理由はないし」

「ケントさんは大丈夫そうでしたか」

「リンが起きて待ってた。明日は学校を休むってさ」

レンタカーは団地をでて、アクアラインに向かう道に入った。

「ケントさんは明日のいつ頃、自治会にいくのでしょうか」

「昼過ぎだろうね。今から寝たのじゃ早起きは無理だろうから」

「ですね」

おそらく、ふだんからケントは昼と夜の逆転したような生活を送っているにちがいない、と佐抜は思った。それは「マタドール」を根城にしている連中からも想像がつく。

「マハドには、リンから知らせるようにいっておいたから、ケントがよそに連れていかれるとしても、見逃すことはないと思うよ」

ヒナがいい、佐抜は頷いた。

「じゃあ中野坂上に向かいますね」

「疲れてるのに中野坂上まで送らせて悪いな」

「大丈夫です。添乗員をやっていると、もっときついことがいっぱいありますから」

「そうなんだ」

「慣れない海外旅行で、トラブルにあわれるお客様もいますし、その処理で夜中に起こされ、朝からガイドなどというのはしょっちゅうです」

「団体旅行ってさ、そいつの地がでるよな。初めは上べをとりつくろってても、だんだん見えてくる。本当は人を見下してるな、とか、面倒くさいことは全部避けて生きてきたな、とか」

「まったく、その通りです。でも根っから嫌な人って、あまりいませんね」

佐抜は頷いた。

「それは、あんたがいい奴だからだ。見た目より根性あるし、人の気持ちがわかる。あたしは駄目だ。デリカシーがないってよくいわれる」

「そんなことありません。ヒナさんは相手の気持ちを考えていますよ。ただ上からこられると、すぐカチンときます」

「何だよ、見てきたようにいうな。あ、見たか。クソ女といわれて、あたしがキレてるのを」

二人で笑った。

中野坂上に到着したのは午前三時過ぎだった。

「マハドから連絡あったらすぐ知らせるから、それまでゆっくり寝ろよ」

ヒナはいってレンタカーを降りた。

「ありがとうございます」

自宅に戻る前にレンタカー会社に寄り、佐抜は借り入れ期間を延長した。先が見えないので、あと三日借りることにする。

シャワーを浴び、ベッドに入ったのは外が明るくなる時間だった。

不思議と疲れを感じていなかった。が、目を閉じた瞬間、眠りに落ちた。

枕もとにおいた携帯の着信音で目覚めた。午前九時半だ。

「はい」

「おはようございます。阪東です」

声を聞き、思わず天井を見た。ヒナならともかく、阪東に起こされたのかと思うと腹立たしい。

「おはようございます」

「王子はどうしていますか」

「対応は決まったのでしょうか」

質問に質問で返した。

「それが……事態がより複雑になることが起こりまして。ベサール国王がどうやら亡くなったようなのです」

「えっ」

佐抜は起きあがった。

「それはいつですか」

「昨日か、一昨日。情報が入ったのはベサールからではなく、アメリカ国務省を通じての知らせで、それで責任者も出張していたという次第で」

「アメリカ国務省……」

「ベサール政府は、国王が死去したことを公にはしていません。おそらく今後の対応を検討しているのではないかと思われます」

「それで王子はどうなるのです？」

「クワンは帰国を促すと思われます。しかし分析によれば、王子はベサールに帰国後、身柄を拘束される可能性が高い」

「誰の分析です？」

「関係機関です」

「それは『南十字星』の、ですか」

一瞬の沈黙のあと、

「いえ、アメリカ政府です」

と阪東は答えた。

「それでアメリカ政府は何といっているのですか」

「ええとですね。もう少し複雑でして、アメリカ政府も、現段階では、対応を決めかねているようなのです。意見がふたつに分かれている。王子を保護しベサールの民主化を支援しようという意見と、とりあえず状況を静観しようという意見とですが」

「王子がベサールに帰ったら、何もできないのではありませんか」

「その通りです。ですので、日本政府に対し、王子の出国を止めるようにという要請はありました。ただし、あくまで非公式なやりかたで、と」

「非公式なやりかたで出国させないというのは、どういうことです？」

「拘束するのではなく、出国審査などでひっかける。パスポートやビザの不備などを理由に、出国を遅らせよ、という意味です」

「そんなことを……」

「数日間でいいというので、王子がすぐにベサールに帰るといいださなければ問題はないと思います。王が亡くなったことは、ですから、まだ知らせないほうがいいかもしれませんね」

「待って下さい。王は、ケントさんの父親です。亡くなったことを秘密にはできません」

「佐抜さんがそうおっしゃるなら、伝えてもかまいませんが、王子は今どちらに？」

ケントの気持ちなど、阪東はまるで考えていないようだ。

「アジア団地にいます」

「アジア団地に？」

佐抜は、自治会がケントの友人一家に圧力をかけ、やむなく出頭することになったのだと告げた。

「自治会は中国人委員の発言力が大きく、中国政府から医療設備に五百万円の寄付があったこともあって、ほぼ中国政府のいいなりと考えてよいようです」

「それでは王子の身柄はもう中国に押さえられてしまったということですか」

阪東の声のトーンが高くなった。

「まだです。というのは、王子が出頭しても、その居場所さえわかれば奪還できるからです」

「待って下さい。そもそも佐抜さんはなぜ、王子に出頭を許したのですか」

弱気だった阪東の口調が鋭くなった。

「王子の友人一家を団地から追いださせないためです。ふたつの一家が、王子との関係から圧力をうけたんです」

「それは、その一家の問題です。国際問題には関係ありません」

「昨夜の段階で、日本政府が公式に王子を保護していたら、そんな威(おど)しに王子が屈することはありませんでした。王子は親しい友人一家のために、自ら出頭を決めたのです。自治会の要求を一度呑(の)み、その上で王子を自由にします」

「誰が自由にするのです？」

　自分やヒナだといったら、何をいいだすかわからない。

「ベサール解放会議、ＢＬＣというレジスタンスグループです」

「レジスタンス……」

　阪東は絶句した。

「初めて知りましたか。レジスタンスの存在を」

「もちろんです！　日本国内で活動しているのですか、そのＢＬＣは」

「さあ。メンバーはいるようですが、詳しいことは教えてもらえませんでした」

「ええとですね、ええと……うう……」

　阪東は唸り声をたてた。パニックを起こしているようだ。

「王子が解放されたら、我々に知らせがくることになっています」

「それはいつですか」

「さあ。今日か、明日か。でも先になればなるほど、阪東さんには都合がよいのではありませんか。時間稼ぎになりますから」

「しかし、解放に失敗して中国に連れさられてしまう可能性もあります。日本からベサールへの直行便はありませんから、中国に一度連れていかれることはまちがいありません。そうなったら、困った事態になります」

「アメリカのいいつけを守れない日本政府はメンツを失うというわけですね」

「同盟国からの要請に応えられなければ、国家間の信頼を失います」

「アメリカ、中国と関係なく、日本政府の考えはないのですか？」

「あるかもしれませんが、それは私が考えることでも、ここでお答えすることでもありません」

「では誰が教えてくれるのですか。実際に王子と会い、話しているのは我々です。そういうことを一切知らされずに、ただいう通りにしろ、といわれるのですか」

寝起きということもあり、さすがに佐抜も感情的になった。リンやジェイの一家が追いだされかけているのに、それは一家の問題だといいはなつ阪東の無責任さに腹が立つ。ケントに対しても、ひとりの人間だという意識がまるでない。荷物か何かで、佐抜やヒナを運搬人だと思っているのだ。

「佐抜さん、わかって下さい。私たちはがんじがらめの状況にあるのです。私が政治家であれば、もっと明快な答をだせるでしょうし責任もとれます」

「それはわかります」

「とにかく王子が自由の身になったら、ただちにこちらに預けていただけますか。今後は日本政府が保護します」

「そう、王子に伝えていいのですね」

一瞬、間をおき、

「はい」

と阪東は答えた。そして、

「もし、そのBLCが王子の解放に失敗したときも、ただちに我々に連絡をしていただけますか」

「もちろんです。そのときは日本政府が、王子の身を奪還するのですね」

「ええ、おそらく。というのは、我々はそういう作業に慣れていませんから、対応できる人員を別の役所に手配してもらうことになると思うからです」

回りくどい表現だが、自分たちにはできないから警察に頼むということだろう。

「でしたら、王妃の身柄も確保していただかないと」

「中国は王妃に関心はありません。王子をアメリカに連れていかれないための予防策だと思われます」

「王妃を人質に、王子の行動をコントロールすることもないと？」

「えっ、それは、考えていませんでした」

阪東はいった。

「王妃は母親です。母親に危害が及ぶとなれば、王子はいうことを聞かざるをえません」

なぜこうも簡単なことがわからないのだと佐抜は思った。

「確かに、おっしゃる通りです。王妃の居場所を早急に調べ、身柄を保護するよう伝えます」

「お願いします」

佐抜が告げると、阪東がはあっと息を吐くのが聞こえた。

「佐抜さん、私はあなたを誤解していました。あなたがここまで優秀な方だとは思ってもおらず、失礼な対応をとってしまいました」

今でも十分失礼だ、と佐抜は思った。優秀な方、という表現がすでに上から目線だ。

「申しわけありませんでした」

「いいえ。僕ひとりで考え、僕ひとりでしたことではありません。むしろ、潮さんの力に負うところが大きいです」

「そうなんですか。であるなら、アシスタントとしてあの方を選んだ私も鼻が高い」

そこかよ、とつっこみたい。

「しかし、ことここに至って、佐抜さんと潮さんにお願いをして本当によかったと思います。他の方だったら、ここまで状況を把握できませんでした」

他の方だったら王子を自治会に出頭させず、さっさと阪東に引き渡したろう。

「とんでもない。むしろこれからが大切です。ちなみに、王子の件で動いていると思われる中国側の人間の名がわかりました。グオと山本と名乗る二人です。王子の自宅にきて、王妃を連れさったそうです」

「グオと山本ですね。早速、調査します」

阪東は勢いこんでいった。

「お願いします。何か動きがあれば、すぐにご連絡しますから」

「経費のほうはまだ大丈夫ですか。必要ならすぐに手配しますが」

「僕は大丈夫です。潮さんに関しては、彼女に訊(き)いて下さい」

「承知いたしました」

電話を切り、佐抜はほっと息を吐いた。すっかり目は覚めていた。

用を足し顔を洗うと、空腹を強く感じた。

家をでて、近くのコーヒーショップでサンドイッチとコーヒーをテイクアウトした。仕事柄、ひとりで食事をする機会が少ないので、ひとりで食べられるときはなるべくそうしている。周囲に人のいないところでゆっくり食べたいのだ。

サンドイッチを食べ、コーヒーを飲んだ。レンタカーはマンションに近いコインパーキングに止めてある。

携帯が鳴った。杉本教授からだ。

「佐抜です」

「おはよう。あのあとどうなったのかが気になってな。でかける前に訊いておこうと思って電話した」

佐抜はあらましを説明した。ベサールのレジスタンスと会い、その名がBLCだと話すと、杉本教授はくいついてきた。

「ベサール解放会議、というのだな。なるほど、それは初耳だ。メンバーはベサール人だけではない、と」

「マハドさんは、『同志はベサール人だけではない』といっていました」

「中国人もいるのか」

「おそらく」

「それはつまり、中国政府やベサール政府に対抗する活動のネットワークができているということだ。興味深い」

「それから、これはついさっき『南十字星』の人から聞いたのですが、どうやらベサール国王が亡くなったようです」

情報はベサール政府ではなくアメリカ国務省からのものらしいとつけ加えた。

「ベサール政府は公にしておらず、アメリカ政府もまだ対応を決めかねているというのですが……」

「中国のでかたをうかがっているのだろう。国王の死は、ベサール政府から中国政府に伝わる」

「そうなったら、中国政府はすぐに王子の身柄を押さえようとするのではありませんか」

「そうだが、クワンがそれを望むかどうかは別だ」

「ちがうのですか」

「クワンには老獪なところがある。ベサールは中国のいいなりになっているかのように見えるが、水面下ではアメリカ政府ともコンタクトをとっているという情報もある。王子の身柄は、ある種のカードだ。どこであろうとベサール以外の国に押さえられたら、クワンに対する圧力の材料に使える。クワンはそれがわかっている。だからなるべく自らの手もとに王子をおこうと考えるだろうな」

「すると、中国政府は王子をベサールに連れていくといっても、そうしない可能性もあると？」

「一度中国に連れていき、そのあとは理由をつけて国内にとめおくのではないかな。クワンが中国政府の方針に逆らうようであれば、選挙に向けてＢＬＣの支援に動くことも考えられる。中国もアメリカも、自分らに都合のよい政権を求めるという点では、かわりがない」

　わずか十六歳で国際政治の綱ひきの道具にされると思うと、さすがにケントがかわいそうになった。

「王子の身に危険が及ぶことはあるでしょうか」

「王子がはっきりとした政治色を見せれば、十分ありうる。反クワン、反中国、反アメリカ、いずれであろうと、幽閉や暗殺の対象となるだろうな」

　甘ったれんなよ、とヒナがケントに告げたのを思いだした。誰もケントの代わりはできない、そう考えて腹をくくれ、といった。

「王子は何も考えていないと思います」

「当然だろうな。王子の身分をナンパに利用しているような生活では、自分の運命を真剣に考えているとは思えん。その気になれば、中国、アメリカを利用するのも可能だが、やりすぎれば命が危うくなる」

　佐抜は息を吐いた。

「どうすればいいでしょうか」

「王子本人が決めることだ。だが今決めろといわれても、おそらく決められんだろう。アメリカが方針を決めかねているとなれば、中国は王子にとって魅力的な条件をだしてくるにちがいない」

「日本政府はどうなのでしょうか。阪東さんは、王子が自由になったら、ただちに預けてほしいといいました。今後は日本政府が保護する、と」

「その間にアメリカ政府におうかがいをたてるつもりなのだろう。アメリカに求められれば身柄を引き渡すし、アメリカが干渉しないとなればほうりだす」

「そんなに無責任なのですか」

「クワンとちがい、アメリカ、中国と駆け引きできるほどの度胸をもった政治家は日本におらんよ」

佐抜は宙をにらんだ。

「先生は、王子にとってどちらがいいと思われますか」

「わからん」

あっさりと杉本教授は答えた。

「中国、アメリカどちらについても、あるいはBLCの御輿となっても、まるで見当がつかん。ベサールがこの先どうかわるか、ベサールという国にとっての幸福と、本人にとっての幸福とベサールではないしな」

「確かにその通りですが……」

「ベサール国民の大半にとっては、王政時代よりも中国の援助で経済が発展している現状は、暮らしやすいだろう。一方で、中国の属国と化すことに危機感を抱いているBLCのようなグループもいる。とはいえ、アメリカに乗りかえたところで、地政学的には中国が圧倒的に強く、苦労を強いられる可能性は高い。両国と一定の距離をおいて独立性を保つには、ベサールは国家として未熟といわざるをえない」

佐抜は再び息を吐いた。

「結局、王子本人が決めるしかないのですね」

「そうだな。後になって後悔するかもしれんが、どうしようもない」

「わかりました」

「酷なようだが、王子は逃げられない。王子であるのをやめたいと思っても、やめることはできないのだ。君らにできるのは、軟禁された状態から王子を解放することだ」

「そのあと、日本政府に預けてしまっていいのでしょうか」

「さっきもいった通り、日本政府を全面的には信用できないだろうな。だが、だからといって君らが勝手に王子をどこかにやったとなると、法的な責任を追及されるかもしれん」

「僕らがですか?」

「そうでもしなければ、アメリカや中国にメンツが立たない」

「でも僕らが何をするというのです?」

「そんなものは、あとづけでどうとでもなる。王子を拉致監禁した、といいがかりをつけてもいい。国家を甘く見ないことだ。他国には弱腰でも、自国民には権力をふりかざしてくる。君らを犯罪者にしたてるのは簡単だ」

佐抜は言葉を失った。そんな可能性など露ほども考えていなかった。

「恐くなってきました」

ようやくいうと、

「まあ最悪の場合だ。そうなったときへの備えはある」

杉本教授は答えた。

「備え、ですか」

「君から聞いた話を、時間の流れに沿ってリポートにしてあるのだ。名前や地名もすべて入れてある。何かのときはそれを証拠として裁判所に提供できるしマスコミに発表するという手段もある」

「先生!」

「何を感動している。手料理を食わすだけしか能がないと思っていたか」

教授は笑い声をたてた。

「そんなことはありません!」

「とにかく、今後も逐一、報告をしてくれ。それが君らを守る武器になる。場合によっては王子を守るかもしれん」

「はい!」

電話を切り、佐抜は考えこんだ。

王子の運命は王子にしか決められない。そしてその決定が、本人とベサール国民双方の幸福につながるわけではない。しかも現在の決定が未来においても正しいかは誰にもわからないのだ。

その点で、覚悟はあるのかと、「琉軒」でケントに訊ねたヒナの言葉は正しい。正論だが酷だ、と割って入った自分の甘さを佐抜は痛感した。

ヒナには佐抜には見えないものが見えている。それは育った境遇のちがいではかたづけられないほどの差だ。

気づくと昼近い時間になっていた。そろそろ千葉に向かう準備をしたほうがいいだろう。

佐抜はヒナの携帯を呼びだした。

「おはよう、ていうには遅いか」

応えたヒナはいった。

「そうですね。そろそろ迎えにうかがおうと思うのですが」

「あたしは大丈夫。そっちは平気なの?」

「平気です。阪東さんから電話がありました。内容についてはお会いしてから話します」

「わかった。待ってる。近くにきたら連絡ちょうだい」

佐抜は押し入れから、アルバイトで使った作業衣をひっぱりだした。洗ってはあったがゴワゴワで少しカビくさい。袖を通して鏡の前に立った。どこか違和感がある。なぜだろうと考え、髪型と肌の白さだと思いあたった。

日焼けしていないのはどうしようもないが、髪型はかえられる。

分けていた髪型を崩すと、少しはそれらしくなった。靴もスニーカーをはく。

ヒナと合流したのは昼過ぎだった。

「リンさんから連絡はありました?」

「まだない。その格好、いいね」

佐抜は車をアクアラインに向けた。ヒナも今日は、地味なパーカーにジーンズといういでたちだ。

「スーツじゃ目立つといわれたんで。バイト先で昔もらった服です」

「自前なんだ」

「はい」

そんな話をしている場合ではなかった。

「阪東さんから聞いたのですが、ベサール国王が亡くなったそうです」

「え?」

「ベサールからではなく、アメリカ国務省からの情報だといっていました。ところがアメリカもまだ、どう動くか対応を決めかねている。そこで、とりあえず王子を日本から出国させるな、という要請が日本にあったそうです」

「時間稼ぎだな」

「そうです。阪東さんは、王子を解放したら自分たちに預けてくれ、といっていました」

「責任もつっていうの?」

「日本政府が保護する、とはいいました。そしてもし解放に失敗したら連絡をくれ、と。たぶん警察とかに頼むのだと思います」

「アメリカににらまれたくないだけだろうね」

「杉本教授も同じことをいっていました。アメリカと中国の板ばさみになっても、渡り合えるような政治家は日本にいないだろうって。それから、中国もクワンのでかたを見極めるまでは、王子を簡単にベサールに帰しはしないのではないかと」

ヒナがため息をついた。

「かわいそうな奴。千葉でナンパしているほうが幸せだろうな」

「まったくです」

「でもどうしようもないね」

「ええ。王子を助けだしたら、阪東さんに預けましょう。お父さんが亡くなったことを話せば、ケントさんも覚悟を決めるでしょう」

「『南十字星』はちゃんと守るかな」

「アメリカが干渉しないと決めたら、ほうりだすのじゃないかと教授はいっていました」

「それどころか中国に恩を売るかもな」

佐抜は頷いた。それが〝国益〟につながると考えれば、ケントを中国政府に渡すかもしれない。阪東のような役人にとって、個々の人間の幸福はたいした意味をもたないにちがいない。

「『木を見て森を見ず』の逆ですね。森を見て、木を見ない。というか、見ないフリをする」

「うまいことというね」

「ケントさんにはお父さんが亡くなったらしいことを、ヒナさんから話してもらえますか」

　佐抜が頼むと、ヒナは声をあげた。

「あたしに?!」

　ヒナの携帯が鳴った。ひと目見て、

「リンだ」

　と耳にあてた。

「あたし。どうした?」

　うん、うんとあいづちを打っている。

「わかった。今、そっちに向かってる」

　告げて、電話を切った。

「今、ケントを自治会の本部に届けたって」

「自治会の本部はどこにあるんでしょうか」

「訊けばわかるよ。たぶんマハドの仲間がそこを見張ってる」

「いよいよですね」

「でもなんで、あたしなんだよ」

　ヒナに訊かれ、電話の直前の話のことだと気づいた。

「何というか、ヒナさんのほうが上手にケントさんに話せるような気がして。ヒナさんはケントさんの立場を、僕よりはるかにわかっていると思うんです」

「そんなことはないよ。でもあんたがそういうなら、わかった。そうする」

　レンタカーはアジア団地に入った。目立たない場所を探し、縦列駐車のすきまに、佐抜は苦労してレンタカーを止めた。

　レンタカーを降りるとたんに、漂う香ばしい匂いに胃袋が刺激をうけた。屋台で焼かれている串(くし)焼きの香りだ。

「とりあえず『アヤラ』にいきましょうか」

　団地の中心部に向け歩きながら佐抜はいった。

「いや、『アヤラ』は見張られているかもしれない」

ヒナがいって立ち止まり、携帯電話をとりだした。

マハドにかけたようだ。

「ひなダケド、今、団地ニ着イタ。ドコニイケバイイ？」

ベサール語で訊ねた。

「ワカッタ」

マハドの返事を聞いて切る。

「『アヤラ』の並びに集会場があるから、その近くで待てってって」

平日の昼間ということもあり、前回の半分ほどしか屋台は営業していない。洋服や雑貨の屋台の多くはやっておらず、食物を売る屋台ばかりだ。

中国料理「随園食単」、美容院、「アヤラ」、バイク屋の前を通りすぎる。あたりの人だかりも前ほどではなく、立ち話をしているのは大半が女性だ。

集会場は敷地を広くとった、コンクリート製の二階建ての建物だった。高校の講堂を佐抜は思いだした。観音開きの扉の横に日本語で「集会所」と「自治委員会」と記された木の札が掲げられている。

「自治委員会と自治会は別だっていってましたね」

佐抜はいった。

「うん。あれは委員が集まって話す場所じゃない？自治会の本部はたぶん別の場所にある」

ヒナが答え、足を止めた。

二人は「集会所」と「自治委員会」の建物の前で待った。店が並んでいる一画とちがい人だかりはない。

男がひとり、近づいてきた。その顔に佐抜は見覚えがあった。「アヤラ」を二度目に訪れたとき、店番をしていた中国人だ。

「あいつ、『アヤラ』にいたよな」

ヒナも気づいて、低い声でいった。二人が見ていると男は足を止めた。それ以上近づかず、団地の奥を顎（あご）で示した。

「いきましょう」

佐抜はいって、団地の奥に向け歩きだした。少し進んでうしろをうかがうと、距離をおき、男はついてきていた。

今歩いているのは、メインストリートを一本外れた、集合住宅と集合住宅のあいだを抜ける道だった。屋台はなく、ぽつぽつと車が止まっている。夜になれば、縦列駐車でいっぱいになるにちがいない。

五階建ての横長の集合住宅が道の左右に並んでいた。一棟一棟のあいだには空間があり、小さな菜園になっていたり、古いコンテナが物置がわりにおかれていたりと、使われ方はさまざまだ。工事現場にあるようなプレハブ式の小屋もあって、店舗になっていた。

何を売っているのかと佐抜は目をこらした。布切れが並んでいる。どうやら民族衣装に使う生地を売る店のようだ。店番をしているのは、インド系と思しい老婆だ。

団地の中は意外に静かだった。赤ん坊の泣き声がどこからか聞こえる。子供たちはまだ学校から帰っていないようだ。

四棟めの集合住宅の先に、窓のない倉庫のような建物があり、赤い字で「消防設備」と書かれていた。その左手には、「アヤラ」をひと回り大きくしたような店舗型住宅があり、白い十字の看板を掲げている。薬局と診療所のようだ。

「待って」

早足で追いついた男が日本語でいった。

「こっち、早く」

かたわらの集合住宅の入口を手で示した。隠れろ、という意味なのか、両方の掌を下に向け、上下させる。

佐抜とヒナは集合住宅の階段の昇り口に身を隠した。

白い十字を掲げた店舗型住宅の陰から、腕章をつけた男が二人現れた。「アヤラ」の前で声をかけてきた、チョウとその連れの大男だ。パキスタン人で、名前はカーンだと聞いた。

二人のうしろから、携帯電話を耳にあてた男が歩いてきた。甲高い声で喋っているが、内容までは聞きとれない。

「ワン」

佐抜とヒナのあいだで身をかがめている男が指さし、いった。ワンというのは、自治会を仕切っている、中国の自治委員の名だった筈だ。

三人は佐抜たちが隠れている集合住宅のかたわらを歩きすぎた。

「いきましょう」

三人が遠ざかると、男がいった。「消防設備」と書かれた建物を回りこむ。

再び集合住宅が並んでいた。わずかに下り坂になっていて、奥に向かう道の両側に四棟ずつ並んでいるのが見えた。その先に、店舗型住宅が四軒並んでいる。

「王子はあそこ」

その建物を男は指さした。佐抜とヒナは顔を見合わせた。

「見張りは?」

ヒナが訊くと、

「さっきはいなかった」

男は首をふった。

「て、ことは、鍵をかけてるな」

ヒナは低い声でいった。

「鍵」

佐抜はつぶやいた。鍵のことまでは考えていなかった。

「鍵、大丈夫」

男がいった。

「大丈夫とは?」

佐抜は男を見つめた。男はにやりと笑った。

「私、鍵屋さん」

いって肩にかけたバッグを叩いた。

「開けられるのですか」

頷く。

「いこう」

ヒナがいって、三人は坂を下っていった。

十七

四軒の店舗型住宅が並んでいるのは、団地のつきあたりだった。建物の裏はフェンスで、その先は生い茂った藪だ。「アヤラ」などと同じ造りのようだが一階部分はシャッターが下りている。その左端の建物を男は指さした。

「ここに王子、います」

「携帯に電話をしましょうか」

佐抜がいうと、男は首をふった。

「王子、携帯もっていません。チョウがとった」

「どこかに助けを求められちゃ困るから、とりあげたんだね」

ヒナがいった。

シャッターの前に立つと、男がショルダーバッグを開いた。大きな輪に留められた鍵束をとりだす。鍵束はいくつもあり、シャッターの鍵穴に合う鍵を、ひとつひとつさしこんで探し始めた。

佐抜は周囲が気になった。この店舗型住宅は、団地の中で一番低い場所にある。つまり容易に監視できる位置だ。シャッターの前に集まっている姿を見られたら、自治会が駆けつけてくるにちがいない。ヒナを見た。ヒナもさすがに緊張した表情を浮かべている。

「！」

男が言葉にならない声をあげた。鍵を回し、シャッターを両手で押し上げる。腰までの高さまで上げると、佐抜たちに入れと合図をした。

佐抜とヒナはシャッターをくぐった。中は湿ったコンクリートの匂いがたちこめた、がらんとした空間だ。

「私、外にいます。でるとき合図下さい」

いって、男はシャッターを下ろした。一瞬で暗くなった。

佐抜は携帯電話をとりだした。懐中電灯モードにして、あたりを照らす。

正面に階段が見えた。

「ケントさん」

佐抜は呼びかけた。返事はない。

「ケント！」

ヒナが叫んだ。

「誰？」

階段の上から返事があった。

「佐抜です。ヒナさんと」

ヒナが階段を上った。佐抜もつづいた。

二階も同じような、がらんとした空間だったが、格子のはまった窓から光がさしこんでいる。

コンクリートの床にベッド用のマットレスがおかれ、ミネラルウォーターのパックとポテトチップスなどの菓子の袋が積まれていた。

体に毛布を巻きつけたケントが、マットレスの上にすわっていた。

「なんですぐに返事しないんだよ」

ヒナが怒ったように訊ねた。

「だって、誰がくるかわからないんだもん」

ケントは口を尖らせた。

「もしかしたら僕のことを――」

「殺すならさっさとやってる。こんなところに閉じこめないで」

ヒナがいうと、目をみひらいた。

「ヒナさん」

思わず佐抜はいった。ヒナは両手を広げた。

「悪い。あんたにはどうもキツく当たっちゃうみたいだ。とにかく、ここをでていこう」

「どこへいくの？」

「『南十字星』がケントさんを保護するそうです。お母さんも、です」

佐抜はいった。ケントは佐抜とヒナを見比べた。

「それで、僕はどうなるの？」

「あんたしだいだよ。ただ……」

いって、ヒナは佐抜をうかがった。佐抜は頷いた。

「ベサールに帰っても、ザザはいない」

「えっ？」

「亡くなったらしい」

ケントはヒナを見つめている。

「本当に?!」

「本当みたいだ。でも、今はしっかりしなけりゃ駄目だ。悲しむのはあとでゆっくり悲しめばいい。自分のことを考えるんだ」

「僕のこと……」

「それでもベサールに帰りたいのなら、『南十字星』が何とかしてくれると思います。中国経由で帰るのは避けたほうがいいでしょう」

佐抜がいうと、ヒナが頷いた。

「フィリピン経由でもベサールには帰れるからね」

「ザザが……死んじゃった」

ケントはつぶやいた。その目から涙がこぼれ落ちた。

「よし、わかった。五分やる」

ヒナがいった。ケントは目をみはった。

「五分、泣いていい。わめいてもいい。あんたのことを笑ったりしない。五分間、ザザのことを思ったら、そのあとはてきぱき動いて」

ヒナは佐抜のほうを向いた。

「あたしのやりかた。つらいときは、そうしてきた。わめきつづけてると、五分て、けっこう長い」

「大丈夫」

ケントがいった。深呼吸し、目をぬぐう。

「今は、わめかない」

ヒナはにっこり笑った。

「根性あるじゃん」

その笑みにつられたようにケントも笑みを浮かべる。

「いきましょう」

佐抜はいって、携帯で足もとを照らしながら一階に下りた。閉じているシャッターをノックすると、男が外から押し上げた。

「急いで、ここ離れます」

いって、坂道を示した。

「待った。四人でのこのこ歩いていったら、必ず自治会の連中に見つかる」

ヒナがいった。確かにその通りだ。

「車をとってきましょうか」

佐抜はいった。

「どこかこの近くに隠れていて下さい。車で戻ってきます」

男を見た。男は無言で佐抜を見返した。王子を救出したあとのことは考えていなかったようだ。

「とりあえず一回、裏に回りましょう。ここじゃ目立ちます」

四人は店舗型住宅の裏、藪に面したフェンスのかたわらに隠れた。

ヒナの携帯が鳴った。

「マハドだ」

ヒナは耳にあてた。マハドの問いに答える。

「ハイ、王子ハ無事。ドウヤッテ団地ヲデテイクカ、考エテイタ。今？　今ハ、王子ガイタ建物ノ裏」

マハドが喋（しゃべ）った。

「やっぱり団地の中を歩いてくるのは危険だって。自治会は『アヤラ』も見張ってるみたいだ」

「じゃあ僕が車をとってきます」

佐抜はいった。

「頼む」

ヒナが頷いた。佐抜は頷き返し、フェンスのかたわらを離れた。ヒナがマハドに状況を説明している。

佐抜は早足で集合住宅を抜ける坂を上がり始めた。本当は走りたかったが、走ると人目を引くかもしれない。リンやジェイの話では、団地内を巡回している自治会はチョウとカーンの二人だけらしいが、住人がその二人に通報する可能性もある。

ひとりで上る坂道は長かった。緊張で背中が汗ばむのを佐抜は感じた。見える範囲に人の姿はないが、集合住宅の中から誰かが見ているような気がする。

いっそ阪東に電話をしてここまで迎えにきてもらえばよかったかとも考えたが、阪東がアジア団地の奥までくる筈（はず）はないと思い直す。

迎えにくるとしても、せいぜい団地の外だろう。

ようやく診療所の建物まできて、佐抜は息を吐いた。このあたりまでくると、少し人通りがある。メインストリートを避け、なるべく人の少ない通りを団地の入口に向かって佐抜は進んだ。

スクールバスが見えた。集会所の前に止まり、子供たちを降ろしている。迎えにきている親もいて、団地の中が一気ににぎやかになった。

佐抜は少し安心した。これだけ人が多くなれば、逆に自分の姿が目立たなくなる。

ようやくレンタカーが見える場所まできた。団地に入ってすぐの道に止めてある。団地の奥と異なり、そのあたりは路上駐車が多い。

佐抜は足を止めた。レンタカーのかたわらに男がいた。見たことのない顔だ。何人かはわからないが、Tシャツの袖に腕章を巻いている。

自治会の人間だ。男がこちらに目を向けているのに気づき、佐抜はすぐかたわらに駐車している軽トラックの荷台にとりついた。荷台にはロープやバケツなどが載っていた。その中で捜しものをしているように体を折る。携帯を耳にあて、ヒナを呼びだした。

「どうした?」

「車が見張られています。見覚えのない顔ですが、腕章をつけてます」

「自治会か。ナンバーからレンタカーだってバレたんだな。あんたは大丈夫なの?」

「今は大丈夫です。一度そっちに戻ります」

電話を切って、軽トラックの荷台の陰からもう一度レンタカーの方角をうかがった。

腕章をつけた男は腕組みをし、立っている。レンタカーのそばを離れるようすはない。

佐抜は息を吐き、きた道を戻った。集会所の一本裏の道を歩いていると、携帯が鳴った。

「こっちもとりあえず移動する。戻らないで、どこかその辺にいて」

ヒナがいった。

「了解しました」

佐抜は答え、立ち止まった。閉めていた屋台の多くが店開きの準備を始め、人の数が増えていた。

屋台をおおっていたブルーシートをはがし、南京錠のついた木箱の蓋を開けて商品をとりだしている。商品は、服や鞄、腕時計などさまざまだ。シートがあるから雨には濡れないだろうが、木箱と南京錠では簡単に盗まれそうな気がする。

だがあたりには集合住宅が並んでいる。怪しい挙動の人間がいれば、すぐ自治会に知らせがいくにちがいない。

しかも盗みをしたと発覚すれば、この団地にはいられない。そんな愚を犯す者はいないのだろう。

携帯が鳴った。阪東だ。

「どんな状況ですか」

「王子は監禁先から解放されたのですが、僕らが止めたレンタカーが監視されています」

「つまり王子はまだ団地内にいるのですか」

「ええ。僕らもです」

迎えにいきましょうかという言葉を期待していた。

「ではまだかかりそうですね」

あくまで人ごとのようだ。

「はい」

「佐抜さんたちに対して威圧的な態度をとる者はいますか」

「今のところは、まだ」

「もしそうなったら一一〇番して下さい」

警察に丸投げするつもりのようだ。もっとも実際にそんなことになったら、ヒナが黙っていないにちがいない。一一〇番するのは自治会のほうだ、と佐抜は思った。

「わかりました」

「団地をでたら連絡を下さい。王子をお連れする場所を知らせます」

「王妃のことはどうなりました？」

「千葉県内におられることは確かなようです。滞在先を今、絞りこんでおります」

ずいぶん悠長だ。本当はどこにいるのかを知っていて、とぼけているのかもしれない。

「保護はできるのですか」

「そのつもりです」

はっきりしない。が、ここで議論しても始まらなかった。佐抜は了解ですと告げて、電話を切った。

ヒナからの連絡はまだない。「アヤラ」の近くにいってみることにした。団地にきたときに比べると、屋台の多くが店開きをして人通りが増えている。ひとりなら、チョウやカーンにも、そう簡単には見つからないだろう。

「アヤラ」や隣のバイク屋の前には、あいかわらず人だかりがあった。その中に自治会の人間がいないか、佐抜はこっそり観察した。

カーンを見つけた。バイク屋の人だかりから少し離れた位置に立っている。「アヤラ」を監視しているにちがいなかった。チョウの姿はない。

「アヤラ」には、女性を中心に客が多く入っている。店先で対応しているのは見たことのない店員だった。マハドが奥にいるのか、それとも別の場所なのかはわからなかった。

チョウの姿を見つけられないのが不安だった。どこからか団地内を見張っているにちがいない。自由に歩き回っているケントを見つけたら、どうするだろうか。

カーンが動くのが見えた。バイク屋の前から、集会所のほうに移動している。佐抜は人だかりに紛れ、そのあとを追った。

集会所の中にカーンが入った。

佐抜が見ていると、背後でクラクションが鳴った。

集会所のある広場に入ろうとして人ごみに車が立ち往生している。黒のセダンだった。

セダンはそれ以上の進入をあきらめ、強引に駐車した。店先に止められた屋台の店主が大声で抗議したが、無視して二人の男が降りた。二人ともジャケットを着ている。

そのうちのひとりの腕を店主がつかんだ。

タガログ語で叫んでいる。それをふり払い、

「自治会ニ用ガアッテキタ。文句ガアルナラ自治会ニイエ！」

中国語で叫び返すのが聞こえた。流暢な発音だが、微妙なイントネーションで日本人だと佐抜にはわかった。

いわれた店主は黙った。セダンを降りた二人の男は集会所に入っていった。それを見届けて、店主はセダンの横腹を蹴った。

ケントの家にきたという二人組の話を佐抜は思いだした。グオと山本といった筈だ。

あの二人がそうだとすれば、ケントを迎えにきた

にちがいない。

案の定、その二人とチョウ、カーン、それにワンが集会所をでてきた。五人で団地の奥に歩いていく。

佐抜はヒナの携帯を呼びだした。

「自治会の連中が新しくきた二人を連れてそっちに向かいました。大丈夫ですか」

「大丈夫。さっきのところにはもういない。あんたはどこ?」

「『アヤラ』のある広場にいます」

「じゃあそっちにいく」

電話が切れ、五分ほどするとヒナが現れた。ひとりだ。

「ケントさんは?」

「とりあえず、自治会に見つからない場所に隠れてる。新しい二人って?」

佐抜は黒いセダンを示した。

「あれに乗ってきたんです。たぶんケントさんがいってた二人です。迎えにきたのでしょう」

「じゃあすぐに騒ぎになるね。ここからでよう」

「ケントさんをおいて?」

「今のところはしかたがない。うまく連れだす方法を考えないと。それまではBLCに任せよう」

「わかりました」

二人は団地の入口に向け歩きだした。腕章をつけた男が見えた。携帯を耳にあて、きょろきょろとあたりを見回している。

「ケントがいなくなったのがバレたんだ」

ヒナはいって、レンタカーに歩みよっていった。

男がはっとしたように携帯をおろし、

「あなた! この車の人ですか?」

と訊ねた。ヒナがいい返した。

「だったら何だっての?」

「どこにいきますか」

「帰るところだよ、何か文句あんの」

「戻ッテキタ。二人ダケダ」

男は中国語で携帯に告げた。返事を聞き、まじまじと二人を見つめる。

何かをいいたいが、どういっていいのか考えているようすだ。

　佐抜はレンタカーのロックを解いた。ヒナは助手席のドアを開けた。

「待て！」

　男が止めた。

「何だよ。何の権利があって、あたしらを止めるわけ？」

「はあ？」

「今、仲間がくる。それまで待て」

　ヒナはいって、男の顔に自分の顔をつきつけた。

「仲間がきてどうするんだよ」

　男はたじろいだように瞬きした。

「いえよ。どうするんだよ！」

　リング上で相手レスラーとにらみあいをするときの迫力だ。男は後退（あとずさ）った。

「女ガ怒ッテイル。食ワレソウダ」

　携帯に告げた。佐抜はレンタカーのエンジンをかけた。

　ヒナが乗りこみ、助手席のドアを閉めた。

十八

　レンタカーが団地の敷地をでたとたん、我慢できなくなり、佐抜は声をあげて笑いだした。

「何だよ！」

　驚いたようにヒナが見た。

「いきなり笑うからびっくりするじゃないか。どうしたんだよ」

「いったら絶対怒ります」

「怒らないよ」

「さっきの男です。携帯に『食われそうだ』って」

　いってからまた笑ってしまった。

「ふざけやがって」

「本気で恐がってました。虎か熊にでも襲われたみたいでした」

「人間だよ、あたしは」

　佐抜は首をふった。

「わかってるよ。豹（ひょう）だっていいたいのだろ。昔の話だから」

「幸せなんです」

「何だって？」

「ヒナさんがああやって怒るたびに、僕は幸せなんです。レッドパンサーを間近で見られます」

「あのさ」

いいかけ、ヒナは黙った。その沈黙が長いので、佐抜は不安になった。

「すみません。嫌いでしたね。昔の話は」

ヒナは息を吐いた。

「あんたは悪くないよ。あたしがレスラーだったのは事実だし、あんたは応援してくれていた。だから怒っちゃいけないんだ」

「そんなにプロレスラーが嫌だったのですか？」

佐抜は訊(たず)ねた。

「いや、むしろ好きだった。じゃあなぜやめたかって？　好きになった男にやめろっていわれたからなんだ。プロレスラーのお前とはつきあえないって」

「そんな……」

「そいつは芸能界の端っこにいる奴でさ。あたしとのことが噂になりかけたときにいわれたんだ。『お前とはちゃんとつきあって、将来のことも考えたい。だけど相手が女子プロレスラーだというのは、俺のイメージにマイナスになる』って」

「それはないですよ。勝手すぎる」

思わず佐抜はいった。

「今はあたしもそう思う。でもそのときはね。ちがった。将来の亭主を尻(しり)にしいていたら、女子プロレスラーのイメージそのものだろ。だから逆になろうって決めてたんだ。彼氏を立てて自分は半歩さがっていよう。古風な女だと思われたい」

「自分で決めたのですか」

「そう。だからそいつが悪いわけじゃない。もっとも売れてなくて、外ででかい面ができないぶん、あたしにいばりたがるところはあったけどね」

いって、ヒナは首をふった。

「まあ、あたしが勝手に夢を見たんだよ。プロレスをすぱっとやめて家庭に入る、なんてカッコいいと思ってさ」

「それで結婚したのですか?」

「そこまでいきつけなかった。専業主婦になるには、まず嫁入り修業しなきゃって思ったんだ。洗濯や掃除は合宿所でさんざんやらされたけど、料理は焼肉とかチャンコ、カレーくらいしか作れなかったから。フランス料理を習えって、男にはいわれるし」

「フランス料理?!」

佐抜はヒナを見た。ヒナは笑っていた。

「まったく、何さまだよって話だろ。あたしがいうことときいてばかりだから、そいつも思いちがいをしたんだよ。でも、そのときは本気で料理学校とか通って、裁縫まで習った」

「ヒナさんらしいです。やるからには徹底してやらないと気がすまない」

「そこまで立派なものじゃないよ。でもさ、あるとき、おかしいって思ったんだ。自分は何やってるんだろう。こんなことをしたかったのかって」

佐抜は黙った。

「あたしは、こうなったらカッコいいと思う自分を演じようとしてたけど、本当にそうなりたかったわけじゃない。専業主婦の大和撫子(やまとなでしこ)になんて、なれる筈(はず)がない。そんな自分を好きなのか考えたら、そんなワケないって答がでちゃったんだ」

「それはいつです?」

「結婚式の日どりを決めようって直前。男のことは好きだから、何とか好かれるような自分を演じるんだけど、心の底じゃ、そういう自分をどんどん嫌になっていく。あるとき、もうダメだって思った。このままじゃ爆発する。相手と自分の両方をぶっ壊しちまうだろうって」

「それで別れたんですか」

「別れる前にフラれた」

「えっ。そんなに一所懸命、尽くしていたのにですか」

「そう。それも男に新しい女ができて。そいつが大和撫子かっていったら、家事なんて何もできないキャバ嬢だった。言葉づかいもひどい、彼氏にタメ口しかきけない、暇さえあれば携帯で自撮りばっかりしてるような馬鹿女。でもそれでよかったんだ。そんな女にめろめろになっている男を見て、ぱっと目が覚めた。この男に尽くそうなんて、自分は何をやってたんだって」

　佐抜は息を吐いた。

「プロレスに戻らなかったのはどうしてです？」

「すぱっとやめますって、カッコよく決めてでてったものだから、戻るに戻れなかった。結婚するとはいっていなかったから、まだよかったけど。それに十代のときからずっとその世界に浸かっていたから、ちがうことも経験したいって思ったんだよね」

「じゃあ後悔はしなかったんですね」

「しないわけないじゃん。いっぱい後悔したよ。後悔しない人生なんて、ないよ。だけど後悔ばかりしてたら前に進めないから、後悔しないっていうしかないだろ」

　率直な言葉だった。佐抜は思わずヒナを見た。

「感動しました」

「バカ」

　ヒナの顔が赤くなった。

「恥ずかしい昔話をさせておいて、何いってるんだよ」

「いえ。ヒナさんの言葉は重いなって、ずっと思っていたんです。ケントさんに対してだって、上辺のやさしさじゃなくて本音で向きあっています。僕なんかにはとてもできません」

「よしな」

　ヒナは鼻を鳴らした。本気で嫌がっている。

「はい。それでケントさんは今、どこに隠れているんですか」

「寺」

「寺？」

「そう。公式には存在しないことになってる宗教施設が団地にはあるんだ。お寺や教会、モスク。前もいったけど、お墓もある。ケントはそこにいる」

「安全なのですか」

「用がない人間はこない場所らしい。だから自治会に誰かが知らせない限り大丈夫だというんだ。夜まで待って、迎えにいく」

「わかりました」

「腹が減ったな。とりあえず何か食べようぜ」

いわれて佐抜も空腹に気づいた。このところすっかり馴染(なじ)みになっているファミリーレストランに車を向けた。

「車はかえたほうがいいな。レンタカーだと、また気づかれる」

ファミリーレストランに入り、注文した料理がでてくるのを待つあいだ、ヒナはいった。

「でもレンタカーじゃないとなると……」

佐抜は考えこんだ。ヒナがいった。

「ルー叔父(おじ)さんに借りよう」

「ルーさんにですか」

「ボロい軽トラとかもってるんだ。そっちのほうが目立たない」

いってヒナは携帯をとりだした。操作し耳に当てていたが、舌打ちした。

「電話でないよ。留守電にもならない」

佐抜も携帯をとりだし、阪東にかけた。団地をでたら知らせることになっている。

「いかがです?」

「王子には安全な場所に隠れてもらって、僕と潮さんは団地をでました。夜にもう一度迎えにいきます」

「佐抜さんたちは拘束されなかったのですね」

「ええ」

「中国政府もそこまで本気ではない、ということでしょうか」

そんな質問をされても、答えようがない。

「王子がいなくなったことがわかれば、自治会もあわてるのではないですか。グオと山本らしい二人組が団地にきているのも見ました」

「その二人なのですが、ひとりはおそらく中国大使館に勤務している人間です。中国国家安全部の人間でしょう。王子の身柄を確保するよう命令をうけていると思われます」

阪東はいった。国家安全部というのが中国の情報機関であることは佐抜も知っている。

「今は自治会の人間といっしょに王子を捜し回っていると思います」

「それでも見つからない場所に王子はいるのですね」

「BLCがかくまっているくらいですから」

　そこがどこなのかはいわなかった。いったところで、団地内の施設になど阪東は興味がないだろう。

「それより夜、王子を連れだしたら、どこにいけばいいのでしょうか」

「宿舎を手配しました。一種の民泊施設ですが、安全が確保されています。住所を申しあげます」

「メモします」

　阪東が口にしたのは大田区の住所だった。

「そこに王子をお連れ下さい。もちろん救出したら、私にご一報を」

　電話を切った佐抜にヒナが訊ねた。

「『南十字星』もやっと動いた？」

「動いたというか、ケントさんをここに連れてきてほしいといわれました」

　佐抜はメモした住所を見せた。

「大田区。ホテルなの？」

「一種の民泊施設だといっていました。たぶんセーフハウスというものじゃないかと思います」

「セーフハウス？」

「映画とかで得た知識なのですが、警察や情報機関が要人をかくまう施設です。ホテルでは他のお客さんもいるので安全が確保できない。そこで一軒家やマンションに厳重な防犯設備を施して、専用に使うんです」

「あんた、何でも知ってるね」

　ヒナにいわれ、佐抜は首をふった。

「ただの知ったかぶりです。ちがっているかもしれません」

「いったら、阪東とかの自宅だったりして。奥さんや子供もいて、『あなたこんな夜中に誰をひっぱりこんでるのよ』なんてキレられる。そんなわけ、ないか」

　ヒナがいい、二人は笑った。

「さすがにないと思います。そうだ」

佐抜は携帯を再び手にした。杉本教授にも事態の推移を知らせなければならない。

「電話を一本かけます」

告げて、佐抜は教授の自宅にかけた。外出先からまだ帰っていないのか、留守番電話だ。

「佐抜です。またかけます」

吹きこんで、電話を切った。

「ガールフレンドじゃないの？」

ヒナが訊き、佐抜は首をふった。

「以前お話しした杉本教授です。いろいろ相談にのっていただいたので、状況を説明しておこうと思って。お留守でした。前にもいいましたけど、ガールフレンドはいません」

佐抜はきっぱりといった。

「あんたやさしいからもてそうなのに」

いわれて、佐抜は前々から抱いていた疑問を、ヒナにぶつけてみようと思いついた。

「やさしいだけの男って、もてないのじゃないでしょうか」

「え」

ヒナは不意を突かれたような顔になった。

「やさしい男は信頼されて、いい友だちになれるかもしれませんが、恋人には選ばれない」

「それはあんたの実感？」

「まあ……そうです」

ヒナは宙を見つめた。

「あたしは基準にはならないと思うけど、若い女に限っていえば、そういうところはあるね。恋愛禁止とかいわれてても、女子プロレスでも色恋沙汰はけっこうあってさ。顔もいいし人気もある子が熱を上げるのは、たいていロクでもない男が多かった。ロクでもないってわかってるのに惚れるんだ。何でだろう、自分にだけはいい人になってくれると思いこむんだね。それで痛い目にあって、リングでもダメになっちゃったりしてさ」

「危ない男のほうがもてるんです」

「でもさ、いっしょに暮らすことを考えたら、そんな男は最悪だよ。マジメでやさしい奴が一番、て思う」

「それは妥協じゃないのですか。本当はこっちの人のほうが好きだけどいっしょになると苦労しそうだから、安全そうな人と結婚する」

「妥協っちゃ妥協だろうね。でもさ、結婚となったら一年二年じゃない。何十年てつづけていくのが前提だ。二十年もたったら、妥協したとか思わないのじゃないかな」

「僕は逆を考えちゃいます。二十年も夫婦でいるのに、奥さんに心の中で『この人で妥協してよかったのかしら』なんて思われたらたまりません」

「確かにそれはたまらないね。でも女は、死んでもそんなことは口にしない。友だちとかにはいっても、当の旦那にはいわない」

「そう考えると恐いです」

ヒナは笑った。

「疑ったらキリがない。もし次に好きになる女が現れたら、その人のことを疑うのはやめるんだな。人間にはだますタイプとだまされるタイプがいてさ、あんたもあたしもだまされるタイプなんだよ。だから人を疑ってばかりだったら絶対幸せになれない」

「僕もそう思います。だますよりはだまされるほうがいい」

「じゃあ、恐くても我慢しな」

佐抜は頷いた。こんなにも素直に自分の気持ちを話せる女性は久しぶりだった。最初の頃を考えると信じられないほど、アガらずに話せている。

しかもその相手が、かつてファンだったレッドパンサーなのだ。世の中何があるかわからないと、しみじみ思った。

ヒナの携帯が鳴った。

「マハドだ」

いって耳にあてる。

「状況ハドウ？」

マハドの言葉に耳を傾け、

「ソレデ大丈夫ナノ？」

と訊ねた。マハドが長々と喋(しゃべ)った。

「了解。ジャア連絡待ッテル」

携帯をおろし、

「自治会は大騒ぎだって。リンやジェイの家にも押しかけてきて、ケントの居所を知らないかツメたらしいよ。でも二人とも知らないいし、近所の人からも人の出入りがなかったって聞いて、ひきさがったみたいだ」

ヒナはいった。

「じゃあ今のところ、皆さん大丈夫なんですね」

「大丈夫みたいだ。それで自治会はあたしらがいったい何者なのか訊(き)いて回ってるって。もちろんリンもジェイも何もいわないでいる」

「夜、ケントさんを連れだし、『南十字星』に預ければ安心です。ケントさんのお母さんも保護すると、阪東さんはいってました」

佐抜はいった。

「保護できるのかな」

「たぶん警察の助けを借りるのじゃないでしょうか」

「警察がでてきたら、あいつらもどうしようもないね」

ヒナの携帯が再び鳴った。のぞき、ヒナは舌打ちした。

「ルー叔父さんだ。はいはい」

邪険に返事をした。

「電話したよ。あのさ、叔父さんに車を借りたいんだよね。ボロい？　ちゃんと走るのならボロくてもいいよ。あたし？　今、木更津の近くのファミレス。え、叔父さんはどこにいるの？　館山。じゃあ近いじゃん。あたしらの車と交換しよう。レンタカーだけど。そう。この前の男の子といっしょにいる」

ヒナはファミリーレストランの場所をルーに教え、電話を切った。

「叔父さん、仕事で館山のほうにきてるらしい。今乗ってる軽トラと交換してくれるってさ。東京までとりにいかないですむ」

「ついてますね」

佐抜はいった。東京の江戸川区まで車を借りにいくことを考えると、時間も手間も大幅に省ける。

「でもきっとレンタル料よこせっていわれるよ」

「それはしかたないです」

「いや、この前情報料も払ったし、そうそう甘い顔できない。よこせっていったら、あたしが締め上げる」

ヒナは厳しい表情でいった。

それから一時間もたたないうちにルーは現れた。佐抜とヒナに、

「よう。お疲れさん」

と手を挙げ、腰をおろした。

「いやあ、助かった。一日中、廃品の仕分けでさ、このまま空きっ腹で篠崎まで走んなきゃならないかと思ってたけど、飯にありつけそうだ」

いうなり、メニューを広げた。佐抜とヒナは顔を見合わせた。

「うん、決めた。ハンバーグ目玉焼のせにライス大盛り、あとフライドポテト。生ビールは我慢して、ノンアルコールビール！」

ウェイターを手招きし、注文する。ウェイターが遠ざかると、ルーは佐抜を見た。

「で、見つかったのかい？　王子は」

「ええ、お――」

おかげさまでといいかけ、佐抜は言葉を呑（の）みこんだ。そんなことをいおうものなら、情報料の追加を要求されかねない。

「へえ。たいしたもんだね。それで今、どこにいるの」

「隠れてる」

ヒナがいった。

「隠れてる？　何から？」

「中国政府の連中。王子をつかまえようとしているんだ」

ルーはヒナと佐抜の顔を見比べた。

「急に、なんでつかまえるんだよ――」

はっと目をみひらいた。

「もしかして、王様亡くなったのか」

佐抜は頷いた。

「僕たちも今朝聞きました」

「そうか。それでか……」

ルーはつぶやいた。

「王子はベサールに帰りたいでしょうが、中国政府がそれを簡単に許すとは思えません。王子が中国のいうことを聞くかどうか確かめるまでは、中国国内にとめおくのではないかと思います」

佐抜はいった。ルーは頷いた。

「それは当然、そうするだろう。クワンもそうしてくれと頼むに決まってる。ベサールに戻ってきて、反政府勢力に担がれちゃたまらない」

「でもクワンは中国のいいなりになってるわけじゃないって、叔父さんはいったじゃない」

ヒナはいった。

「確かにな。中国は中国で、クワンがあまりにいうことを聞かなければ、王子を担ぐ連中に味方するぞと威すだろう。クワンにしてみれば、ベサールに連れてこさせて閉じこめるなり何なりしちまうほうが簡単だ」

「何なり、というのは？」

佐抜は訊ねた。ルーは顔をしかめた。

「そんなの考えりゃわかるだろう。王子が帰国したけど、空港から宮殿に向かう途中で交通事故にあったとかいって消しちまうのさ。誰が聞いても怪しいと思うだろうが、ベサールの中でやれば、アメリカだってどこだって確かめようがない。何といわれても、事故で押し通しちまえる」

「クワンは本当にそこまでやる？」

ヒナはルーを見つめた。

「やるさ。でもな、それは保身のためだけじゃない。王子が元気で、しかも担ごうなんていう連中がいたら、ベサールは不安定になる。どっちにつくか国民も割れるし、最悪、内戦になるかもしれない。これが日本とかアメリカだったら、選挙で政権がかわるってこともあるだろうが、ベサールの人間は、まだ選挙なんて、わからない」

「わからないってことはないんじゃない。選挙のやりかたを知らないほど、ベサール人は原始的じゃない」

ヒナがいうと、ルーは首をふった。

「そういう意味じゃない。選挙をやって何が起きるかって話だ。買収や脅迫、票の不正操作。そういうことが国中で起こる。クワン側も王子側も、どっちもやるだろう。片方がやれば、もう片方も対抗する。公正な選挙なんてできるようになるには、まだ何年もかかるだろうな」

杉本教授も同じようなことをいっていた。佐抜はいった。

「でも、どこからか始めなければ、その何年が、ずっと先送りになります」

「確かにな。十年後よりは五年後のほうがいいだろうし、来年より今年のほうがいい。だけど実際に政権を運営している側にすれば、混乱はなるべく避けたいだろう。もし政権を奪われるにしても、処刑されたり刑務所送りになるのだけは防ぎたいわけだ。クワンが悪で王様が善、ということでもない。考えてみな。もし王様がそんなにいい人で、国民全部に愛されていたら、クワンのクーデターが成功した筈ないだろう。王様のやりかたにもマズいところがあったから、クワンに味方する奴がでてきたんだ」

佐抜は息を吐いた。

「そうかもしれません。今つらい立場におかれている人たちは、もし政権がかわれば、自分たちを苦しめた人間に仕返ししようとするでしょうね」

「そうさ。人間て、そういうものだ」

ルーは頷いた。

「だからって、ベサールはずっとこのままでいいわけ?」

ヒナがいった。ルーは首をふった。

「そうはいってない。要は、王子の覚悟しだいってことだ。万一、王子が王様を継いで、クワンにとってかわったとしても、同じことをやったら、ベサールは何もかわらない。反政府勢力をクワンのように弾圧せず、選挙にでて主張できるようにすれば、ベサールは民主化していく」

「クワンにそれは望めないの？」

ヒナが訊いた。ルーは息を吐いた。

「いや、クワンも馬鹿じゃないから、いつまでも今みたいなことはしないさ。ただ変化に対して、よその国がどんな口だしをしてくるかわからないってことだ。中国だけじゃない、アメリカだって勝手な都合を押しつけてくる。中国を牽制するために、ベサールに米軍基地を作らせろというかもしれん。日本は、さすがにそれはないだろう。日本が得意なのは金だ。経済援助をしてやるといって、政府の人間を味方につける。賄賂を渡してるのとかわらん」

料理が運ばれてきた。

「おっ、きたきた。面倒くさい話はやめだ」

いって、ルーはナイフとフォークを手にした。

「結局、ケントさんの覚悟しだいなんですかね」

佐抜はヒナに告げた。ヒナは難しい顔で頷いた。

「どう転がっても楽な道はないな」

「王子が楽になる道か？　ひとつあるぞ」

ルーが口を動かしながらいった。

「何です？」

「何？」

佐抜とヒナは同時に訊ねた。

「王族を離脱し、日本人になっちまうことだ。今後、ベサールには一切かかわらないと、国際的に宣言する。クワンがそれを信じるかどうかはわからんが」

佐抜とヒナは顔を見合わせた。

「ケントなら、やりそう」

ヒナがつぶやいた。

「でもな、そうしておいて、また王族に戻ったって人間が過去、いないわけじゃない。王族の身分に関するちゃんとした法律がベサールにありゃ別だが、たぶんない。つまり王子の宣言しだいで王族の離脱も復帰も決められるってことだ」

「それではクワンは信じないのではありませんか」

「まあそうだが、ベサールに帰らず、公に宣言されちまったら、さすがにつかまえたり殺したりはできないだろう」

「確かにそうですね」

佐抜はいってヒナを見た。ヒナは首を傾げ、ルーを見ている。どうも信用できないという表情だ。

「ヒナさんは反対ですか」

「いや。そうじゃないけど……」

ルーはあっというまに食事を平らげた。

ノンアルコールビールのお代わりを頼み、爪楊枝を使いながら、ルーは訊ねた。

「それで軽トラでどこいこうっての？　まさか王子を連れだすつもりかい」

「それはいえない」

ヒナがぴしゃりといった。

「まあ別にいいけどさ」

「ルーさんはＢＬＣのことをご存じですか」

佐抜は訊ねた。

「聞いたことはある。ベサールを民主化しようって夢を見てる連中だろ」

「夢なの？」

ヒナが訊ねた。

「夢みたいな話だろう。選挙だってうまくいくかわかりゃしないのに」

「じゃ信用できないってこと？」

「会ったのか？」

ルーはヒナを見た。

「答えられない」

「どうして？」

「叔父さんが中国側に情報を流すかもしれない」

「そんなことはしないよ」

「お金もらったら何でもしそうだもの」

ヒナがいうとルーは苦笑した。

「ひどいな。いくら俺でも、金で外国人に同胞を売ったりしない。まあ、いいや。ＢＬＣは今のとこは信用できると思うぞ」

「今のところは？」

「権力を握るまでって意味だ。権力を握るまでは理想で、握ったら欲望ってわけだ」

佐抜は感心した。祖国のことなど何も気にしていないと思っていたが、ルーは冷静に考えている。愛国心がないから冷静なのかもしれないが。

「ＢＬＣが何だっていうんだ？」

ルーが訊ねるとヒナは首をふった。

「悪いけど今は話せない」

ルーは口をへの字に曲げ、佐抜を見た。

「申しわけありません」

佐抜はあやまった。

「ま、いいさ。とりあえずがんばってくれや。あとガソリンは満タン返しで頼むな」

いってルーは立ち上がった。佐抜が渡したレンタカーのキィを手に、

「ごちそうさん」

といって、ファミリーレストランをでていった。

「どう思います？」

その姿が見えなくなると、佐抜はヒナに訊ねた。

「何が？」

「ケントさんが王族を離脱すると宣言する話です。そうすれば、安全で自由な身になれるかもしれません」

「確かにそうだけどさ、ルー叔父さんのアイデアだってのが気に入らない。何か信用できないんだよね」

いまいましそうにヒナがいった。佐抜の携帯が鳴った。杉本教授だった。

「すまんすまん。今、帰ってきた」

いいタイミングだった。杉本教授の意見を聞いてみよう、と佐抜は思った。状況を報告し、ルーから聞いたとはいわず、ケントが宣言すれば王族を離脱できるものかを訊ねた。

教授は唸(うな)り声をたてた。

「それは考えもせんかったな。宣言をして、王子の身分を捨てる、か」

「効力をもつのでしょうか」

「私もすぐにはわからんが、証人は必要だろうな」

「証人？　弁護士とかですか」

「弁護士でもいいが、もう少し公の存在。たとえば政府機関とかのほうがいい」

「ＢＬＣはどうですか」

「ベサール人の団体は、この場合好ましくないだろうな。外国がいい。日本、中国、アメリカ。それこ

そ、日本の外務省がうしろだてになれば、効力はもつ。まあ、難しいだろうが」

「難しいというのは？」

「外務省はひきうけないだろう。面倒に巻きこまれかねん」

これまでのことを考えれば確かにそうだろう。

「アメリカや中国はどうです？」

「中国はひきうけるかもしれん。クワンの後押しにもなる」

「そうか……」

佐抜は息を吐いた。

「ベサールの法律はどうなのでしょう」

「王制に関しては憲法に規定があり、クーデター直後にクワンがその条文を外そうとしたことがある。が、多くの反対にあって断念したと聞いた。王制そのものの廃止に国民の理解が得られないだろう、と」

「そうなんですか」

「が、王子が宣言したとしても、王位継承者がいなくなるわけではない。アメリカに、王の弟がいるのだろう？」

「そうでした」

「王子ひとりの身分に関してなら、宣言は有効かもしれん。あとは王子の意思しだいだ」

「訊いてみます」

告げて、佐抜は電話を切った。ヒナに説明する。

ヒナはぱっと目をみひらいた。

「確かにそうだ。ケントが嫌なら、叔父さんに王様をゆずればいい」

「ええ。王位継承の順位がどうなっているのかは知りませんが、王様になれるのはケントさんひとりということはないと思います」

ヒナは頷いた。

「でもそれって無責任という感じもするよな。自分は日本人になって、ベサールの問題は関係ないと宣言するようなものだろ」

「そうかもしれませんが、今のケントさんに責任を負えというのも酷だと思いませんか」

ヒナは腕組みした。

「確かにそうだけどね」

「BLCは、王子がどの立場につこうと、民主化運動はつづけるようです」

ヒナの携帯が鳴った。

「マハドだ」

いって、ヒナは耳にあてた。

「ドウナッタ?」

マハドの言葉に耳を傾け、

「王子ハ日本政府ガ保護スルトイッテイル。ソレデイイカ?」

と訊ねた。マハドの返事は長かった。ヒナは深刻な表情でいった。

「確カニソウダガ、王子ノ意思マデ、日本政府ガ決メルコトハデキナイ。日本政府ガ何ヲ求メテイルノカ、私タチニハワカラナイ。私タチノ仕事ハ、王子ヲ見ツケルマデダ。ソノ先ノコトハワカラナイ」

ケントを保護した日本政府がどう動くのかをマハドは知りたいのだろう。だがその問いにヒナや佐抜は答えられない。

佐抜は不安になった。日本政府のでかたがわかるまではケントを渡さないと、マハドたちBLCはいいだすかもしれない。

「ワカッタ」

マハドの言葉を聞き、ヒナはいった。

「ソチラデ話シ合ウ」

電話を切り、佐抜を見た。

「日本政府のでかたを知りたがっているのですね」

佐抜の言葉に頷いた。

「ベサールの民主化に協力する意思が日本政府にあるか、BLCは知りたがっている」

「もしその意思がないとなったら、ケントさんの身柄を渡さないといいだすでしょうか」

「そこまではわからない。でもいつまでもケントを隠しておくわけにはいかないし、団地から連れだしたとして、その先はBLCだけじゃどうにもならないのじゃないかな」

「そうですね。BLCにそこまでの力があるとは思えません」

「だろ。『南十字星』の連中は、どう考えてるのかな」

「ケントさんの意思しだいじゃないでしょうか」

保護するといった以上、ケントを中国政府に渡すことはしないだろうが、BLCに協力するとも思えない。アメリカがそれを求めてくれば話は別かもしれないが。

「結局、本人に訊いてみるしかないってことだね」

いってヒナは時計を見た。

「あと一時間もしたら、ここに迎えがくるとマハドはいってた」

「それから団地に？」

「自治会に見つからずに団地に出入りできる道があるみたいだ」

いわれて佐抜は頷いた。通常のルートだと団地の出入口は一ヶ所だ。当然、自治会は出入りする者を見張っているにちがいない。

十九

迎えは一時間もしないうちに現れた。二人を監禁されているケントのところまで案内した、鍵束の中国人の男だった。

「あなたたちだけですか」

中国人は日本語で訊ねた。

「そうだよ。ケントは大丈夫なの？」

ヒナがいうと中国人は頷いた。

「私の名前はセキです。あなたは？」

「ヒナ。こっちは――」

「佐抜です」

「ヒナさんと佐抜さん。車はありますか」

「駐車場に止まっている軽トラがそう」

セキの質問にヒナが答えると、セキはいった。

「私の車についてきて下さい」

ファミリーレストランをでた佐抜とヒナはルーのおいていった軽トラックに乗りこんだ。荷台には工具箱と機械の部品があり、座席には空のペットボトルやハンバーガーの包み紙などが散乱している。

「きったねえな。それにくさいし」

助手席に乗りこんだヒナが顔をしかめた。

佐抜は空のビニール袋に目についたゴミ類を押しこみ荷台に移した。

セキが乗ってきたのは、古いライトバンだった。ドアに薄れかけた文字で「木更津　本間水産」と書かれている。

佐抜が軽トラックのエンジンをかけるのを確認し、セキはライトバンを発進させた。ファミリーレストランの駐車場をでていく。

団地に向かっていたが、一本道の上り坂に入る手前を右折した。今まで気づかなかった細い道があった。舗装されているものの、両側は濃い藪で、盛り上がった道路の中央部からは雑草が生えている。左右の藪の高さは二メートル以上あり、細い道をすっぽりと包み、ところどころ倒れかかった枝が車体に当たる。道は途中から九十九折りになった。小型の軽トラックでも大きくハンドルをきらなければ曲がりきれないようなカーブがつづき、すぐ前を走っているライトバンの尾灯が藪の向こうに隠れてしまう。

あたりはまっ暗だ。ときおり妙な音をたてる軽トラックのエンジンに佐抜は不安になった。こんな山道で動かなくなったら、迎えを呼ぶのにも苦労しそうだ。軽トラックにはカーナビゲーションもついていない。

「すげえとこだな」

ヒナがつぶやいた。

「ふだんは車が通らないのでしょう」

答えた佐抜は急ブレーキを踏んだ。カーブを曲がったとたん、ライトバンが止まっていたからだ。そこが道の終点のようで、わずかにひらけている。

セキがライトバンを降り、合図をした。手に懐中電灯をもっている。佐抜は軽トラックのエンジンを切った。ライトが消えると、あたりは本当の闇だった。セキのもつ懐中電灯の光だけが頼りだ。

セキはつきあたりの藪をさした。

「この中に細い道があります。上っていくと、昼間のフェンスのところにでます」

　ケントが監禁されていた店舗型住宅の裏手にあったフェンスのことをいっているようだ。

「この中って、藪の中？」

　ヒナが訊くとセキは頷いた。

「嫌だよ、無理無理！　虫とか絶対いるじゃん。夜だし」

　ヒナが激しく首をふった。

「ヒナさん――」

「クモが駄目なんだ。あの糸みたいな巣が顔とかにくっついただけで動けなくなる」

　ヒナの表情は真剣だった。

「こんな藪の中なんて、クモがいるに決まってる」

　それはまちがいないだろう。クモ以外にもさまざまな生きものがいるにちがいない。

　セキは途方に暮れたように佐抜を見た。

「ここからしか入れません。あとは団地の入口。自治会がいます」

　ヒナは再び首をふった。何があっても藪には入らないという表情だ。

「わかりました。僕がいってきます。ヒナさんはここで待っていて下さい」

　ヒナはあたりを見回した。

「こんなまっ暗の中で？」

　佐抜は軽トラックのエンジンをかけ、ライトを点した。ふもとの道を走っているときは頼りない、黄色いヘッドライトが、ここではまばゆいほどの明るさだ。

「この中なら待てますか」

　ヒナは頷いた。

「うん。ありがとう」

「じゃあ、いってきます」

「ごめんな。でも、本当に無理なんだ、クモだけは」

　ヒナは手を合わせた。どうやらクモによほど嫌な思い出でもあるようだ。

「大丈夫です。ケントさんと戻ってきますから」

　佐抜はいって、セキに頷いてみせた。

道といっても、人ひとりが通るのがやっとの〝獣道〟だった。ところどころ、膝の高さまで草がのび、木の枝やクモの巣が体に当たる。道は途中で蛇行していて、軽トラックのライトも見えなくなった。セキがいなければ、どこに向かっているかすらわからない。もしこの藪で道に迷ったら、夜が明けるまでは脱出できないにちがいない。ヒナが嫌がる気持ちもわかった。

急な上り坂がつづき、息が切れ、汗が浮かんでくる。前を歩くセキの背中だけを見つめて、佐抜は進んだ。

セキが立ち止まり、ぶつかりそうになった。

「つきました」

小声でセキがいった。そういわれても、あたりは一面の藪だ。だが、その向こうに光が見えた。佐抜は藪に顔を近づけた。硬いものが鼻に当たった。フェンスの金網だった。

藪がフェンスを呑みこみ、金網があることに気づかなかったのだ。木の葉の向こうに団地の建物が見えた。光っているのは街灯だ。

「このフェンス、越えます」

いって、セキはフェンスにとりついた。金網に指をかけ、爪先をすきまにこじいれて登り始める。

佐抜もセキの真似をした。金網のすきまは大きく、スニーカーの爪先をかけることができた。フェンスの高さは二メートルくらいで、登って越えるのはさほど難しくない。汗でぬらつく指で体をもちあげ、フェンスの頂上をまたいだ。

団地が見渡せた。そこはケントが監禁されていた店舗型住宅から百メートルくらい離れた地点だった。集合住宅が十メートルほど先に建っている。明かりのついている窓もあって、見られるのを警戒してかセキは素早くフェンスからとび降りた。佐抜もフェンスの頂上からぶら下がり、団地内に着地する。

セキにならって、しばらくその場でうずくまっていた。汗の浮いた額をぬぐい、呼吸を整えた。

セキは誰かを待っているようだ。携帯を手にしている。やがて集合住宅の向こうから人影が現れ、手招きした。マハドだった。

　セキと佐抜はマハドに近づいた。

「女ハドウシタ?」

　マハドはベサール語で訊ねた。

「車ノトコロニイマス。王子ハ私ガ連レテイキマス」

　佐抜は答えた。マハドは眉をひそめたが、小さく頷いた。

「王子ハドコニイマスカ?」

「コノ近クダ」

　答えてマハドはセキに日本語でいった。

「ここで見張りなさい。何かあったら電話しなさい」

　セキは頷いた。

「コッチへ」

　マハドはいって足早に歩きだした。集合住宅を回りこむように、団地の端へと進む。

　見慣れない建物の前で止まった。集合住宅でも店舗型住宅でもない、奇妙な造りの建物だった。木造で、明らかに他の建物とは異なった構造をしている。大きさはふつうの二階屋くらいなのだが、屋根や壁が赤や黄色に塗られ、ひどく派手だ。あたりには線香の匂いがたちこめている。

　それで佐抜は気づいた。日本のものとは異なるが、ここは寺院だ。もともとあった建物ではなく、あとから建てられたにちがいない。それもありあわせの建材を使ったのか、民家のように見えるところがある。玄関にあたる部分には木の扉がはまっているが、寺院のような開き戸ではない。その扉も、あとから赤く塗られたものだと見てわかる。

　マハドはその扉に近づくと、小さくノックした。低い声で何かをいう。

　赤い扉が内側から開かれた。アジア系の男が立っていた。頭をきれいに剃っている。

　マハドが合図し、佐抜は扉をくぐった。内部は板張りの大きな部屋になっていた。マハドと男は言葉を交わした。ベサール語ではなく、タイ語だった。男はジーンズとTシャツの上に、黄色い袈裟のような布を羽織っている。この寺の僧侶なのかもしれない。

部屋の中は暗い。ロウソクの火しか明かりがないのだ。

目が慣れてくるにしたがい、佐抜は部屋の奥に並べられた仏像に気づいた。ひとつではなく、さまざまな大きさ、形の仏像が壁ぎわに並んでいる。黄金の神々しい仏像もあれば、粘土でこしらえたらしき地蔵のようなものもある。部屋の中央には香炉があって、太い線香が煙を立ち昇らせていた。

袈裟を着けた男がマハドと佐抜を手招きした。並んでいる仏像のひとつに合掌すると、抱えて横にずらした。床にはめこまれた鉄の輪をひっぱると、蓋(ふた)のような板がもちあがった。その下はハシゴになっている。

「王子ハコノ下ダ」

マハドが告げ、佐抜は頷いた。どうやら地下室の入口のようだ。中はこの広間よりは明るい。

「下リテ王子ト話セ」

マハドはいった。佐抜はハシゴにとりついた。木製で、高さは二メートルくらいだろう。

ハシゴを下りていくと、空気が湿っぽくなった。土の匂いがする。地面をくり貫(ぬ)き、崩れないように板を巡らせた上につっかえ棒をしている。あとから作られた地下室のようだ。

広間の床を支える梁(はり)から電球が吊(つ)るされていて、それが照明だった。

ハシゴを下り、佐抜はあたりを見回した。どきっとした。骨壺(こつつぼ)が並んでいる。それもひとつふたつではない。ざっと数えても十以上あった。

「ケントさん」

声をかけた。

「誰?」

地下室の端の、光の届かない位置から返事があった。

「佐抜です」

「ああ……」

ケントが進みでた。体に毛布を巻きつけ、眠そうな表情だ。近づいて、その理由がわかった。酒くさい。

「大丈夫ですか」

「大丈夫じゃないよ。こんなところに入れられて、寒いし恐いから、お酒をもってきてもらったんだ」

空き缶がいくつか見えた。缶チューハイを飲んでいたようだ。

「けっこう酔ってますね」

「しょうがないだろう。あんたもここにひとりでいてみなよ。たまらないから」

ケントは体を揺らしながら答えた。まともな会話ができるだろうか。不安になった佐抜は携帯をとりだした。電波はつながるようだ。ヒナの携帯を呼びだす。

「もしもし、ケントに会えた？」

「会えましたが……」

「あのお姉さん？　僕が話すよ」

ケントは手をさしだした。迷ったが、佐抜は携帯を渡した。

「お姉さん？　やっほー。王子様だよ」

手にするなり、ケントはいった。

「今？　今はすごいところにいるんだ」

ハシゴが軋む音が聞こえた。マハドが下りてきたのだ。

「話ハデキタカ」

佐抜に訊ねる。

「酒ヲ飲マセタノハアナタデスカ」

佐抜はいった。

「酒？」

マハドは地面に転がった空き缶に気づくと顔をしかめた。

「お姉さんもこっちくれば。ここはね、生者と死者が出会う場所なんだよ」

ケントが携帯に語りかけている。

「何トイウコトダ。酒ヲ飲マセタノハ私ジャナイ。多分、りんダ。りんニ、食ベモノヤ飲ミモノヲ届ケサセタ」

「お姉さんが話したいって」

ケントが携帯をさしだした。

「酔ってんの?!」

耳にあてるなりヒナが訊ねた。

「そうみたいです」

「どうして？」

「ひとりで寂しかったのでしょう」

「冗談じゃないよ、こんなときに。マハドは何を考えてんだよ」

「飲ませたのはマハドさんではないようですが、話ができる状態ではありません」

「話？　何の話？」

ケントがいった。

「ベサールの話です」

「ベサール？　いいな、ベサールに帰りたいな。連れていってよ」

佐抜はマハドを見た。

「コレデハ話ヲスルノハ難シイデス」

「王子ノ意思ヲ確カメル必要ガアルノダ」

「意思？　意思ッテ何ダ？　僕ノ意思ハ決マッテル。べさーるニ帰ル」

ケントがベサール語でいった。

「べさーるニ戻ッテ王位ヲ継グノデスカ？」

マハドが訊ねた。

「ソレハ嫌ダ。面倒クサイ」

マハドの表情が険しくなった。佐抜は急いでいった。

「王子ハ酔ッテイマス」

「アナタハべさーるノ王ニナル意思ガナイノデスカ？」

かまわずマハドが訊ねた。

「どうなってるんだよ？」

ヒナが訊ね、佐抜は手短に説明した。

「王ニナッテ、イイコトアルノ？　楽シイノ？」

ケントが訊ねた。マハドの顔がますます険しくなった。

「アナタハべさーる人民ノコトヲ何モ考エナイノカ」

「難シイコトイワレテモワカラナイヨ」

ケントは頭をかきむしった。

「マハドにかわって」

ヒナがいい、佐抜は今にもケントに嚙(か)みつきそうなマハドの顔の前に携帯をつきだした。

「何ダ?」

「ひなサンガ話シマス」

「アロー」

ひったくるように携帯をつかみとり、マハドはいった。

「疲レタ」

ケントがいって、すわりこんだ。膝を抱える。今にも寝てしまいそうだ。それを見やり、佐抜は息を吐いた。

「ソレハ駄目ダ。王子ノ意思ヲ確カメル前ニ、日本政府ニハ預ケラレナイ」

マハドはいった。ヒナの言葉を聞き、

「ソンナコトハナイ。我々ニハ支持者ガイル。必要ナラ、我々ガ保護スル。ソノ価値ガ王子ニアルノナラ、ダガ」

やはりマズい展開になっている。この状況でマハドはケントを自由にはしてくれないようだ。


「ケントさん」

佐抜は、しゃがんでいるケントのかたわらに腰をおろした。ケントは答えない。のぞきこむと、目を閉じ、寝息を立てている。

佐抜は息を吐いた。酔っているケントを起こし、意思を確かめるのは意味がないような気がした。正常な判断ができるとは思えない。

マハドをふりかえった。

「日本政府ハドウ考エテイルノダ。答エラレナイノナラ、答エラレル人間ヲ連レテキナサイ」

電話に告げている。正論だ、と佐抜は思った。マハドたちBLCにしてみれば、日本政府がどうでるのかもわからないのにケントを渡すことはできないだろう。ケントの意思がはっきりしているなら話は別だが、この状態では知りようがない。自分やヒナは、あくまでも雇われている身だ。日本政府の考えを代弁できる立場にはない。

阪東にありのままを告げたら、どうするだろうか。おそらく中国政府のでかたほどはBLCの活動を気にすることはないだろう。無理にでもケントを保護しようと、警察官を伴って団地に乗りこんでくるかもしれない。

そうなったら、自分とヒナは何もできない。マハドたちＢＬＣは日本政府に失望する。

佐抜は首をふった。日本政府とＢＬＣの板ばさみに、自分とヒナはなっている。そしてこのままでは悪者になるのは自分たちだ。

「待テ」

マハドがいって、携帯を佐抜にさしだした。

「話シタイソウダ」

佐抜は受けとった。

「かわりました」

「ケントはどうなの？　ちゃんと話ができそう？」

「無理ですね。寝ちゃってますし」

「馬鹿じゃないの――」

ケントが不意に目を開いた。

「あ、起きました」

「気持ちわるーい」

ケントはいうと、いきなり顔を伏せた。胃の中身を吐きだす。佐抜は顔をそむけた。

「悪酔いしちゃって、戻してます」

「はあ……」

ヒナが息を吐いた。

「ダメダメじゃん。阪東に連絡とるしかないね」

「何シテル！　コンナトコロデ吐クナンテ」

マハドがいった。佐抜はその場を離れ、地下室の隅にいくと小声でヒナに告げた。

「状況を知ったら、強引な手にでるかもしれません。マハドさんたちの気持ちを無視して、ケントさんを連れだすかも」

「あいつらにそんな度胸ある？」

「警察の応援を頼むようなこともいっていました」

「お巡りを連れて乗りこんでくるってこと？」

「どうしてもケントさんの身柄を押さえたければ、そうするかもしれません。ＢＬＣの疑問に具体的に答える気があれば別でしょうが」

「無理だね。あいつらにそんな責任感はないよ」

「残念ですが僕も同じ意見です。となると、強引にケントさんを連れていく可能性のほうが高いと思います」

「阪東とちょっと話してみて、ようすをうかがうってわけにはいかないか」

「わかりません。試しますか」

「時間稼ぎくらいにはなるのじゃない……」

　いってヒナは黙った。

「やってみます」

　佐抜はいった。

「お願い。こんなことなら、あたしも死ぬ気であんたらといっしょにいけばよかったよ」

　電話を切り、佐抜はマハドに告げた。

「日本政府ノ関係者ニ電話シマス」

　ケントはと見ると、胃の中身をぶちまけたあと、つっぷしている。失望と嫌悪のいり混じったような表情でそれをにらんでいたマハドは無言で頷いた。

　佐抜は阪東の携帯を呼びだした。電話に応(こた)えるなり、

「救出は成功しましたか」

　開口一番に阪東は訊ねた。

「それが、ＢＬＣの人たちは、まず日本政府の意思を知りたいといっています」

　小声で佐抜はいった。

「日本政府の意思とは何のことです？」

「王子をどうしたいのか知りたいのだと思います」

「保護するに決まっています」

「では、ベサールの民主化に協力する意思はありますか」

「え、何の話です？」

「ＢＬＣの目標はベサールの民主化のようです。それに日本は協力するのかしないのか」

「そんな質問に、今の段階で答えることはできません。我々が答えられることでもない、と申し上げた筈(はず)です。王子は今、どちらです？」

「団地内のどこかです。王子を引き渡すからには、日本政府がどう考えているかを、ＢＬＣの人たちは知りたがっているんです」

阪東は黙った。

やがて阪東は訊ねた。

「佐抜さんは、王子が今どこにおられるのかを知っているのですか」

「いえ」

佐抜は嘘をついた。

「日本政府の考えを聞いた上で、王子に会わせる、といわれました」

「つまり、納得のいかない答なら、王子を渡さないと？」

「そこまでは聞いていませんが」

「いいですか。もしそうなれば犯罪です。王子の意思に反してBLCは監禁していることになります」

話がマズい方向になってきた。ケントを強引に保護する口実を阪東は探しているようだ。

「いえ、そんなことはないと思います。問題は、王子が今の状況を理解し、どう対応するかを決めかねていることにあるのではないでしょうか」

ケントには申しわけないが、ここは〝悪者〟になってもらう他ない、と佐抜は思った。

「王子がわずか十六歳であることを考えれば、いたしかたないと思います。大切なのは、王子が冷静に状況を判断できる状態におくことではありませんか」

阪東はいった。そして、

「佐抜さんが王子と会うのは可能ですか」

と訊ねた。

「それはできると思います」

「そのときに、王子が現在の状態をどう考えているか、確認していただけますか。もし王子が望まない状態であれば、強制的に保護する方法を考えます」

「わかりました。王妃の件はどうなりましたか」

「それについては別のグループの者が動いています。何か情報が入れば、すぐにお知らせします」

阪東は硬い声で答えた。まだ保護できてはいないようだ。

電話を切り、佐抜はマハドを見た。

「日本政府ハ、マズ王子ノ身柄保護ヲ求メテイマス」

　ケントをにらんでいたマハドは佐抜に目を移した。

「王子ヲ保護シテ、ドウシヨウトイウノダ？」

「王子本人ノ意思ヲ確カメタイノダト思イマス」

「本人ノ意思ダト？　ソンナモノガアルノカ？　王子ハベさーるノコトナド、何モ考エテイナイノダ」

　怒りのこもった口調だった。

「王子ハマダ十六デス。責任アル態度ヲ求メルノハカワイソウデス」

「ダガ王子ナノダ。他ノ人間トハチガウ」

　携帯が鳴った。ヒナだった。マハドに掌を向け、佐抜は応えた。

「どうだった？」

「王子の意思を確認しろといわれました」

「できっこないじゃん。今、ケントはどうしてる？」

「寝ちゃってます。起こしたら、また具合が悪くなるでしょうね」

　ケントをのぞきこみ、佐抜は答えた。

「マハドにかわって」

　ヒナがいい、佐抜はマハドに携帯をさしだした。受けとったマハドは険しい表情で、

「何ダ」

　と問いかけた。ヒナが話した。マハドは無言で聞き、

「ソレハイツダ？」

　と訊ねた。

　マハドの目がケントを見た。

「ワカッタ。ダガ王子ニソノ意思ガナイトイウナラ、我々ニモ考エガアル」

　ヒナの言葉に耳を傾けた。ヒナは何とかマハドを説得しようとしているようだ。

「無論ダ。我々ハ犯罪者デハナイ」

　マハドはいった。そして携帯を佐抜にさしだした。

「もしもし、かわりました」

「とりあえず、ケントがまともになるまで時間を稼ぐしかないね」

「わかります」

「あんた、そばにいてやれる？　もしここであんた

が引きあげたら、マハドはケントをよそに連れていくかもしれない」

　ヒナはいった。

「ケントが味方にならないとなったら、マハドたちがどう考えるかわからない。どこかに連れていかれちゃったら、また最初からやり直しだ」

「そうですね」

「だから、今夜のところはそばについていたほうがいいと思う」

　ヒナは状況が悪化した場合のことも考えているようだ。佐抜は感心した。

「そうします」

「ごめんな。あたしもいっしょにいけばよかったよ。明るくなったら、団地にいく。あたしひとりなら、こっそり入れると思うから」

「了解です」

　告げて、佐抜は電話を切った。マハドに、

「モウ少シ待ッテ下サイ」

　と告げ、阪東を呼びだした。こうなったら、とことん芝居を打つしかない。

「阪東です」

「王子と電話で話しました」

「それで？」

「王子は酔っています」

「は？」

「お酒に酔っていて話になりません」

「酔うって、王子はまだ十六でしょう」

「かくまわれているのがつまらないからと、缶チューハイを飲んだようです。それでひどく酔っていて――」

「それは王子本人なのですか」

「まちがいありません。確認できる会話もしましたから」

　阪東は息を吐いた。

「何という。こんな状況下なのに……」

「だから酔うしかなかったのかも」

　いいながら、本当にそうだったのかもしれない、と佐抜は思った。王子という立場だけで、ケントは追い回されている。誰ひとり、ケント本人の気持ちを考えてやっていない。いくら他に代わりがいないとはいえ、十六歳の少年には酷な話だ。

「酔いがさめるまで待とうと思います」

佐抜はいった。

「可能なのですか」

「今の状態では、どうしようもないと思います。BLCの許可が得られるなら、そばについていて待とうかと」

「うーん」

阪東は唸った。

「強硬な手段をとるのは、王子の意思を確かめてからでいいのではありませんか」

佐抜はいった。その一方で、自分はかえって状況を複雑化させているのではないかという不安が頭をもたげた。自分の欠点だ。周囲の人間の気持ちを考えすぎる。考えすぎた結果、かえってものごとをややこしくしてしまう。

「現場におられる佐抜さんがそうおっしゃられるのなら、その判断を尊重はいたしますが……。いつまで、ですか」

「明日の正午ではどうでしょう」

腕時計をのぞき、佐抜はいった。ほぼ十二時間後だ。

「あの調子では、おそらく王子はひどい二日酔いになると思います。冷静な話は、朝ではまだできないでしょうから」

阪東は答えない。

「その間、王子がどこかに連れていかれないよう、BLCの人と話をつけます」

「佐抜さんは、BLCのメンバーの信頼を得ておられるのですか」

「信頼とまでいえるかどうかはわかりませんが、こちらの言葉に耳を傾けて下さってはいます」

「確かに、強硬な手段をとれば、事態を悪化させてしまうかもしれませんね。わかりました。明日正午を刻限に、お任せすることにしましょう」

「ありがとうございます。王妃の保護もよろしくお願いいたします」

「努力します」

請け合うことはしない。阪東はいって、電話を切った。

佐抜はマハドを見た。

「何ノ時間ダ？」

「明日マデ時間ヲモライマシタ」

「王子ノ意思ヲ確認スルタメノ時間デス。コレデハ正常ナ判断ガデキルトハ思エナイ」

眠っているケントを目で示し、佐抜はいった。マハドは息を吐いた。

「確カニソノ通リダ」

「私ガ彼ノ横ニツイテイルコトニシマス」

「ココヲデテハイケナイゾ」

「ワカッテイマス。王子ガ目ヲ覚マシタラ、話ヲシマス」

「ヒトリデハ心配ダ。誰カヲツケテオク」

マハドはいった。

ケントによけいな知恵をつけさせたくないのかもしれない。

「ワカリマシタ」

佐抜は頷いた。

マハドは眠っているケントと佐抜を見比べ、大きく息を吐いた。

「マダ子供ダ」

「ソノ通リデス」

「ココハ冷エル。アトデ毛布ヲ届ケサセル」

「アリガトウゴザイマス」

「トイレハハシゴヲ上ッタ一階ニアル」

告げて、マハドは地下室をでていった。

あとに残された佐抜は地下室を見回した。木製の棚に骨壺が並び、床はコンクリートの打ちっ放しだ。ケントがいた隅に、くしゃくしゃの毛布がある。それをとってきて、ケントにかけてやった。

ミネラルウォーターのパックがあった。空けられていない一本を手にとると、佐抜はケントから少し離れた床に腰をおろした。コンクリートの床は冷たかったが冬ではないから、我慢できないほどではない。

　ミネラルウォーターのキャップを外し、ひと口飲んで、思ったより喉が渇いていたことに気づいた。ボトルの半分ほどを一気飲みした。

　ケントのようすを見た。胃の中身を吐きだし、すっきりしたのか、気持ちよさそうに眠っている。急性アルコール中毒の心配はなさそうだ。

　空いている缶チューハイは二本だ。それで悪酔いするのだから、もともと酒に強いわけではないのだろう。

　頭上で音がして、佐抜は顔を上げた。一階とつながったハシゴの上にセキが顔をのぞかせていた。

「毛布です」

「ありがとうございます」

　セキが投げ落とした毛布を佐抜は受けとめた。

「何か欲しいもの、ありますか」

「大丈夫です」

　佐抜がいうと、セキは頷き、その場にすわりこんだ。

「セキさん――」

「何ですか」

「セキさんもＢＬＣのメンバーなのですか」

「ＢＬＣ？」

「ベサール解放会議です」

「ああ、ちがいます。私は中国人です」

「じゃあ、どうしてマハドさんを手伝うのですか？」

「お金借りています。マハドさん、働いて返しなさいといいました」

　セキが答え、佐抜は拍子抜けした。セキはＢＬＣの支援者ではなく、借金の返済のために働いていたのだ。

「そうですか」

「私、ここにいます」

　佐抜は頷いた。

「いろいろありがとうございました」

二十

毛布を体に巻きつけ、佐抜はうとうとした。何か物音が聞こえるたびにはっと目を開けたが、そのうち本当に眠ってしまい、気づくと午前六時近い時刻になっていた。

ケントはまだ眠っている。

佐抜はハシゴを上り、寺院の一階に上がった。セキの姿はなかった。ロウソクの火も消え、誰もいない。

佐抜はトイレで用を足し、顔を洗った。どうやらこの寺院は、ふだん、夜は無人のようだ。

佐抜はこわばった体をのばした。背中と腰が痛い。コンクリートの上で寝たせいだろう。

ハシゴを下りた。ケントがもぞもぞと動いている。見ていると、目を開けた。

「ケントさん」

佐抜は声をかけた。ケントは瞬きし、佐抜を見た。

不思議そうな表情で訊ねた。

「なんでいるの？」

「覚えていませんか。昨夜マハドさんに連れてきてもらったんです」

ケントは首をふった。

「ひとりで寂しいし、恐いから、リンにお酒をもってきてもらったんだよ」

答えて顔をしかめた。自分が吐いたものに気づいたのだ。

「これ、僕がやったの？」

「そうです。そのあと寝ちゃいました」

ケントは再び佐抜に目を戻した。

「えーと、おじさん」

おじさんには少し傷ついた。

「佐抜です」

「あ、そうだ。佐抜さん。あと、恐いお姉さん」

「ヒナさんです」

ケントは頷いた。

「そうだった」

「僕とヒナさんは『南十字星』に頼まれて、ケントさんを捜していたんです」

「覚えてるよ」

「『南十字星』は、ケントさんのために宿舎を用意しました」

「どうして？　僕には家があるよ」

「ケントさんを保護するためです」

ガタンという音が一階でした。佐抜は指を唇にあてた。

「ケント、いる？」

若者の声がした。

「リン？」

「そう」

リンがハシゴの上に顔をのぞかせた。佐抜に気づき、目を丸くする。

「おはようございます」

佐抜はいった。

「おじさん、なんでいるの？」

またもおじさんといわれた。

「ケントさんを迎えにきたんです。『南十字星』がケントさんを保護するための宿舎を用意したので」

佐抜がいうと、リンは首をふった。

「それが駄目なんです」

「駄目とは？」

佐抜は訊き返した。

「さっき、ワンさんから電話がかかってきました。ケントの居場所を知っていたら伝言しなさいって。お母さんに会わせてあげるから、自治会にこいって」

ワンというのが、自治委員の中国人の名であることを佐抜は思いだした。

「別に、お母さんに会わなくてもいいけど」

ケントがつぶやくと、リンがじれたようにいった。

「ちがうよ。ケントがこなかったら、ずっとお母さんに会えなくなるって意味だよ」

佐抜ははっとした。ケントの居場所がつかめないので、母親を人質にして出頭させようというのだ。

「はあ？　なんでお母さんに会えないの？」

ケントはまだ意味がわかっていないようだ。

「しっかりしろよ、ケント。お母さんはつかまっているんだろ」

「つかまってる？　ホテルみたいなところで優雅にやってるっていってたけど」

「それは上辺だけです。中国政府はケントさんの身柄を押さえようとしているんです」

　佐抜はいった。

「僕なんか押さえたって、どうにもならないよ。僕は王様になる気ないし」

　ケントはいった。

「ならないの？」

　リンが訊ねた。

「嫌だよ、面倒くさいもん。そうだ、リンからいってよ。僕は王様にはならないって」

「そんなの無理だよ」

「ああ、頭痛い」

　ケントはいって起きあがった。佐抜はミネラルウォーターを渡してやった。ケントは喉を鳴らして飲んだ。

　ハシゴをリンが下りてきた。

「だからお酒なんかやめろっていったのに」

「だってこんなところにひとりでなんかいられないよ」

「しょうがないだろ。いなきゃつかまっちゃうのだから」

「僕なんかつかまえたって意味ないよ」

　リンとケントはいい合いを始めた。

「マハドさんも知りたがっています」

　佐抜は割って入った。

「マハドさんが何を？」

「ケントさんの気持ちです。王位を継ぐ気があるのか。そしてもしそうなら、ベサールの民主化に協力する気があるのか。いえ、知りたがっているのはマハドさんだけではありません。日本政府も中国政府も、です」

「なんでよ。なんで、みんなほっておいてくれないんだ」

　ケントが口を尖らせた。

「それはあなたがベサールの王位継承者だからです」

「いったでしょ。王様になんかなりたくないよ。頭痛いのに、ごちゃごちゃいわないでよ」

佐抜は息を吸いこんだ。

「王位を継ぐ気はないのですか」

「ないよ。何回もいわせないでよ」

「でもベサールには帰りたいんだろ」

リンがいった。ケントはうなだれた。

「帰りたいよ、それは。でも帰ってもザザはいないし、もう昔みたいには暮らせない」

「ケントさん、あなたの立場には同情します。でも王位を継がないなら継がないと、はっきりそう表明したほうがいいと思います」

佐抜はいった。

「誰に?」

ケントが訊ねた。

「何というか、国際社会に」

「どうやってするの?」

「『南十字星』が相談にのってくれると思います」

ケントは頷いた。リンが訊ねた。

「そうしたら、ケントのお母さんはどうなるの?」

「わかりません。わかりませんが、ケントさんが王位を継がないのなら、お母さんを押さえているメリットは中国政府にはない、と思います」

佐抜は答えた。

「じゃあ自治会にそういってよ」

「それは、ケントさん本人がいわないと信じてもらえないでしょう」

「リン!」

階上で声がした。マハドとセキが顔をのぞかせ、ハシゴを下りてきた。

「王子に酒を飲ませたのはお前か。どこで手に入れたんだ?!」

マハドは恐ろしい権幕でいった。

「すみません。うちの冷蔵庫にあったのをもってきたんです。お祖母(ばあ)ちゃんがときどき飲むんで」

リンは首をすくめた。

「リンを責めないで。お酒を頼んだのは僕だから」

ケントがいった。

「王子。具合ハドウデス？」

マハドはベサール語で訊ねた。

「ちょっと頭が痛いけど大丈夫。それより聞いてる？　自治会のこと」

ケントは日本語で答えた。

「自治会がどうしました？」

「ワンさんから僕のところに電話がありました。お母さんに会わせてほしいなら、ケントが自治会にこいって」

リンが答えた。

「お母さん――。王子のお母さんですか？」

「お母さんは中国政府の人に連れていかれたきりなんだ。定期的に電話はかけてくるんだけど、どこかホテルみたいなところに入れられているみたい」

ケントはマハドに告げた。

「人質にしているんです」

佐抜がいうと、マハドは佐抜を見つめた。

「日本政府は何もしないのですか」

「いえ、王妃を保護するために動いている筈です」

「じゃあなぜ、ワンが電話してくるのですか。訊いて下さい。どうなっているのかを」

佐抜は頷き、携帯をとりだした。阪東にかける。

「おはようございます！　ご連絡をお待ちしていました。王子はどんな状況です？」

「今はいっしょにいます」

「それはよかった。お伝えした場所に向かって下さい」

「王妃はどうなりましたか」

「まだ情報が入りません」

「団地にいる王子の友人に、中国人の自治委員から連絡がきて、もし王子がお母さんに会いたいなら、自治会に出頭するよう伝言しろ、と。つまり王妃を人質に、王子の身柄を押さえようとしているんです」

「それはいつのことです？」

佐抜はリンを見た。

「ワンさんから電話がかかってきたのはいつです?」

「六時くらい」

「今朝の六時だそうです。ケントさんを見つけられないので、強硬な手段に訴えたのだとは考えられませんか」

阪東に告げた。

「そうかもしれません。であるならなおさら、王子を保護する必要があります」

「王妃に関して、日本政府は何もしないのですか」

佐抜は訊ねた。

「そんなことはありません。しかし、これでのこのこ王子が出頭したら、中国政府の思うツボです」

それはあなた方が王妃を早く見つけられなかったからでしょう、という言葉を佐抜は呑みこんだ。かわりに、

「こうなることは予測できた筈です」

といった。

「あの、そこに王子はいるのでしょうか。ならば、こういう会話はちょっと……」

阪東は困ったようにいった。

「います。話しますか?」

「いや、それは、その、お教えしたところに連れてこられてからにします」

「なぜですか。直接、王子と話しては、何かマズいことでもあるのですか」

「いえ、ですから、こういう会話も王子の前ではすべきではないと。本来、そのために佐抜さんにお願いをしているわけですから」

佐抜は深々と息を吸いこんだ。

「日本政府としては、責任を問われるようなことになっては困る、と」

「いや、そんな、ちょっと、そのいいかたは何というか、誤解を招きます」

「かわって」

ケントがいった。

「王子にかわります」

「え、あ、その」

阪東はしどろもどろになっている。佐抜はケント

に携帯を預けた。

「もしもし、アリョシャ・ケントです」

阪東が長々と喋(しゃべ)った。ケントがいった。

「そんなことはどうでもいいです。僕は王位を継ぐ気はありません。それを日本政府にも中国政府にもわかってもらいたい。どうすればいいのでしょうか」

佐抜はマハドを見た。マハドの表情は険しい。

「ワンさんにそういえば、お母さんは解放してもらえるのですか。わからない？　どうしてですか」

ケントは阪東を問い詰めている。

阪東の返事を聞き、ケントは首をふった。

「何も決められない人と話してもしかたがありません」

佐抜に携帯をつきだした。

「もしもし、電話かわりました」

「佐抜さん、とにかく早く王子を連れてきて下さい。王妃のことは、対処しますから」

阪東は甲高い声でいった。

「それでは王子を説得できません」

阪東は息を吐いた。

「わかりました。対処法を話せる者から連絡をさせます」

電話を切ってしまった。

「日本政府は何といいましたか」

マハドが日本語で訊ねた。

「今の人が日本政府の代表というわけではないと思うのですが、王子を保護したいといっています」

「お母さんのことは？」

ケントが訊いた。

「それについても対処はする、といっています」

「信用できません」

マハドがいった。

「日本政府は王子をつかまえたいだけです」

「つかまえる？　なぜ僕をつかまえるの？」

「中国に渡したくないからです」

マハドが答えると、ケントは佐抜を見た。

「そうなの？」

「そう考えてはいるでしょうが、ケントさんの意思を無視して、拘束はしないと思います」

「思いますって、おじさん――佐抜さんは政府の人じゃないの?」

「ちがいます。僕とヒナさんは、ケントさんを捜すために雇われたんです」

「何それ、探偵みたい」

リンがつぶやいた。

「ベサール語を話せるというのが、その理由です」

「電話で話したのは誰です?」

マハドが訊ねた。

「NPO法人『南十字星』といって、外務省が関係している団体の人です」

「役人ではないのですか」

「本当は役人なのだけど、民間人のフリをしているようです」

「なぜ民間人のフリをするの?」

ケントが訊ねた。

「政府の人間が直接動いているとわかるといろいろマズいからだと思います」

「責任を逃れるためでしょう」

マハドがいった。佐抜は頷いた。

「正直、僕もそう思います」

「ずるいよ、そんなの」

ケントが口を尖らせた。

「確かにずるいと思います。でも次はもう少し立場が上の人が電話をしてくると思います」

「本物の役人がかけてくるのですか」

マハドが訊ねた。

「おそらく」

佐抜が答えたとたんに電話が鳴った。全員が佐抜を見る。

「はい」

「あたし。今、団地についた。どこにいるの?」

ヒナだった。

「運転してきたのですか?!」

「ペーパードライバーだから、めちゃくちゃ恐かったけど、何とかね。だってあそこにずっといるわけにいかないじゃん。明るくなったからさ。今、『アヤラ』の近くにいる」

「ヒナさんです。『アヤラ』の近くにいるそうです」

佐抜はマハドにいった。マハドはセキにいった。

「連れてきなさい」

セキは頷（うなず）き、ハシゴを上がっていった。

佐抜はケントに向き直った。

「外務省の人から電話があったら、ケントさんの考えを素直に話したほうがいいと思います」

「何ていうの？」

「王位を継承する気がないので、それを公式に表明したい、とか」

ケントは真剣な表情で聞いている。

「待って下さい」

マハドがいった。ケントに向き直る。

「王子ハ本当ニ、王位ヲ継ガナイノデスカ」

べサール語で訊ねた。ケントは頷いた。

「僕ハ王様ナンカナレナイ。ソノタメノ勉強ヲ何モシテナイ。無理ダ」

「シカシ、人民ノ中ニハ、王ヲ敬ウ人モタクサンイマス。ソノ人タチハ、次ノ王ヲ待ッテイマス」

「僕ハデキナイ。ソウダ、叔父（おじ）サンニナッテモラエバイイ。あめりかニイル、ざざノ弟ダヨ」

ケントはいった。マハドは首をふった。

「私ガ聞イタ話デハ、彼ハあめりか政府ノイイナリデス」

「ソレジャダメナノ？　中国ノイイナリナラ、くわんト同ジナノダカラ、叔父サンノホウガマシナノジャナイノ？」

ケントがいうとマハドは難しい表情になった。

「べさーるハ独立国デス。中国トモあめりかトモチガウ」

「まはどサンハドウナッテ欲シイノデスカ」

佐抜は思わず訊ねた。

「マズ民主化ノタメノ選挙ヲシタイ」

「くわんガ許サナイノデハアリマセンカ」

「ダカラ王ガ必要ナノデス。公正ナ選挙ニヨッテ選バレタ者ニ、べさーるノ政治ヲ任セルト、王ガ宣言スレバ、ホトンドノ人民ハソレニ従ウ」

マハドはいった。

「ソンナニ上手(ウマ)クイキマスカ？　くわんガ妨害スルノデハアリマセンカ」

佐抜は訊ねた。

「妨害ガアッテモ、べさーるノタメニハヤリトゲナケレバナラナイ」

いってマハドはケントを見た。

「公正ナ選挙デ選バレタ者ニべさーるヲ任セルマデハ、アナタハ王デイテ下サイ」

ケントは無言でマハドを見返した。

「ソレガ嫌ダトイウノナラ、我々ニモ考エガアリマス」

「考エトハ何デス？」

佐抜が訊くと、

「ソレハ日本人ニハ関係ガナイ」

とマハドは首をふった。

「待ッテ下サイ。今ノコノ状況デ、けんとサンニソレヲ求メルノハ無理デス。必ズくわんニ妨害サレマス」

佐抜はいった。

「ワカッテイル。ダカラ王子ニハ、マズコノ日本デ、王位継承宣言ヲシテイタダキタイ。ソノ上デ、べさーるデ公正ナ選挙ガ行ワレルヨウニ、外国政府ニ働キカケテイタダク」

「大変ダヨ、ソンナノ。ソレニくわんガ黙ッテナイ」

ケントがいった。

「ダカラコソ日本デソレヲシテイタダクノデス。日本政府ニ、王子カラソウイエバ、何トカナルハズデス」

「本当ニ何トカナルノ？」

マハドがいうと、ケントは佐抜を見た。

佐抜は首をふった。日本語で答える。

「正直、僕にはわかりません」

「じゃあ、その立場が上だという人が電話をしてきたら、訊いてみる？」

「それがいいです」

佐抜が答えると、マハドがいった。

「日本政府がどこまで協力するのか、私も知りたいです」

「わかります。でもどんな場合でも、一番重要なのは、ケントさんの意思ではありませんか？　王位を継ぐのか継がないのか、それだけは決めておかないと」

佐抜はいった。ケントはマハドを見た。

「もし僕が継がないといったら、ＢＬＣはどうするの？」

マハドは答えなかった。

「マハドさん。まさかとは思いますが、恐いことを考えているのではないでしょうね」

早くヒナにきてほしいと思いながら佐抜はいった。

マハドが態度を豹変させたら、自分だけではケントを守る自信がない。

「それは私ひとりの考えでは決められません。ＢＬＣの会議が必要です。その結果が決まるまで、王子は私といて下さい」

「いつその会議は開かれるのですか」

佐抜はマハドを見つめた。

「今夜、開く予定です。東京にＢＬＣのメンバーが集まる」

「ＢＬＣって何人いるの？」

ケントがマハドに訊ねた。

「日本のメンバーは少しですが、ベサールやアメリカにもメンバーはいます。アメリカにいるメンバーは、アメリカ政府にコンタクトをとっています」

佐抜の電話が鳴った。阪東だ。

「上の方と連絡はとれましたか」

「それが実は厄介なことになりました。先ほど中国外務省が、ベサール政府の要望だといって王子の引き渡しを求めてきました」

「どうするのです？」

「本人の意思を確認するまで、返事を保留したそうです」

「本人が拒否したら？」

「もちろん何もできません。引き渡すことはありませんからご安心下さい」

それを聞いて佐抜は少しほっとした。いくら日本の外務省が弱腰でも、中国のいいなりにはならないようだ。

「ただ問題がひとつあります」

「何です？」

「王妃です」

「やっぱり」

思わず佐抜はいった。

「ええ、それについては佐抜さんにあやまらなければなりません。あれほど王妃の状況について心配しておられたのに、結局中国側に身柄を押さえられてしまったようです。というのも、ベサール政府の要望を伝えてきた中国外務省の人間は、王子の母親、つまり王妃も、王子とともにベサールへの帰国を希望している、といっているのです」

「それは真実なのですか？」

「確認できません」

「つまり王妃と連絡がとれないということですか？」

ケントの視線を佐抜は感じた。

「そういうことです。中国側は、かなり前から王妃に接触し、仲間にひきいれようとしていたようです。その工作が成功したかどうかはわからないのですが、今後、王妃が母親として王子に会いたいと、中国側を通して要求してくる可能性はあります。もちろんそうなったら、王妃本人の意思を確認したい旨を、こちら側も伝えます」

「それで、対処法を話せる方というのは？」

「今、人選をおこなっていて、昼までにはご連絡できると思います。あの、ここだけの話ですが、王位を継がないというのは本当の意思ですか」

「本当だと思います。ただ――」

「ただ何です？」

「現在、私たちはＢＬＣの保護下にあります。ＢＬＣは、ベサールでの公正な選挙を求めていて、それには王位を継いだ王子の協力が必要だと主張しています」

「何ですと」

阪東はいって黙った。やがて、訊ねた。

「それに対する王子の返答は？」

「保留しています」

「つまり断れる状況ではない、と」

「そういうことです」

佐抜は答えた。

「今はアジア団地におられるのですね」

「はい。簡単には動けない状況です。中国政府の意思で動いているらしい自治会が、団地に出入りする者を見張っています」

「では隠れている？」

「そうです」

「わかりました。王子をそこから救出する手段を考えます」

こうなったらそれしかない、と佐抜は思った。自治会も恐いが、マハドらBLCも恐くなってきた。ケントが望み通りに動かないとなれば、何をするのかわからない。

「またご連絡します」

阪東は電話を切った。


「政府の人？」

ケントが訊ね、佐抜は頷いた。

「中国外務省が、ベサール政府の要望だといって王子の引き渡しを日本に求めてきたそうです」

「えっ、嫌だよ、そんな」

「大丈夫です。ケントさん本人の意思を確認するまで返事は保留し、もしケントさんが断ったら、引き渡さないといっていました」

佐抜がいうと、ケントはほっとしたように、

「よかった」

と胸を押さえた。

「ただ、中国政府によれば、お母さんはケントさんとのベサールへの帰国を望んでいる、というのです」

「ほら、やっぱりそうだよ。中国がケントのお母さんをつかまえているんだ」

リンがいった。

「お母さん本人がそういったの？　ちがうよね？」

ケントが訊ねた。

「それは確認できないそうです」

「いわされたに決まってるよ」

リンがいうと、ケントは首をふった。

「わかんない。あの人、わりと流されちゃうところがあるから。中国にちやほやされたら、案外、いう通りにしちゃうかもしれない」

「そうなのですか？」

思わず佐抜は訊ねた。

「だって考えてもみてよ。観光旅行でベサールにいって、見初められたのかどうかは知らないけど、王様とあっさり結婚しちゃうような人だよ。後先あまり考えないで、雰囲気でものごと決めちゃうんだ」

「王妃は王妃、王子は王子です」

マハドがいった。きっぱりとしたその口調に、佐抜は不安になった。BLCは簡単にはケントを解放しないだろう。

「迎えにいったのに、ヒナさん遅いですね」

佐抜はマハドを見つめた。

マハドは深々と息を吸い、携帯電話をとりだした。操作し、耳にあてる。しばらくそうしていたが、

「おかしい。セキが電話にでない」

といった。

「まさか、自治会につかまったとか」

佐抜はつぶやき、ヒナの携帯を呼びだした。応答はなく、留守番電話に切りかわった。

「ヒナさんもでません」

「自治会は私の店を見張っています。見つかったのかもしれません」

マハドがいった。佐抜は目の前が暗くなった。いくらヒナが強いからといっても、あの大男のカーンには敵わないだろう。ヒナをつかまえた自治会がケントとの交換を要求してくる可能性もある。

「ようすを見にいきましょう」

佐抜はいった。

「あなたひとりでは難しい。でも私がいっしょだと、自治会に見つかってしまう」

マハドが首をふった。

「僕がいく」

リンがいった。

「どうせもうちょっとしたら、学校にいかなきゃならないし」

それを聞いて佐抜は思いだした。集会所の近くでスクールバスは子供たちを降ろしていた。

「お願いします」

佐抜がいうと、

「じゃ制服に着替えてくる」

といってリンはハシゴにとりついた。

「悪いな、リン」

ケントがいった。リンは無言で手をふった。

「リンくんにはお世話になりっぱなしです」

佐抜がいうと、ケントは頷いた。

「いっぱい迷惑かけてるのに。日本にきてよかったのは、リンと友だちになれたこと」

「もしヒナさんが自治会につかまっているとしたら、どこにいるでしょうか」

佐抜はマハドに訊ねた。

「たぶん集会所です。自治会の本部がありますから」

マハドは答えた。

つかまれば当然、ケントの居場所を教えろと迫られるだろう。

マハドの携帯が鳴った。

「セキです」

いって、マハドは耳にあてた。

「どうしましたか」

セキの言葉を聞き、眉根（まゆね）を寄せた。

「それで今、どこにいますか。わかりました。あなたは帰りなさい」

電話をおろし、マハドはいった。

「やはり自治会につかまったそうです。あの女性は集会所にいます。セキはそれを見ていて恐くなりました」

「しかたありません。セキさんはベサール人ではありませんから」

佐抜は答えた。佐抜の携帯が鳴った。

見知らぬ番号からだ。佐抜は緊張した。自治会の人間だろうか。ヒナの携帯を調べれば、佐抜の携帯の番号はわかる。

「はい」

「佐抜さんですか」

応えた佐抜の耳に、明らかに日本人とわかる男の声が流れこんだ。

「どなたでしょうか」

「初めてお電話をさしあげます。谷口と申します。ＮＰＯ法人『南十字星』を管轄する部署に勤務する者と申しあげれば、私の所属がわかっていただけると思います」

「わかります」

「『南十字星』のほうから、あなたに連絡をとっていただきたい、という話があったのでご連絡いたしました」

谷口の口調は落ちついていた。もっとも阪東だって最初は冷静で、できる感を漂わせた話しぶりだった。

「お手間をおかけします」

「確認したい点がいくつかあります。今、話せる状態でしょうか」

「はい、大丈夫です」

「まず、ベサールのアリョシャ・ケントさんは、今、佐抜さんの近くにおられますか」

「はい」

「他にはどなたが？」

「同じベサール人のマハドさんです」

「その人の立場は？」

「ＢＬＣのメンバーです。僕とケントさんをアジア団地内でかくまっています」

「ケントさんと佐抜さんは自由に話ができる状況ですか」

「できます。ただ問題がひとつ生じました」

「何でしょう」

「僕といっしょに『南十字星』の依頼で動いていた潮さんという女性が、団地の自治会につかまってしまいました。自治会は、中国人自治委員の意向で動いていて、ケントさんの身柄を押さえようとしています」

「なるほど」

「今の状況ではケントさんを団地内から連れだせません。潮さんの救出を含め、そちらの援助が必要です」

「その件についてはすでに検討しました」

谷口がいったので、佐抜はほっとした。

「よかった。それなら、いつ――」

「いえ。公的機関による団地内での活動はおこなわない、という結論がでています」

谷口が何をいっているのか、一瞬、佐抜はわからなかった。

「中国政府への刺激を避けるためです。中国政府が他国、あるいは自国の領土だと主張している地域に対しておこなっている干渉を、我が国は非難しています。アジア団地の自治への介入は、その点において中国側に反論の材料を与えるきっかけになりかねません」

「ちょっと待って下さい。団地は日本ですよ」

「その通りですが、中国も香港に関して同じ主張をしています。しかも団地には、中国以外の国の人も多く居住しています。より複雑です」

「だから――?」

「団地からは、自力で王子に脱出していただき、その上で保護を求めて下さい」

谷口は冷たくいった。

「ヒナさん――潮さんはどうなるんです? 拉致監禁されています」

「確実にそうであるとわかれば、警察が対応します」

「では僕が一一〇番すればいいのですか」

「それは控えていただきたい。警察が出動すれば、中国側は態度を硬化させます」

「潮さんはどうなるのですか」

「調べたところ、帰化を申請されていますが、潮さんは現在ベサール国籍です。つまりベサールと中国の問題ともいえます」

「待って下さい。潮さんは『南十字星』の依頼で動いているのですよ」

「その件については、契約書があるわけではありません。あくまでも、佐抜さんの個人的なアシスタントという扱いになっています。ベサール人アシスタントというわけです」

「そんな！」

いくらなんでも冷たすぎる。

「王子の身柄をどうするかという問題は、日本と中国の外交関係にも影響する可能性があるのです。慎重な対応が求められます」

「理由を訊いているのではありません。潮さんを助けるかどうかを訊いているのです」

激しい怒りがこみあげた。谷口は、ヒナを〝使い捨て〟にするつもりだ。そんなことは許すわけにはいかない。

「ではうかがいますが、今のこの状況は潮さんの身体生命に危険が及ぶものだと、佐抜さんはお考えですか」

「それはわかりません。でも、王子の居どころを知ろうと、潮さんに危害を加える可能性はあります」

「誰がですか」

「自治会のメンバーであるチョウとカーンという二人の男です。チョウは中国人で、カーンはパキスタン人です」

「潮さんはベサール人ですから、日本人は関係しておりませんね」

「だったらかまわない、というのですか！　日本人でなければ何があっても関係ない、と」

佐抜は声を張りあげた。

「はっきりいえば、そういうことです。それに自治会の目的は王子の身柄確保にあります。不必要な暴力で事態を悪化させるとは考えにくい。言葉で威すくらいはするかもしれませんが、それ以上の圧力を潮さんにかけることは無益です。潮さんは圧力には強いタイプの女性ですか」

「とても強いタイプです」

「ならば時間は稼げます。潮さんが尋問されているあいだに、佐抜さんには王子を連れて団地を脱出していただきたい」

「だからそんな簡単にはいかないんです。団地の出入口は見張られている上に、王子を捜し回っている人もいます」

「わかりました。もうひと晩、状況を見ましょう。その間に脱出が難しいようでしたら、何か手を考えます。あくまでも自力で王子が脱出し、保護を求めてきたという形にできる手段です」

それしか考えていないのか、と叫びたくなるのを佐抜はこらえた。

「潮さんについては、王子が日本政府に保護を求めた時点で、拘束する意味がなくなります。すぐに解放されると思います」

谷口は決まりきったことを告げるようにいった。

「潮さんについては――」

佐抜はその口調を真似て告げた。

「どう助けだすのか、僕が考えます。場合によっては女性が拉致監禁されていると、警察に通報してでも救出しますから、そのつもりでいて下さい」

電話を切った。

「許せない」

思わず言葉が口を突いた。

「どうしたの？」

ケントが訊き、マハドも無言で佐抜を見つめている。何と説明しようか、佐抜は息を吸いこんだ。そこに、

「お待たせしました」

リンの声が降ってきた。佐抜は息を吐き、

「あとでまた説明します。日本政府は急いでいないようです」

とだけいって、ハシゴにとりついた。

二十一

リンといっしょに寺院をでた佐抜は団地の中を歩きだした。朝の通学・出勤時間ということもあり、人通りが多い。さすがに屋台は開いていないかと思ったら、麺などの軽食を売る屋台がいくつか開いて

いて、人が集まっている。

朝だからか、空気があわただしい。人々の足どりも早く、団地の出入口へとつながる道はどこも車が渋滞ぎみだ。

集会所のある広場には、さらに車が集まっていた。スクールバス以外にも、マイクロバスやワゴン車が扉を開いて止まっている。団地と職場を結ぶ便のようだ。広場には弁当を売る屋台もでていて、それを買う人が行列を作っている。

目立つのではないかと心配だったが、佐抜に目を向ける者はいなかった。さまざまな言葉がとびかい、食物の匂いが漂い、誰もが急ぎ足で動いている。

「集会所はあそこ。いつもはチョウかカーンが前に立ってるけど、今日はいない」

学校の制服らしいブレザーを着てきたリンがいった。

「自治会の他の人はいる?」

「えーと」

リンはあたりを見回し、

「いない」

と首をふった。

「いつもならバスの止めかたとかに文句つけてるのに」

「ありがとう。もう大丈夫だよ」

佐抜はいった。

「おじさんひとりで平気?」

「何とかする」

リンは佐抜を見つめた。

「ケントのことお願いします。あいつ、チャラいけど本当はいい奴なんです。助けてあげて下さい」

「がんばるよ」

佐抜が答えると、頷(うなず)き、スクールバスに駆けていった。

それを見送り、佐抜はほっと息を吐いた。

どうすればヒナを助けられるだろうか。

広場の片隅に立って考えていると、止まっていたバスが次々とブザーを鳴らした。扉を閉める合図だ。団地の出入口に近い順から発進する。一台、二台とでていき、スクールバスやワゴンもそれにつづき、気づくと広場の中は空っぽになっていた。弁当や朝食を売っていた屋台も店仕舞いを始めている。

さっきまで何百人という人がいたのに、今は佐抜を含めて数人しかいない。

佐抜は決心した。腕力ではとうていヒナを救いだすことができない。使えるのは、この頭と口だけだ。日本語で嘘八百を並べようとすればしどろもどろになってしまうだろうが、外国語なら何とかなる。

佐抜を動かしているのは、ヒナを助けたいという気持ちと谷口に対する怒りだった。今となれば、はっきりわかる。ヒナも自分も民間人であるがゆえに利用された。たとえ怪我をしたり命を失ったりしたとしても、日本政府は知らぬ存ぜぬを決めこむ。

つまりそれは、ベサールに対して何かがしたいわけではなく、何もしたくないのだ。とはいえ、日本国内で中国のエージェントに好き勝手をさせれば、アメリカなどの批判を浴びるだろう。そこで自分たちが使われた。

日本もエ､ー､ジ､ェ､ン､ト､を動かしたというアリバイ作りのために、自分たちは雇われたというわけだ。

そのエージェントが結果をだせなかったとしても、すべきことはした、といえる。むしろ結果をだされたら困るからこそ、自分のような人間に白羽の矢が立った。ベサール語を話せるというだけで、それ以外に何の取りえもない人間。安い手数料で使い捨てにしても、何ら問題のない消耗品。

それが自分とヒナだ。ヒナの国籍が日本ではないことも、彼らには都合がよかったにちがいない。

ヒナはいわなかったが、もしかすると帰化申請に有利に働く、と考えていたのかもしれない。そう思わせるよう、阪東が仕向けた可能性はある。

必ずヒナを助けだす。いざとなれば警察やマスコミを巻きこんだ大騒ぎをひき起こしてでも、救出する。阪東や谷口がその結果、困ったことになろうとかまわない。

佐抜は「アヤラ」とバイク屋の前を通り、集会所に近づいた。スライド式の扉は閉まっていて、外に人はいない。

　あたりを見回し、自分に注目する人間がいないのを確認して、扉に手をかけた。鍵(かぎ)はかかっておらず、横に引くと十センチほど扉は開いた。

　手を止め、中のようすをうかがった。

　物音はしない。が、明らかに内部に人間がいる気配がある。

　佐抜はさらに扉を引いた。扉の内側は、まさに集会所といった、がらんとした空間だった。三十メートル四方はありそうなコンクリート敷きの広間のつきあたりに、一メートルほどの高さの舞台がある、学校の講堂のような作りだ。広間の隅には、折りたたみ式の椅子が積み上げられている。

　佐抜は椅子の山の陰に隠れた。人の姿はないが、どこからか話し声が聞こえる。

　舞台のかたわらに扉があった。話し声はその扉の向こうからだ。

　佐抜は扉に近づいた。錆(さ)びたスチール扉で、きちんと閉まらないのか、すきまがある。

「――ナ女ダ。痛メツケルカ」

　中国語が聞こえた。

「怪我ヲサセテハ駄目ダ。警察ガ介入スル口実ヲ与エテシマウ」

　別の男が中国語でいった。

「警察ニ届ケレバ、ダロ。届ケラレナケレバ、警察モ介入デキナイ」

「待テ。ソコマデノ許可ハデテイナイ」

「知ッタコトカ。結果ガスベテダ。吐カセタ後、口ヲ塞(フサ)イデ捨テレバイイ。団地ノ裏ナラ誰モ見ツケラレナイ」

　会話の内容がわかり、佐抜は目をみひらいた。

「ココデハマズイ。コノ女ヲ連レコムノヲ、オオゼイノ人間ガ見テイル」

「ジャア外へ連レダソウ」

「ちょうガ戻ルノヲ待テ。何カ手ガカリヲ見ツケテクルカモシレナイ」

　集会所の扉の向こうから人声がした。佐抜は再び椅子の山の陰に隠れた。扉が開き、チョウとカーン、そしてワンが現れた。三人とも険しい顔をしている。広間をつっきり、舞台のかたわらの扉を開けた。

「ドウデス？　喋リマシタカ」

ワンが中にいる人間に訊ねた。

「駄目ダ。オソラク訓練ヲ受ケテイルノダロウ。何ヲイッテモ、喋ロウトシナイ」

「べさーるニソンナえーじぇんとガイルノデスカ」

三人が扉の内側に消え、話し声が低くなった。佐抜は再び扉にとりついた。

「ワカラナイ。ＢＬＣノめんばーナノカモシレナイナ」

「モウヒトリイタノハ日本人ダロウ」

「中国語ヲ喋レルヨウダ。オソラク、日本ノえーじぇんとダ」

「日本ノえーじぇんとニ見ツカッタラマズイゾ」

「ワカッテイル。コノ女ヲ連レダシ、拷問シタ上デ処分スル。ソチラコソ手ガカリハナイノカ？」

「まはどノ姿ガ見エマセン。まはどガ王子ヲカクマッテイルニチガイアリマセン」

静かになった。佐抜が耳をすませていると、不意に日本語が聞こえた。

「どうですか。王子の居場所を教えてはもらえませんか。お礼はします。百万円。お金はあっても困らないでしょう？」

「だからいってるだろ。王子がどこにいるかなんて、あたしは知らないって」

「じゃあなぜ、広場にいたのです？」

「遊びにきたんだよ。ここは、あたしみたいなのがいても変な目で見られないし、なつかしい食べものも売ってるからね」

「あなたはベサール人ですか」

「どこだろうとあんたらに関係ないだろう。だいたいこんな真似して、ただじゃすまないよ」

「うるさい。お前を殺して裏の藪に捨ててもいいんだ」

別の男の声がいった。日本語にまったく訛りがない。

「おもしろいことというね。やれるのかい」

ヒナはまったく負けていない。ヒナらしいと思いながらも佐抜は心配になった。挑発が度を越したら、何をされるかわからない。

「まあまあ。ここは落ちつきましょう。王子は必ず団地の中にいます。見張りがいますから、逃げだせません。あなたもここで縛られているよりお金をもらったほうがいいと思いませんか」

「そりゃ金は欲しいさ。でも王子の居場所を知らないんだ。金をくれてでていけといわれたら、喜んででていくけどね」

ヒナがいい返した。どうやら金を渡すといっているのはワンらしい。

「どこの所属なんだ?」

殺すと威(おど)した声の男が訊ねた。たぶん、山本かグオのどちらかだ。

「どこ? 今はフリーだよ」

「ふざけるな。日本なのか、それとも他の国か」

「国籍のことを訊(き)いてるの? だったらベサールさ」

「日本のエージェントじゃないな。BLCか」

ワンがいった。

「BLCの筈(はず)はありません。日本にいるBLCに女はいない」

「すると雇われたのか。まさかアメリカじゃないだろうな」

「何の話だよ。まるでわからないよ」

ヒナが吐きだした。

「アリエルゾ。CIAカモシレン。イッショニイタノハ、日本ノ警察官デ」

会話が急に中国語になった。

「マサカ」

「国王ノ弟ハあめりかニイマス。あめりか政府ニ働キカケタノカモシレナイ」

「モシコノ女ガCIAナラマズイ。殺セバ我々ガ危ナイ」

佐抜は携帯をとりだした。扉の前を離れ椅子の山の陰に隠れると、ヒナの携帯を呼びだした。

扉の向こうからヒナの携帯の呼びだし音が聞こえ

てきた。かすかに声が聞こえる。

「マタ鳴ッテイル」

「仲間ダロウ。話サセテミルカ」

「ヨシ」

佐抜は大急ぎで集会所の外にでた。バイク屋の裏に回る。

「もしもし――　もしもし――」

男の声が応えた。あたりに人がいないことを確認し、佐抜は、

「ウェイ」

と中国語で告げた。

「誰ダ？」

男は中国語で訊ねた。

「ソチラコソ誰ダ？　ソノ電話ハ日本政府ガ所有シ、協力者ニ貸シテイルモノダ。勝手ナ使用ハ法ニ触レル」

佐抜は高圧的な口調でいった。

「ソコニ貸与シタ者ガイルナラ、スグニカワレ」

「コレハ落トシモノデ、持主ヲ捜シテイタノダ」

「ワカッタ。ソレナラバ回収ニ警察官ヲサシ向ケル」

「待テ」

電話が渡される気配があって、

「もしもし。電話をかわりました」

別の男の声がいった。ヒナを威していた訛りのない日本語を喋る男だ。

「もしもし、こちらは警視庁の者です。その電話は、警視庁からの貸与品です。遺失物ということですが、ただちに回収にうかがいたい。今、どちらですか」

なるべくいかめしく聞こえるようにいった。が、日本語だと、とたんに不安になる。

「東京の足立区です」

「足立区のどちらですか」

「今、移動中なので、交番に届けるのでは駄目でしょうか」

「それは駄目です。お話をうかがいたいので」

「道で拾っただけですよ」

男はいった。

「嘘は困りますね。私がなぜ中国語を初めに喋った

のか。あなたが足立区にいないこともわかっていま
す。電話の持主がそこにいるならかわって下さい。

安全を確認しなければならない。さもなければ強硬
な手段をとります」

「わかりました。お待ち下さい」

佐抜はほっと息を吐いた。全身が汗ばんでいた。

ガチャガチャと音がして、

「もしもし」

ヒナの声が聞こえた。

「スピーカーホンで話していますか」

佐抜は訊ねた。

「ううん。この電話、調子が悪くてスピーカーホン
にならないんだ。試したけど、うまくいかなかった」

佐抜はほっと息を吐いた。

「よかった。これからヒナさんを解放させます」

「どうやって?」

「盗み聞きされていませんか」

「大丈夫」

「じゃあいいます。そこにいる連中は、あなたをC
IAのエージェント、僕を警視庁の刑事ではないか
と疑っています」

「はあ?」

あっけにとられたようにヒナがいった。

「そういう会話をしているのを聞きました。ここは
そう思わせたほうがいいと思います。だからCIA
のフリをして下さい」

「えっ、どうやって?」

「具体的な話は僕がします。今すぐヒナさんを解放
しないとたいへんなことになる、と威すつもりで
す」

「わかった」

「ヒナさんはCIAのエージェントです。いいです
ね」

「うん」

「じゃあ電話をかわって下さい」

「もしもし」

訛りのない日本語を喋る男が電話にでた。本当は
中国語のほうが上手に嘘をつけるのだが、ここは日

本語で話すほうが自然だ。佐抜は息を吸いこみ、いった。

「私は谷口といいます。警視庁からあるところに出向しています。あなたの名前を教えて下さい」

「山本だ」

淀みなく男は答えた。

「山本さんですね。ここは日本人どうし、腹を割った話をします。あなた方が拘束している女性は日本人ではありません」

「ベサールだろ」

「それは上辺です。問題は、彼女が怪我をしたりすれば我々のクビが飛ぶということです。わかりますね。彼女が所属しているのは、警視総監も逆らえない組織です」

おおげさすぎたかと思ったが、山本は、

「いいたいことはわかる」

と答えた。

「彼らは日本人がどうなっても気にしませんが、仲間に万一のことがあれば、草の根を分けてでも責任者を捜しだします。それが彼らのやりかたです。ここがアメリカでないのも関係ありません。私はこの日本で、そんなことが起きてほしくない。わかりますか？」

「俺たちを威しているのか」

「あなた方がどこの国の意思をうけて動いているのかはわかっていますし、その目的も知っています。が、そこにいる女性の安全は、この問題とは別です。女性に危害を加えたりすれば、我々もあなた方も、不幸な結果になる」

「どうしろっていうんだ」

「一刻も早く、女性を解放して下さい。それがお互いのためです。アメリカからきている、女性の応援部隊が行動に移る前に。時間はそんなにありません」

山本は黙りこんだ。信じていないのだろうか。が、あまりに威せば逆効果になるかもしれないし、ボロがでる危険もある。

「王子と引きかえでどうだ」

山本が喋った。佐抜は息を吐いた。

「王子の居場所は我々も把握していないのです。もしかするとアジア団地にはもういないのかもしれない」

「なぜそう思うんだ?」

山本の声が鋭くなった。何と答えようか頭を巡らせ、とっさにでたのが、

「今夜、BLCの会議が東京でおこなわれるのです。王子はそこへの出席を求められています」

という言葉だった。

「BLCのことをそっちもつきとめているんだな」

山本がいったので、佐抜はほっとした。

「アメリカからの情報です。BLCは、日本よりもアメリカで活発に動いているのです。政府機関への働きかけもあります」

「なぜこの女は団地にいたんだ。王子がいないなら、くる理由がないだろう」

「BLCへの訊きこみのためです。団地では、日本人より彼女のようなベサール人のほうが信用されます。我々としてはやめてもらいたかったのですが……」

「あんたは今、どこにいる?」

一瞬考え、佐抜は答えた。

「団地の近くです。女性の応援部隊といっしょです。いわばこれは最後通告です。解放しなければ、応援部隊がそこに突入します。我々にできるのは後始末だけです」

「後始末だと」

山本はぎょっとしたようにいった。

「人が死んでもニュースにならないように」

佐抜はつけ加えた。

「わかった。谷口さんといったか。取引しようじゃないか。この女を解放するかわりに、王子の居場所を教えてくれないか。今すぐとはいわない。女はすぐに放すが、情報をくれるのはあとでいい。どうだ?」

「私にクビになれ、と?」

「日本政府はベサールのことなんか、本当はどうで

もいい。アメリカ政府にケツを叩かれるから、しかたなく動いている。ちがうか？」

「そういうことは、もっと上の人間が考えるべきことで、我々現場には関係ありません」

　阪東を真似て、佐抜はいった。

「わかってるよ。お互い、下っ端どうしだ。だから助け合おう。情報の埋め合わせは必ずする。それによっちゃ、あんたは上司の覚えがめでたくなる。クビになんかならないさ」

　山本の言葉は巧みだった。

「なるほど。でもどうやってあなたに連絡をするんです？」

「あんたの携帯の番号を教えてくれ」

「それはできません。そちらの番号を」

「教えたら、いくらでも居場所をつかまれちまう。そうだ――」

　わん、電話番号ヲ教エロ、という中国語が聞こえた。

「ここの自治委員で、ワンという男の番号だ。わかったら、この番号に連絡をくれ」

　山本はいって、番号を口にした。メモをとり、

「わかりました。お役に立てるかどうかわかりませんが、努力しましょう」

　と佐抜はいった。

「女はすぐに解放する」

　山本は告げ、電話は切れた。佐抜はバイク屋の裏を離れ、集会所の見える場所に移動した。

　シートがかかった屋台があり、汚れ具合からすると、しばらく使われていないようだ。佐抜はその陰に隠れ、集会所の出入口を見張った。

　十分もしないうちにチョウとカーンが現れた。二人は広場の外れに立ってあたりに目を配っている。

　つづいてヒナがでてきた。怪我をしているようすはなく、どっちがどっちかはわからないが山本とグオが集会所の出入口をくぐって広場に立った。

　ヒナは二人から離れ、団地の出入口に向かって歩きだした。佐抜が隠れる屋台のかたわらを通りすぎる。佐抜は声をかけたいのをこらえた。

ヒナはときおりうしろをふりかえりながら広場をでていった。四人は動かない。

やがてワンが現れ、山本とグオのかたわらに立った。携帯を耳にあてている。

「ハイ。ワカリマシタ」

隠れている屋台の向こう側で不意に中国語が聞こえ、佐抜は驚いた。バイク屋の店先でスクーターをいじっていた若い男が喋ったのだ。ジーンズにベストを着けている。

周囲に人はおらず、耳にイヤフォンをさしこんでいる。佐抜ははっとしてワンを見た。

ワンが携帯電話をおろした。バイク屋の店先にいた男が急ぎ足で広場をでていった。

ヒナの尾行を命じられたのだと佐抜は気づいた。顔を知られていない人間を張りこませていたのだろう。

佐抜の携帯が鳴った。ヒナだ。

「はい」

佐抜は小声で応えた。広場にはチョウやカーン、山本やグオがいる。

「どこ?」

言葉少なにヒナさんに尾行がついてます」

「近くですが、ヒナが訊ねた。

佐抜は小声でいった。ヒナやつけていった男の姿は、今いる場所からでは見えない。

少し間が空いて、

「ベスト着てる奴?」

ヒナが訊ねた。

「そうです」

「わかった。軽トラで待っててくれる? レンタカー止めた一本裏の道に止めたから」

「わかりました」

佐抜は答えて、体を低くしたまま屋台の陰を離れた。人目をひかないように、ゆっくり歩きだす。

軽トラはすぐに見つかった。道ばたにぽつんと一台だけ止まっていたからだ。周囲の車は出勤で、でていったのだろう。近づいてみると、ひどく下手な縦列駐車だ。

ペーパードライバーのヒナが決死の覚悟で裏山から走ってきて止めたのかと思うと、佐抜は微笑ましい気分になった。

ヒナにも苦手なものがある。クモと車の運転だ。

軽トラが見える場所に屋台があった。背中に赤ん坊を背負った女性が麺を売っている。

朝食のかきいれどきを過ぎても店を閉めるようすはない。人通りの少ない場所だから少しでも売り上げを増やしたいのかもしれない。

佐抜は屋台に近づいた。タイの国旗が飾られているところを見ると、タイラーメンのようだ。赤ん坊を背負った女性は佐抜に気づくと、

「サワディ・カー（こんにちは）」

と微笑んだ。佐抜は頷き、指を一本立てた。

女性が屋台のケースを指さし、タイ語で何ごとかをいった。どうやら麺の種類を選べといっているらしい。

黄色い細麺をさし、

「マイサイ・パクチー」

と佐抜はいった。

マイサイ・パクチーは、パクチー抜きという意味だ。パクチーは杉本教授の大好物だが、実は佐抜は苦手だった。以前ガイドしたタイ人の客から教わったいい回しだ。

「マイサイ・パクチー？　オーケー」

女性はいって乾麺を湯につけた。発泡スチロールの丼にタレと香辛料を入れ、湯で割る。インスタントラーメンの要領だ。

「ニヒャクエン」

麺を湯切りし、丼に入れた女性はいった。安さに驚きながら佐抜は硬貨を渡した。

「コックン・カー（ありがとう）」

女性は手を合わせ、丼に割り箸（ばし）をのせてさしだした。

風呂（ふろ）屋で使うような、プラスチックの低い椅子が屋台のかたわらに重ねられている。女性がひとつをとり、地面においた。どうやらそこにすわれという意味のようだ。

「コックン・カップ（ありがとう）」

　佐抜は椅子に腰かけた。ここにいるのを怪しまれまいと買ったのだが、スープの香りを吸いこむと空腹だったことに改めて気づいた。

　麺をすすりこんだ。少し硬めの麺がおいしい。夢中で食べていると、

「あたしも食べたい」

　声が降ってきた。ヒナだった。

「ヒナさん」

　佐抜は腰を浮かした。ヒナは屋台に近づくと、タイ語で注文した。女性は頷き、佐抜を指さし何ごとかをいった。

「パクチー、嫌いなんだ」

　ヒナがいった。

「パクチー、多めにっていったら、あんたの分も入れてくれるって」

　できあがったラーメンをヒナは佐抜の隣においたプラスチック椅子にすわって食べ始めた。その余裕に、佐抜は不安になった。

「ベストの男はどうしましたか」

「大丈夫」

「まいたんですか？」

「落とした」

「落とした？」

「気絶させたってこと」

　ラーメンを食べ終わると、二人は軽トラに乗りこんだ。ハンドルは佐抜が握った。

　一度その場を離れ、別の集合住宅の棟の前に止めた。ヒナがいった。

「ミスったよ。車止めて、のこのこ『アヤラ』のほうにいったら、つかまった。暴れようとしたら、ピストルつきつけられてさ」

「ピストル?!」

「ナイフくらいならどうにかなると思ってたけど、ピストルじゃね。いうこと聞くほかなくて」

　佐抜はまじまじとヒナを見つめた。ヒナは特に恐怖を感じているようすはない。

「誰につきつけられたんです？」

「山本って奴。あんたと電話で話してた」

「どっちですか？　グオとの区別がつかなくて」

「スーツ着た、サラリーマンみたいな奴。グオは髪が薄いほう。あまり喋らない」

「よく無事でしたね」

「あいつらの目的はケントだろ。口じゃいろいろ威されたけど、実際には手をだしてこないって思ってた」

「でも拷問されるかもしれなかったんですよ」

「そうなったら命がけで暴れてやった。ピストルなんて、そう当たるものじゃないし」

平然とヒナはいった。

「知っているんですか」

「ベサールじゃ、ピストルもってる不良が多くてさ、ケンカになるとちょいちょいぶっぱなすんだ。当たったの見たことない」

佐抜はあきれた。

「だからって――」

「あいつらがどこからきたのか調べてやろうと思って。チョウとカーンはワンの手下だってわかってるけど」

「で、何かわかったのですか」

「あいつらのほうがワンより立場が上みたいだけど、ケントを見つけたらどうするのかは、まだ決まってないみたいだ。とりあえず中国に連れていくっていうだけで。ケントは今、どこにいるの？」

「マハドさんといっしょに、きのうからずっと隠れています。簡単には団地をでられそうにありません。自治会も見張っていますが、マハドさんも……」

「マハドが何だって？」

「ケントさんがBLCに協力するかどうかを知りたがっています。協力しないとなったら態度を硬化させるかもしれません」

ヒナはため息を吐いた。

「どっちも面倒だね」

佐抜は頷いた。

「その上、阪東さんの上司から電話があったのですが、警察とかを団地にさし向けることはできないって。香港のことを中国にあれこれいえなくなるというのが、その理由らしいのですけれど」

谷口がベサール国籍のヒナの安否に冷淡だったことは、さすがにいえなかった。

フン、とヒナは鼻を鳴らした。

「役人だな」

「腹が立ちます」

「ケントが憐れだね」

「ええ。マハドさんの話では、今夜ＢＬＣの会議が東京で開かれるらしいんです。そこにケントさんを連れていきたいようでした」

「ケントは何といってる？」

「それは聞いていません。ただケントさんのお母さんが中国政府の人間といっしょにいて、ケントさんとベサールへの帰国を望んでいる、と。いわされているのか、お母さん本人の意思なのかはわからないのですが」

佐抜はいって、ケントのいった「流されちゃう」説を話した。

「笑える」

ヒナはいった。

「ケントさんにすれば笑いごとじゃありません。日本政府は結局、何もしてくれません。自力で団地を脱出した上で保護を求めてくれ、というだけで」

「ま、あたしらはそのために雇われた、トカゲの尻尾だね」

佐抜はヒナを見直した。

「知っていたんですか」

「何もしないってわけにはいかない。でも警察とかを動かしたら中国に文句いわれる。しかたないから、いつでも切れるし、いざとなれば知らんフリできる人間を使う。あたしが役人でもそうする」

「なんだかヒナさんが恐くなってきました」

「そんなことよりこれからどうするか、だ」

「ケントさんのところにいきますか？」

「いや、それはやめたほうがいい。自治会はきっと、団地中を見張っている。あたしらが動き回れば、見つかる可能性が高くなる。合流しないで、何とか団地からケントを脱出させる方法を考えるんだ」

　ヒナはいった。佐抜の携帯が鳴った。マハドだった。

「どうなりました？」

「いろいろありましたが、とりあえずヒナさんといっしょにいます。ですが今、そちらに合流するのは危険なので、王子を団地から脱出させる方法を考えています」

「セキがあなたを案内した、裏のフェンスからでは駄目ですか？」

「そこは使いますが、今は明るいし、自治会の人があちこちを見張っているので難しいと思います」

「夜ですか」

「暗くなってからですね。ＢＬＣの会議は何時からですか？」

「九時からです。私は王子を連れていきたい」

　マハドはいった。

「ケントさんにかわってもらえますか」

「待って」

　ケントがでると佐抜は訊ねた。

「マハドさんはケントさんをＢＬＣの会議に連れていきたいみたいだけど、どうなのですか」

「ずっとその話をしてた。いくのはかまわない。でも民主化どうこうの話は、まだ決心がつかない。だって協力するのなら、王位を継がなけりゃいけないわけでしょう。それは嫌なんだよね。でも――」

　その先をいわせず、

「わかります」

　と佐抜は答えた。

「とりあえず暗くならないと団地を脱出できないと思います。今、何かいい手がないか、考えています」

「ありがとう」

　ケントがいい、佐抜は胸を突かれた。

「僕のためにそこまでしてくれて。ヒナさんにもお礼をいって下さい」

「あ、はい、わかりました。また連絡します」

　携帯を耳から離し、佐抜はほっと息を吐いた。

「ケントさんがありがとう、って。ヒナさんにもそう伝えて下さい、と」

「少し大人になったね」

ヒナがつぶやいた。

二十二

団地内で軽トラを移動させながら、二人は時間が過ぎるのを待った。夕方になれば学校にいっていた子供や働きにでていた大人が帰ってきて、団地内の人通りが増える。そうなれば自治会に見つかりにくくなる筈(はず)だ。

やがてスクールバスが戻ってくる時間になった。広場に向かう人の姿が多くなる。大半は女性で、子供を迎えにいきがてら、夕食の買いものをするようだ。「アヤラ」のような店で食材を求める人もいれば、屋台ですべてをまかなう人もいる。

子供たちが帰ってくると団地内はにぎやかになった。

ヒナの携帯が鳴った。

「リンだ」

「お礼をいって下さい。リンくんにはお世話になりっぱなしです」

「もしもし。うん。大丈夫。今？　今は佐抜さんといっしょだよ。佐抜さん――」

いいかけ、ヒナは佐抜を見た。

「ねえ、あんた、下の名前何ていうの？」

「克郎です」

「カツローね」

つぶやいて電話に戻り、

「カツローがあたしを放すように自治会にかけあってくれた。そう。すごいだろ」

それを聞いて佐抜は顔が熱くなった。母親以外の女性に下の名で呼ばれるのは初めてだ。それも、レッドパンサーに呼ばれている。

「今？　今は団地。ケントを連れだすのは暗くなってからのほうがいいと思って、時間を潰(つぶ)してる。ちがう、寺院じゃない。下手に寺院に近づいて、あたしらを捜してる連中にケントが見つかったらヤバいからさ」

　どうなったのかをリンは知りたがったのだろう。ヒナは状況を説明している。

「脱出したあと？　それはわかんないな。ケントしだいだね。とりあえず団地をでてから、どうするか決める」

　ヒナとリンのやりとりを聞いているうちに佐抜は思いついたことがあった。

「そうだ！　ヒナさん、リンくんに団地内に公衆電話があるかを訊いて下さい」

「公衆電話？　リン、公衆電話って団地にある？」

　携帯を佐抜にさしだした。

「公衆電話なら三つあります。広場と薬局、あと団地のまん中を走っている道沿いです」

　リンの答が聞こえた。

「ありがとう」

　佐抜はいって電話をヒナに返した。

「何を考えてるんだい？」

　通話を終えたヒナが訊ねた。

「犯罪です。軽犯罪ですが」

「犯罪？」

「一一九番をして、消防車を呼びます。火災の通報があったとなると、対応は自治会の仕事じゃありませんか？」

　ヒナはにやりと笑った。

「確かにそうだ。そうか、それで公衆電話か」

　佐抜は頷いた。携帯から通報すると、偽りとわかったときに追及される危険がある。

「公衆電話は、広場と薬局、それに道路にあるそうです。広場は使えないとして――」

　佐抜は軽トラを発進させた。団地の中央を走っている道というのは、ほぼ駐車場と化した道路のことだった。道幅があるぶん、びっしりと車が止まっている。それを見ても、多くの住人が帰宅したとわかる。

　屋台はでておらず、人通りは少ない。

「あそこだな。通報はあたしがする。タガログ語と日本語のちゃんぽんで、広場の屋台から火がでたってことにしよう」

佐抜は頷(うなず)き、広場の方角を見やった。実際、並んでいる屋台から煙がたち昇っている。

「僕はマハドさんに知らせます」

ヒナが電話ボックスに入るのを見届け、佐抜はマハドを呼びだした。計画を説明し、広場に消防車がきたら、ケントを連れてフェンスまできてほしいと伝えた。

「わかりました。あなたはどうしますか」

「僕らは先に、裏の山のところまで車でいってお待ちします」

電話ボックスの中で身ぶり手ぶりを交えて通報しているヒナを見ながら、佐抜は告げた。

電話ボックスをでてきたヒナが指でオーケーのサインをだした。軽トラに乗りこみ、

「で?」

と訊ねた。

「消防車がきたら入れちがいに団地をでます」

団地の出入口には当然、見張りがいるだろう。だが消防車がくれば、そちらに気をとられる。またヒナと自分の姿を発見されても、消防隊への対応で自治会は追いかけるのが難しくなる筈だ。

「いこう!」

ヒナがいって、佐抜は軽トラを発進させた。電話ボックスを離れ、出入口に近い場所で消防車の到着を待つ。

十分もしないうちにサイレンが聞こえてきた。それも一台ではない。複数のサイレンが重なり合い、団地への上り坂で反響しながら近づいてくる。

赤い車体と点滅する光が見えた。二台の消防車が団地の出入口をくぐった。消防車は減速し、広場につながる道を進んでいく。

佐抜は軽トラのアクセルを踏んだ。消防車は団地の道いっぱいの大きさがあるので、すれちがえない。別の道を走って、団地の出入口をめざす。

「あ、あいつ」

ヒナがいった。前にレンタカーを見張っていた中

国人の男がいた。消防車を追いかけ、走っている。携帯を耳にあてていた。

　軽トラは団地の出入口を走り抜けた。上り坂をさらに二台の消防車が上がってくる。軽トラを道ばたに寄せ、やりすごした。消防隊員に申しわけなさを感じながらも、計画が成功したことに佐抜は安堵(あんど)していた。

　が、これで終わったわけではない。ケントが団地を脱出するのはこれからなのだ。

　途中まで坂道を下りると、セキに連れていかれた裏山を佐抜はめざした。雑草や小枝に車体をこすりつけながら、九十九折(つづらお)りのわき道を上っていく。ペーパードライバーのヒナが、脱輪もせずによくこの道を走れたものだと佐抜は感心した。

　これがレンタカーだったら、佐抜も躊躇(ちゅうちょ)したろう。オンボロの軽トラだから傷つけるのを恐れずに走れるのだ。

　山道の終点に達した。正面は藪(やぶ)だ。藪を抜ける獣道の先にフェンスがある。

　佐抜は軽トラのエンジンを切った。虫の鳴き声に包まれる。ライトを点(つ)けたままだとバッテリーが心配なので、再びエンジンをかけた。

　消防車のサイレンは聞こえない。偽の通報だと早くもわかったのだろうか。

「ヒナさんはここにいて下さい」

　佐抜はいって軽トラを降りた。

「でも――」

　いいかけたヒナに、

「大丈夫です。迎えにいくだけですから」

　佐抜はいって、携帯を懐中電灯モードにした。藪の中に入る。

　セキのあとを歩いたときのことを思いだしながら獣道を進んだ。分かれ道はなかった筈だ。もしあって、まちがえたら、この闇の中でフェンスにたどりつくのは不可能だ。

　佐抜は深々と息を吸いこんだ。携帯の光に向かって小さな虫が飛んでくる。

　獣道の先を確認しながら佐抜は進んだ。幸い急な坂に分かれ道はなかった。噴きだした汗を何度かぬぐううちに、藪のつきあたりに達した。懐中電灯モードにした携帯をもちあげる。

フェンスの金網が光った。佐抜はほっと息を吐いた。

「佐抜さん?」

藪の向こう側から声がした。ケントだ。

「そうです」

「よかった。今そっちにいきます」

ギシギシと音がして、フェンスが揺れた。

ケントが金網に爪先(つまさき)をこじ入れ、フェンスをよじ登った。身軽にまたぎ越え、こちら側に着地する。

「マハドさんは?」

「ここにくる途中で見つかりそうになったんで残りました」

「残った?」

「見張りの注意をひきつけるから、そのスキに逃げろって。どのみち自分にはフェンスは越えられないからって」

携帯の光でもケントの顔が青ざめているとわかった。

「自治会?」

ケントは首をふった。

「スーツを着た恐そうな奴ら」

グオと山本だ。

「いきましょう」

佐抜はいって、坂道を下った。てっきり文句をいうと思っていたが、ケントは無言で佐抜のあとをついてくる。藪蚊が耳もとで飛び回り、光に寄った羽虫が顔に当たる。軽トラのライトが見えたときは、佐抜も思わず息を吐いた。

軽トラによりかかり携帯をのぞいていたヒナが体を起こした。ケントの背後を見やって訊ねた。

「マハドは?」

「見つかりそうになったんで、オトリになったそうです。グオと山本です」

佐抜は答えた。

「あいつら……」

ヒナはつぶやいた。

「これからどうします？」

佐抜はケントを見て、つづけた。

「『南十字星』は、ケントさんのために隠れ家を用意しています」

「そこにいったらどうなるの？」

「あんたしだいだ。王様にならないならならないって、はっきり宣言しないと。お母さんのこともある」

「お母さん……」

ケントはつぶやいた。

「僕が中国にいかないと、どうにかされちゃうかな」

「それは大丈夫だと思う。お母さんはもともと日本人だから、何かしたら中国は国際社会の袋叩きにあう」

ヒナがいった。

「問題はBLCに協力するかどうかです」

佐抜はいった。

ケントはうつむいた。考えている。佐抜はヒナと顔を見合わせた。自分は何かいえる立場ではない、と思った。

「会議にはでようと思う」

ぽつりとケントがいった。

「マハドさんは僕をかくまってくれた上に、体を張って逃がしてくれた。これで会議にもでないで、隠れ家に逃げこんだら卑怯者だよ」

「わかった」

ヒナがいった。

「じゃ、あたしらが会議の場所まで送っていく。どこなんだい？」

ケントは首をふった。

「知らない。マハドさんは何も教えてくれなかった」

佐抜は再びヒナと顔を見合わせた。

「マハドさんに訊きましょう」

佐抜は携帯を耳にあてた。が、電源が切れているか電波の届かない場所にある、というアナウンスが流れた。

「つながりません」

「じゃあラーメン屋だね」

　ヒナがいい、佐抜は「琉軒」に電話をかけた。が、呼びだしつづけても応答はない。

「でません。会議にでるので、店を休んだのかもしれないですね」

「参ったな」

　ヒナは舌打ちした。

「ルーさんはどうです？」

　佐抜はいった。

「ルー叔父さん？　そっか、何か知ってるかもしれないね」

　ヒナはいって携帯を操作した。

「もしもし、ルー叔父さん？　あのさ、ＢＬＣの会議が今日あるらしいのだけど、どこでやるか知ってる？」

　まるで飲み会の場所を訊いているような口調でヒナはいった。

「なんで？　なんでって、そこにでたいって人がいるから。そうだよ。王子。王子が会議にでたいっていってるの」

　ルーの返事を聞き、

「わかった。待ってる」

　電話を切った。

「知らないから、知ってそうな人に訊いてみるってさ」

「じゃあ、とりあえず東京に向かいましょう」

　佐抜はいった。二人乗りの軽トラのシートに三人で乗りこむ。

「お腹空いた」

　ケントがつぶやいた。

「東京につくまで待ちな。このあたりだと見つかるかもしれない」

　ヒナがいった。

　アクアラインを渡り、軽トラは都内に入った。ルーからもマハドからも連絡はない。

　佐抜は大井南インターで首都高速を降りた。一号線を北上していくと、東品川（ひがししながわ）でファミリーレストランを見つけた。駐車場に軽トラを止め、店に入った。明るく、人の多い場所にきて、ほっとする。

　メニューを広げ、ひどく空腹だったことに佐抜は気づいた。朝、タイラーメンを食べたきりだ。それはヒナも同様で、ケントに至っては二人前を頼み、さらに追加を注文した。

　食事を終え、交互に洗面所を使ったところで、ヒナの携帯が鳴った。

「ルー叔父さんだ。はいはい」

　ヒナは耳にあてた。うん、うん、とルーの声に耳を傾けている。

「誰です？　ルー叔父さんて」

　ケントが佐抜に訊ねた。

「日本にずっといるヒナさんの叔父さんです」

「ベサール人なの？」

　佐抜は頷いた。

「場所がわかったよ。錦糸町（きんしちょう）のホテルで、九時からだって」

　電話をおろしたヒナがいった。

「錦糸町」

　つぶやいて佐抜は時計を見た。八時を回っている。

「だったら急がないと」

　今いる東品川と錦糸町は離れている。港（みなと）区、中央区、江東（こうとう）区を越えた向こうだ。

　ファミリーレストランをでた三人は軽トラに乗りこんだ。まん中にすわったケントに、

「申しわけないんですが、お巡りさんがいたら隠れて下さい。この軽トラは二人乗りなので、見つかったらつかまります」

　と佐抜はいった。

「え、そうなの？」

「夜ですからたぶん大丈夫だと思いますが、止められたら会議にでられなくなってしまいます」

　軽トラを発進させた。カーナビはついていないが、錦糸町までは何とかいける自信はあった。首都高速に上がり、都心環状線から京葉（けいよう）道路方面に向かえば錦糸町インターがある。

錦糸町で降りて、携帯でホテルの位置を検索すればなんとかいきつけるだろう。

「マハドにかけてみる」

ヒナがいって携帯を操作した。舌打ちする。

「やっぱりでない。つかまったのかな」

「BLCの会議が今夜あることを、僕はあの連中に話しました。マハドさんが場所を教えたら乗りこんでくるかもしれません」

「マハドが喋るわけない。それにBLCの会議にあいつらが乗りこんできたら、大騒ぎになる」

ヒナがいった。

そうだといいが、と佐抜は思った。

「つかまったとは限らないよ。自治会の連中に捜されたくなくて、わざと電源を切っているのかも」

ケントがいった。確かにその通りだ。

芝浦から首都高速に上がると、時間が遅いこともあり空いていた。箱崎を抜け両国ジャンクションから七号小松川線に入る。三十分足らずで錦糸町インターに達した。

首都高速を降りると、佐抜は軽トラを止めた。ヒナから聞いたホテルの位置を確認する。

ホテルは蔵前橋通りを西に向かった場所にあった。中規模のシティホテルといった造りの建物を見て、ガイドする客を何度か送迎したのを佐抜は思いだした。確か新華僑系の経営で、客は中国人が多い。

「ここなら知ってます。仕事で何度かきたことがあります。確か地下に駐車場がありました」

佐抜はいって軽トラを駐車場に入れた。

「会議は『601』号室でやってるらしい」

ヒナの言葉を聞き、宴会場でなくてよかったと佐抜は安堵した。染みだらけの作業衣で宴会場には入りにくい。

駐車場からエレベーターを使って六階に昇った。「601」号室は廊下のつきあたりの部屋だ。

「何人ぐらい、いるのかな」

廊下を歩きながらケントがつぶやいた。

「ベサール人は日本にそんなにいないからね。もしかすると、他の国の人間もきているかもしれない」

ヒナがいった。

「他の国って？」

「ベサールの民主化を応援する国」

「たとえばアメリカですか？」

佐抜は訊ねた。もしそうであるなら、本物のCIAの人間がいるかもしれない。

「わからないけどね」

ヒナは首をふった。

「６０１」の扉の前に立ち、佐抜はドアチャイムを鳴らした。

ガチャッと音がして、扉が内側から開かれた。ルーが立っていた。

「ルー叔父さん」

驚いたようにヒナがいった。ルーはジャケット姿だ。

「きたか。入りな」

ルーはいって、首を倒した。三人は「６０１」の扉をくぐった。背後でルーが扉を閉めた。

「嘘だろ」

ヒナがいった。「６０１」号室はスイートルームで、入った部屋にベッドはなく、テーブルやソファが並んでいる。

そのソファに山本とグオが並んでかけていた。

二十三

「どういうことだよ⁈」

ヒナが血相をかえ、ルーをふり返った。ルーは扉に背を預け、出口を塞いでいる。

「お前、ＣＩＡだって嘘をついたんだってな。嘘は駄目だぞ」

ルーはにやにや笑いながらいった。

「なんでこいつらがここにいるんだよ！」

「そのほうが世の中、丸く収まるからさ」

ルーは悪びれもせずに答えた。

「まさか、叔父さん――ケントを売ったってこと？」

「売ったとは人聞きが悪いな。ＢＬＣなんて、夢を見てる馬鹿の集まりだ。ベサールのためにはこのほうがいいんだよ。王子もわかってくれる」

笑みを消さずにルーはいった。

「ふざけんな！　そこ、どけ！」

ヒナは今にもつかみかかりそうだ。

「あ、あ、あ」

山本がいって、上着の前を開いた。拳銃が見えた。

「ここはおとなしくすわったほうがいいのじゃないのかな。あんたが――何だっけ、警視庁の谷口さんだっけ？」

小馬鹿にしたように佐抜にいう。

ルーにしてやられた。ケントを渡せば金になると踏んで自治会に連絡し、このホテルに呼びだしたのだ。考えてみれば、新華僑が経営するホテルでＢＬＣが会議を開く筈がない。うかつだった。

「まぁ、すわって下さい」

グオが訛りのある日本語でいった。

「どういうこと」

ケントが訊ねた。

「ごめん。だまされた」

ヒナが低い声でいった。

「アリョシャ・ケント王子ですな。お会いできて光栄です」

山本がいった。

「誰なんですか」

「我々は、中国政府の代理人です。あなたに危害を加えることは絶対にありませんから、安心していただきたい。ただし――」

山本は佐抜とヒナを見た。

「王子が協力的でない場合、この二人が少々嫌な思いをするかもしれない」

「僕をどうしたいの？」

「それをこれから話し合います。お母さんにも会えますよ」

「すわって」

グオがいった。佐抜はヒナと目を見交わした。

ケントをはさむように、二人の向かいの長椅子にかけた。

「じゃ、俺はこれで失礼する。約束のものをいただこうか」

ルーがいった。山本がグオを見た。グオはさも軽蔑した表情で、ジャケットから封筒をだした。

受けとったルーが中を改めた。札束だ。

「うちの姪っ子をあまりいじめないでくれよ。じゃあな」

「絶対許さない」

ヒナが恐ろしいほど静かな声でいった。

ルーは首をすくめ、「６０１」号室をでていった。

「さて」

山本がいって、立ち上がった。三人の背後に回りこむ。

「今日ここで、王子には本当の気持ちを語っていただきたい」

三人がすわる長椅子の背に手をかけ、いった。ケントがふりかえった。

「本当の気持ちって？」

「王位を継がれるのか、継がれないのか。我々が聞くところによれば、王子はこのまま日本で暮らすことを願っておられるとか。そうであるなら、邪魔はいたしません」

「王位を継がせないってこと？」

ヒナがいった。山本がヒナの肩に手をおいた。

「お前は黙っていろ。今は王子と話している」

ヒナがその手をつかんだ。手首を捻りあげる。山本は呻き声をあげ、左手で拳銃をひっぱりだすと、ヒナに向けた。

「撃ち殺されたいのか?!」

ヒナの顔が赤くなった。

「撃ってみな。お巡りがとんでくる」

「ここの経営者は中国人だ。通報などしない」

ヒナが山本の手を離した。その瞬間、山本は自由になった右手でヒナの顔を殴りつけた。

ヒナの頭が傾くほどの強さだった。

「ヒナさん！」

佐抜は声を上げた。

「大丈夫だよ。こんなパンチ、へでもない」

ヒナはいったが唇が切れ、血が滴った。

す」

　グオが口を開いた。

　佐抜はケントを見た。ケントはまっ青になり目をみひらいている。

　山本がいった。

「王子、ここはうるさいので向こうの部屋で話しませんか」

　ケントは首をふった。

「ここでいいです」

「じゃあお答えいただきたい。王子は王位を継がれるのですか」

「それがあなたたちに関係あるのですか。ベサール人じゃないのに」

　ケントが震え声でいった。山本は長椅子を回りこみ、ケントの前に立った。

「あるといえばあるし、ないといえばない。ですが、我々が何者であろうと、お気持ちを話していただくくらいはいいでしょう」

　ケントの顔をのぞきこむ。

「まだ、決めてません」

　ケントは答えた。

「決めてない。ほう。決めてない、と」

　山本は歪な笑いを浮かべた。

「日本にずっと住みたいのではなかったのですか。それともベサールに帰りたい？　だがベサールに帰られても、あなたを大切にしていたお父上はもういない。亡くなってしまわれた。かわりに待っているのは、クワン大統領です。クワン大統領に会ったことは？」

　ケントは首をふった。

「そうですか。私はある。クワンは貧しい漁師の家の出でしてね。家にいたのでは食べていけないので軍隊に入った。そこで苦労して大佐にまでなった。そして王制下でしいたげられていた人民を率い、革命を起こしたわけです。つまり、王族には決していい感情をもっていない。同じ人間なのに、かたや宮殿で優雅に暮らし、かたや日々の食べものにも苦労する。なのに王様は外国人の妃(きさき)までめとって、子を産ませ、その子に王位を継がそうとまでした。ベサールの人民のことなど、何も考えていなかった」

　山本は嘲(あざけ)るように首をふった。

「残念ですが、あなたのお父上は、国民には決してやさしくなかった」

「嘘だ」

　ケントがいった。今にも泣きだしそうだ。

「嘘ではない。そうでなかったらクワン大佐に誰も従わなかった」

「ザザの悪口をいわないで」

「悪口ではなく、真実です。ただ残念なのは、その真実を知らず、王というだけでお父上を敬愛する人がベサールにはいる。その人たちは、王の跡継ぎが帰ってくることを望んでいる。それがあなただ」

「跡継ぎになれるのは僕だけではない」

「確かに、あなたの叔父上もそうだ。だが叔父上はアメリカにいて、ベサールからもちだした財産で優雅に暮らしている。ベサールに戻らない限り王位を継ぐことはできません。そこで彼は何をしているか。安全地帯から金をバラまき、クワンを倒すようアメリカ政府に働きかけている。クワン大統領を暗殺してくれ、とＣＩＡに頼んだそうだ。ひどい話です。ご存じでしたか」

　ケントは首をふった。

「でしょうな。ところで、叔父上はあなたに親切でしたか？　甥(おい)っこにやさしくしてくれましたか」

　ケントは無言だった。

「やさしくはなかった。日本人の血をひく王子に王位継承権があることがおもしろくなかった。アメリカに移ったあと、あなたとあなたの母上は、それでつらい思いをした。その結果、日本にきた」

　佐抜は目をみひらいた。山本の言葉がただの当て推量ではないことは、ケントの表情が証明している。

「さて、ここで質問です。もしあなたが王位の継承を宣言したら、叔父上はどうされるでしょう」

「わかりません」

　ケントは首をふった。

「わかりませんか。ベサールでは、選挙による民主化を望む声が大きく、クワン大統領も無視できなくなっていると聞きます。もしあなたが王位継承宣言をすれば、BLCはあなたを党首として、選挙に打ってでるでしょう。BLCが選挙に勝ったら、あなたは王様になる。王様になりたいですか?」

ケントは黙っている。

「あなたが王様になれば叔父上はいつでもベサールに帰れる。が、きっとそうしない」

ケントは顔を上げ、山本を見た。

「どうして?」

「あなたが邪魔だから。クワンの暗殺をアメリカ政府に働きかけていた叔父上が次にするのは何か。おわかりですね」

「嘘だ。叔父さんはそんなことしない」

「暗殺というのは、映画のようにライフルで撃つばかりではありません。突然の病気で死ぬ、というのも暗殺のひとつのパターンです」

「病気……」

ケントはつぶやいた。

「若くて元気なアリョシャ・ケント王が、突然体調を崩し、医師の治療も虚(むな)しく亡くなってしまう。原因は不明。そんな毒物が、CIAにはある。ベサール国民は悲しみにくれる。そこに叔父上が、王位継承宣言をして戻ってくる。アメリカ政府とは話がついている。ベサールは、アメリカのいいなりです」

ケントは足元を見つめた。

「僕はベサールに帰りたいだけです。王様になんて、なりたくない」

小さな声でいった。

「そうであるなら、王位を継承しない、とはっきり宣言されるべきです。国際社会にそれが伝わるよう、我々が協力します」

山本はいった。

「ベサールの民主化選挙には、ベサールの未来を考える者が、BLCの党首としてたつべきです。まだ十六歳のあなたではなく」

ケントは山本の言葉に頷いた。やはりそうなるのか、と佐抜は思った。

「選挙なんてやるわけないじゃん。クワンが許さない」

ヒナがいった。山本はヒナを見た。

「何も知らない人間は黙ってろ」

「何も知らない？　あんたは何人だよ。あたしはベサール人だ！　あんたなんかよりよほどベサールのことを知ってる」

さすがに山本も黙った。ヒナはケントを見た。

「こいつのいう通り、確かにベサールは理想の国じゃない。王様なんていらないって思っている人間もたくさんいる。だからってクワンが誰にでも公平ってわけじゃない。国民全部が幸せに暮らしているなんて国、どこにもないだろ。王様かクワンか、別の奴だっているかもしれない。今までベサールじゃ誰が国を治めるのかを国民は選べなかった。でも選挙になれば、それができるかもしれない。もちろん最初から理想通りにはいかないだろうけど、生まれたときから国を治める人間が決まっていたり、軍隊で宮殿に押しかけて今日から俺が治める、文句のある奴はつかまえるっていうのとはちがう。少なくとも選ぶってことができるようになる。選挙がおこなわれるなら。でもクワンはしない。させない。選挙をずるずるとひきのばして、その間に自分に逆らう奴をつかまえ立候補できないようにする。そうならないためには、クワンに対抗する人間が必要なんだ。それがあんただ！」

佐抜は思わずヒナを見つめた。ヒナがベサールに対して、こんなに熱い気持ちをもっているとはこれまでまるで感じなかった。日本への帰化申請をしている、というのに。

ケントは目をみひらき、ヒナを見つめている。

「あんたにしてみりゃ酷な話さ。こんな目にあって、もしかしたら殺されるかもしれない。ＢＬＣに何の義理もないのにね。でも、あんたにしかできないことがある」

「僕にしかできないこと……」

ケントはつぶやいた。

「もういい。つまらん政治談議をいつまでつづける気だ。王子、冷静になって下さい。この女は何もわかっていない。王族の義務も、選挙を強行すればベサールに生じるであろう混乱も知らず、好き勝手並べているだけだ。第一、ＢＬＣがベサールの民主化を本当に望むなら、国内に残って活動をおこなうべきだ。外国にいて国を変えようなんて不可能に決まっている」

山本はいった。が、ケントはそれを無視しヒナに訊ねた。

「僕にしかできないことって何です？」

「いいかげんにしろ！」

山本が怒鳴った。

「こっちが大人の対応をしてるからってつけあがりやがって！」

「大人の対応が人を殴ったりピストルをちらつかせることなのかよ」

ヒナがいい返した。

「お前――」

山本が腰にさしていた拳銃をひき抜いた。ヒナの顔に向ける。

「今ここで、お前の脳味噌ぶちまけてやろうか」

ヒナの顔が白っぽくなった。

「王位を継承し、その上でベサールで選挙がおこなわれるよう、国内外に働きかけることです」

佐抜はいった。言葉をつづける。

「たとえ王様になっても、お父上のように国を治めるわけではなく、選挙で選ばれた人間に国政を委ねる、と宣言することだと思います」

「お前もかっ」

山本が拳銃を佐抜に向けた。

「やめなさい」

グオが首をふった。山本は驚いたようにグオを見た。

「しかし――」

「この世の中には、威したらいうことを聞く人と聞かない人がいる。この二人が聞く人なら、とっくに私たちの思い通りになっています。これ以上威すのは、王子に私たちを嫌いになれ、というのと同じです」

「そっちは少しは頭が回るようだね」

ヒナがいった。グオは不気味な笑いを浮かべた。

「わかってないね。威していうことを聞く人は賢い。だから生きのびます。聞かない人は馬鹿。馬鹿は死にます」

「二人を傷つけたら、絶対にあんたたちの言う通りにはならない」

ケントがいった。

「おやおや。王子に馬鹿が移りました」

グオはわざとらしく目をみはった。

「では、これ以上馬鹿が移らないように、この二人を今、殺してしまいましょう」

佐抜は息を呑んだ。グオの表情はまるでかわらない。

「やめろ！」

ケントが叫び、立ち上がった。

「この人たちは関係ない！」

山本が拳銃をケントに向ける。

「王子、不慮の事故で亡くなってもよろしいのですか」

「僕が死んだら、王位継承権は叔父さんにいく。そうなったら、あんたたちは困る筈だ」

ケントが胸を張った。佐抜は思わずケントを見直した。

「馬鹿じゃなかった」

驚いたように、しかし馬鹿にもしているようにグオがいった。

ケントはぶるぶると震えている。が、足を踏んばり、グオと山本を見つめた。

「この人たちを傷つけずに解放して下さい。そうすれば、あなたたちのいうことを聞いてもいい」

「ケント――」

ヒナが声を上げた。

「あなたたちを助けられなかったら、ベサールの人を助けることなんてできません」

「面倒ダナ。トリアエズコノ二人ヲ別ノトコロニ連レテイッテ殺スカ」

　グオが中国語でいった。山本は頷いた。

「我々カラ連絡ガコナケレバ、本物ノ警察ガ動ク。コノ場所ノコトヲ私ハ警察ニ教エタ」

　佐抜は中国語でいった。グオが驚いたように佐抜を見つめた。

「ワカルノカ」

「ワカラナカッタラココニイナイ。中国語モべさーる語モ話セルカラ、コノ任務ニ選バレタノダ」

　グオと山本は顔を見合わせた。

「ダガ、るーハオ前ヲ警察官デハナイトイッテイタ」

　山本が中国語でいった。流暢だが、佐抜と同じくネイティブではない。

「自分カラ身分ヲ明カスえーじぇんとガドコニイル」

　佐抜はいってつづけた。

「CIAハイナイガ、警視庁ノ部隊ガココヲ監視シテイル。ココガ新華僑ノ経営デアルコトモ最初カラワカッテイタ」

「嘘ヲツケ！　ダッタラナゼ、ノコノコヤッテキタノダ」

　山本が佐抜をにらみつけた。

「オ前タチノ活動ノ証拠ヲ握ルタメダ。日本政府ニトッテハ、王子ガべさーるノ王ニナルカドウカヨリ、中国ノすぱい活動ヲ阻止スルコトノホウガ重要ダカラダ」

　いいながら、案外、それが真実かもしれないと佐抜は思った。

　まさにその瞬間、佐抜の携帯が鳴りだした。

　山本とグオはぎょっとしたように佐抜を見つめた。

「突入スベキカドウカヲ確カメル、仲間カラノ電話カモシレナイ」

　佐抜はいった。

「ドウスル？　デテイイノカ？」

「でろ」

　山本がいって、拳銃を向けた。

「ただしわかっているな」

佐抜は携帯をとりだした。番号を見てどきっとした。谷口からだ。

「はい」

「谷口です。団地の脱出には成功されましたか」

佐抜は息を吸いこんだ。ここで谷口に真実を告げれば、撃たれるかもしれない。

「あ、母さん。今、仕事中なんだよ。仕事中に電話してきちゃ駄目だっていったろう」

とっさに佐抜はいった。谷口は黙っている。

「そうだよ。例の仕事。どうしたの。え、父さんの具合が悪い？　病院に連れていった？　そんなの、医者じゃない俺にわかるわけないじゃん。危ないと思うんだったら、それ相応のことをしないと！」

「話をできない状況にあるのですか」

谷口が訊ねた。

「そりゃそうだよ。待たせてるんだから、相手を」

佐抜は答えた。

「王子もそこに？」

「もちろん。決まってるじゃない。何度も同じことをいわせないで」

「対策を講じます」

「頼んだよ」

佐抜は電話を切った。山本が嘲るようにいった。

「お袋さんか」

「父さんの具合が悪いけど、どうしようかって。何でも電話してくる」

こんなにもすらすらと嘘をつける自分が不思議だった。子供の頃から嘘をつくのは苦手で、それで何度も損をした。

「平和だな。その平和に帰りたいだろう」

山本はいった。佐抜は山本を見つめた。

「あんたにだって帰りたい場所がある筈だ。我々を解放しなかったら帰れなくなる」

山本はグオを見た。

「コイツノイウコトヲドウ思ウ？」

中国語で訊ねた。

「嘘ダロウ。ダガ用心ノタメニココヲ離レタホウガイイカモシレナイ」

グオは答えた。

谷口がこの危機に対応してくれるなら、佐抜の携帯の位置情報でここをつきとめ警察官をよこす筈だ。

「デテイケバツカマル。ソレガ嫌ナラ、我々ヲ解放シロ」

佐抜はいった。山本は深々と息を吸いこんだ。グオが上着から携帯をとりだした。

「ほてるノ人間ニ、周囲ヲ調ベサセヨウ」

携帯を操作し、耳にあてた。

「私ダ。コノホテルヲ見張ッテル者ガイナイカ、確カメテクレ。ソウダ。モチロン、日本ノ公安ニ決マッテイルダロウ！」

命令口調で告げ、電話を切った。

「どうなってるの？」

ケントが訊ねた。

「僕たちを解放しないと警察が踏みこんでくると彼らに教えたのですが、信用してくれません」

佐抜はいった。ケントは一瞬目をみひらいたが、

「そうなんだ」

と頷いた。

「いずれにしても、王子には今ここで自筆の宣言書を作っていただきたい」

山本がいって、部屋のライティングデスクから便箋をとりあげ、ペンといっしょにケントにさしだした。

「王位を継承しないと書いてサインしていただきたい。断れば、ベサール国民が今ここでひとり死ぬかもしれない」

ケントはヒナを見やった。

「そんな――」

「威しに決まってる。ケント、聞くな」

ヒナがいった。

「お前は黙ってろ。それでなくともぶち殺したくてうずうずしてるんだ。それ以上よけいなことをいったら撃つ」

山本は拳銃をヒナに向けた。ヒナはくやしげに口をつぐんだ。

「さあ」

ケントは便箋とペンを受けとった。

「そこの机で書いてもらいましょう」

立ちあがったケントが佐抜を見た。ここは時間稼ぎをする他ない。佐抜は頷いてみせた。

ケントはライティングデスクの椅子にかけた。

「何て書けばいいの？」

「では私がいう通りに書いて下さい。『私、アリョシャ・ケントは――』」

ケントがペンを動かした。

「『父、アリョシャ・イグナ六世の死去に伴うベサール国王位の継承を拒否いたします』」

「ええと、けいしょうってどんな漢字？」

山本が舌打ちし、デスクに歩みよった。ケントから便箋を奪い、

「じゃあ手本を書くから、この通りに書いて」

拳銃を腰にさしてデスクにかがんだ。

その瞬間、ヒナが長椅子からとびだした。背後から山本の首に右腕を回し、絞め上げる。佐抜を見た。

「カツロー！」

佐抜は山本の右手にとびついた。拳銃をひき抜こうとする手首をつかみ、捻りあげる。

バン！　と大きな音がして思わず身を縮めた。グオだった。手にした拳銃を天井に向けていた。

全員が凍りついた。天井に丸い小さな穴が開き、パラパラと漆喰(しっくい)が落ちた。

「馬鹿ハヤメロ」

ヒナと佐抜は山本の体から手を離した。山本の顔はまっ赤だ。

「この――」

ヒナに殴りかかろうとしたとき、デスクにおかれた部屋の電話が鳴りだした。山本は手を止めた。グオと顔を見合わせる。

「誰ダ」

グオがいった。

山本が鳴っている電話を見つめ、手をのばした。受話器をとると耳にあてた。

「もしもし」

相手の言葉を聞き、

「ちがいます」

と答えて、受話器をおろした。

「マチガイ電話ダ。ちんサンノ部屋カ、ト訊カレタ」

中国語でグオに告げた。

「オカシイ。マチガイ電話ナドカカッテクル筈ガナイ」

グオがいって、携帯をとりだした。操作し、でた相手に、

「今、コノ部屋ニカカッテキタ電話ハドコカラダ?」

と訊ねた。

「外カラ? 『601』号室にツナゲトイッタノカ。ワカッタ。ソレデ、外ノヨウスハドウダ?」

グオは佐抜をにらんだ。

「怪シイ者ハイナイ。ソウカ」

携帯をおろし、山本に告げた。

「監視スル者ハイナイトイッテイルガ、トリアエズココヲ離レヨウ」

「ソウシヨウ。車ヲ用意スル」

山本はいって、ヒナをにらんだ。

「あとでたっぷり後悔させてやるからな」

部屋をでていった。どうやらこの二人もホテルの駐車場に車を止めたようだ。

拳銃を手にしたグオがヒナに命じた。

「床にすわりなさい」

佐抜にも命じる。ヒナと佐抜は言葉にしたがった。

グオはライティングデスクに向かったケントをふりかえった。

「つづきを書きなさい」

「だから漢字が書けないんです」

「平仮名でいいです。書きなさい」

「私、アリョシャ・ケントは——そのあとはどう書くんでしたっけ」

佐抜は感心した。ケントはうまく時間稼ぎをしている。本当に文章を忘れただけかもしれないが、今はそのほうがありがたい。

「ええと、父の死に伴う——」

「え、アリョシャ・イグナ六世って書かなくていいのですか」

ケントが訊き返すと、グオはいらだったように、

「書きなさい」

と答えた。

「父、アリョシャ・イグナ六世の死に伴う、あ、死去に伴う、か」

ケントはいって書きかけの便箋をちぎった。

「初めから書き直さなきゃ」

グオはそれを無言で見つめている。手にした拳銃はヒナと佐抜のほうを向いていた。

「――死去に伴うのあとは何でしたっけ。ベサール国王のけいしょう、けいしょうは平仮名でいいんですね」

ケントが書くのを見て、佐抜はいった。

「国王位の継承です」

「あっ」

ケントは顔をしかめ、佐抜を見やった。

「また初めから書き直しだ」

佐抜は頷いた。が一方で不安になった。宣言書を手に入れたら、ケントを殺してもいいとグオは考えるかもしれない。

再び便箋をちぎるケントを、グオは苦虫をかみつぶしたような表情でにらんでいる。

部屋の電話が鳴った。グオが受話器をつかんだ。

「モシモシ……。チガウトイッテルダロウ！　コノ部屋ニ、ちんナドトイウ者ハイナイ。ふろんとデ確カメロ！」

中国語で相手を怒鳴りつけ、受話器をおろした。

佐抜は時計を見た。山本がでていってから十五分以上がたっている。地下駐車場から車をだすだけにしては長くかかっていた。

「山本さん、遅くないですか」

佐抜はいった。グオはぎょっとしたように佐抜を見た。

「車をだすだけなら五分もあればすむでしょう」

グオの表情は、同じことを考えていたのを物語っている。

「もう、つかまったんだ」

ヒナが話を合わせた。

「あんたも逃げないとつかまるよ」

「黙りなさい」

グオは携帯をとりだし耳にあてた。山本を呼んでいるようだ。

「デナイ。クソッ」

中国語で吐きだした。

グオは息を吸い、何かを考えていたが、不意にすわっているケントの腕をつかんだ。

「立ちなさい」

「何？　どうするの」

ケントは怯えた顔になった。

「私ときなさい」

「嫌だよ」

「よしな。逃げられないよ」

いったヒナにグオは銃口を向けた。

「喋るな」

佐抜の携帯が鳴りだした。グオが佐抜を見た。

「どうしますか。でますか。でなかったら警官隊が突入してくるかもしれません」

グオは目をみひらいた。

「でなさい」

携帯を見た。杉本教授だ。この局面で、と思ったが、芝居をするしかない。

「もしもし」

「その後、どうなっておるかね」

「はい。スナイパーの配置が完了した。わかりました」

「はあ？」

グオの表情がこわばった。

「ホテルをでてきたら狙撃する――」

「もしもし佐抜くん、何をいっておるんだ。大丈夫か」

「我々を解放すれば撃たない。わかりました。そう伝えます」

「佐抜く――」

電話を切り、グオの目を見返した。中国語で告げた。

「ココハ完全ニ包囲サレテイル。王子ヲ連レテ逃ゲヨウトスレバ、狙撃手ガ撃ツ」

グオは目を大きくみひらいた。

「助カリタケレバ、我々ヲ解放シロ」

「私ハドウナル？　拘束スル気カ」

佐抜は息を吸いこんだ。

「ソレハ私ニハワカラナイ。ダガオ前タチダケナラ、ツカマエナイカモシレナイ。国際問題ニナルノハ、オ互イ避ケタイダロウカラナ」

グオは唇をかみしめた。

「急イダホウガイイ」

「クソッ」

書きかけの宣言書をつかみ、上着につっこんだ。

「オ前タチ、動クナ」

「動かないで下さい」

佐抜は通訳した。

「もちろん。動くわけないじゃん」

ケントがいった。

グオは部屋の扉ににじりよると細めに開き、廊下をうかがった。

「部屋ヲデルナ。デテキタラ撃ツ」

銃を佐抜に向け、いった。

「部屋をでたら撃つといってます」

「わかったよ」

ヒナがいった。

グオは扉のすきまから廊下にでた。扉が閉まったとたん、佐抜は立とうとしてつんのめった。腰が抜けたように力が入らない。

「鍵、鍵をかけて」

床に両手をつきながらいった。ヒナが動いた。ドアの錠をおろし、チェーンロックもかける。

へなへなと佐抜はすわりこんだ。緊張が一気にほどけ、涙と笑いがこみあげてくる。

「どうしたの？　あいつ」

ケントがいった。

「逃げたんだろ。でもきっとつかまるよな」

ヒナはいって佐抜を見た。

「わ、わかりません」

「だってスナイパーがどうのこうのって——」

「嘘です」

「えっ」

「初めの電話は谷口さんでしたが、二度目は杉本教授からでした」

「じゃあ――」

「全部デタラメです。山本から連絡がなくて心配そうだったんで、グオをだましました」

「ええっ」

「だから鍵をかけてっていったんです。嘘がバレて戻ってきたら大変なんで」

「じゃ山本は、何をしてるの？」

「わかりません。ただ手間どっているだけかもしれません」

「警察はきてないの？」

ケントが訊ねた。

「それもわかりませんが、たぶんきていないのじゃないかと思います」

佐抜が答えたそのとき、部屋のドアチャイムが鳴った。三人は顔を見合わせた。

「ヤバい。戻ってきたのかも」

ケントがいった。

チャイムが何度も鳴らされた。

「きっとあいつらだよ。開けちゃ駄目だ」

「開けるわけないじゃん」

ヒナがいって、扉に近づいた。

「気をつけて。ドアごしに撃たれるかもしれません」

佐抜はいった。立ちたいのだが、まだ膝（ひざ）に力が入らない。

ヒナがドアスコープをのぞきこみ、

「あっ」

と叫んだ。ドアロックとチェーンを外し、扉を開けると、外にいた人物を部屋にひっぱりこむ。

ルーだった。

ヒナはドアロックとチェーンをかけ、ルーを扉に押しつけた。

「おいおいおい――」

ルーは首をすくめ、いった。

「助けにきたのに何すんだよ」

「助けにきただ？　あたしらのことを売っておいて」

ヒナは殴りかからんばかりだ。

「あれは作戦だ。そうしなけりゃあいつらはＢＬＣの会議に押しかけてきかねなかった」

「嘘つけ。金もらってたじゃないか」

「もらわなけりゃ不自然だろう」

ルーはにやにや笑いながら答えた。

「信用できない」

「だったらなぜ俺が戻ってくるんだよ」

ヒナはフンとそっぽを向いた。

「なぜです？」

佐抜は訊ねた。

「王子を本物の会議に連れていくためさ」

ルーは答えた。

「えっ」

「でも外にはあいつらがいる」

ケントがいった。

「駐車場に降りてきた奴はぶん殴って縛りあげた」

ルーがいったので全員が驚いた。

「ピストルをもっていたのに？」

ヒナがいうと、

「これか？」

ルーは着ている上着の裾をめくって、腰にさした拳銃を見せた。

「あいつは俺のことをナメきっていたからな。軽トラの調子がおかしくて走らないといったら、鼻で笑いやがった。そんでうしろを向いたところをぶっ叩いてやった」

「で、今どこに？」

「縛ってサルグツワかまして、軽トラの荷台に転がしてある。シートをかぶせといたから、当分見つからない。かわりに――」

ルーはポケットからキィホルダーをとりだした。

「あいつらの車を借りる」

佐抜はヒナと顔を見合わせた。

「本物の会議はどこでやってるの？」

ヒナが訊ねた。

「押上（おしあげ）のホテルだ。スカイツリーのそばだ」

ルーの答を聞き、ヒナは佐抜を見た。

「どう思う？　あたしはまだ信じらんないのだけど」

「でもこの部屋にずっといるわけにはいきません。そうだ――」

佐抜は携帯をとりだし、谷口にかけた。

「谷口です」

「今、どちらですか」

「警視庁におります。皆さんの救出について、関係者と策を練っているところです」

落ちつきはらったその口調に、思わずため息がでた。まだ何もしてくれてない。

「皆さんのいらっしゃる場所はわかりました。錦糸町のホテルですね。所管する本所（ほんじょ）警察署の地域課に調査を要請するところでした」

そんな段階かよ。佐抜は天を仰いだ。

「電話をかけてこられたところを見ると、状況がかわったのですね」

「我々はホテルをでます。いく先は押上のホテルです。そこで開かれているＢＬＣの会議に参加します」

何が起こったのかを説明するのは時間が惜しい。佐抜は告げて、電話を切った。

「いきましょう。あの人たちはアテになりません」

ヒナは頷いた。

「でも、もうひとりの中国人は？」

ケントがいった。

「賭（か）けだけど、逃げたと考えよう。いてもさすがに表じゃピストルは使えないだろうし」

ヒナが答えた。

「よし、決まりだ。いくぞ！」

ルーがいった。

まずルーが廊下のようすをうかがった。グオの姿はない。全員でエレベーターに乗り、地下駐車場まで降りた。そこにもグオの姿はなかった。

ルーがキィを奪った車は、黒のセダンだった。これなら四人で乗れるし、カーナビゲーションもついている。

ハンドルはルーが握った。地下駐車場のゲートは、佐抜がもっていた軽トラの入場券でくぐる。

地上にでると、佐抜はあたりを見回した。ホテルの周囲にもグオはいない。

「叔父さん、ホテルまでいける？」

後部席でケントと並んですわるヒナが訊ねた。

「都内の道は任せておけ。廃品回収でさんざん走り回ったからな」

佐抜の携帯が鳴った。杉本教授からだ。

「先生、さっきはすみませんでした。つかまっていて、危なかったんです」

「だろうと思った。一一〇番すべきか悩んで、もう一度かけてみることにしたんだ」

教授はいった。佐抜は起きたことを説明し、押上のホテルに向かっていると告げた。

「私もいこう」

杉本教授はいった。

「先生が？」

「君らだけでは心配だ。同じ東京だし、ベサールについていろいろ知る機会だからな。これからタクシーで向かう」

教授はいって、電話を切った。

「杉本教授が押上のホテルまでくるそうです」

佐抜はいった。

「誰だって？」

ルーが訊いた。

「いいんじゃない。ひとりでも多いほうが、何かあったとき安心だ」

ヒナがルーを無視していった。

二十四

夜ということもあり、錦糸町から押上のホテルまで十分とかからずに到着した。近くのコインパーキングに車を止め、四人はホテルに向かった。

「今度は本当なんだろうね」

ロビーの扉をくぐりながらヒナが念を押した。

「本当だ。ほら、マハドがいる」

いってルーが指さした。言葉通り、ロビーのソファにマハドがいた。マハドは四人を見ると腰を浮かせた。

「マハドさん！」

「王子」

「無事だったんだ」

ケントの言葉にマハドは頷いた。

「自治会に連れていかれる私を見ていた人が皆に知らせてくれた。それで自治会に人がいっぱい集まって、私を解放しなければならなくなった」

いって、マハドはルーを見た。

「ウマクイッタヨウデスネ、まねーじゃー」

べサール語でいった。マネージャーは英語だ。

「まねーじゃー？」

ヒナが訊き返した。マハドは頷いた。

「BLCノ日本支部長ダ」

「嘘ダロ」

ヒナは目を丸くした。

「日本ニ一番長クイルトイウ理由ダケデ、支部長ニサレタンダ」

ルーが首をふり、マハドに訊ねた。

「ソレデ会議ハドウナッテイル？」

「めんばーハホトンド揃ッテイマス」

マハドは答え、ケントを見た。

「皆、王子ノ参加ヲ待ッテイル」

「ケントさん――」

佐抜はケントを見た。ケントは頷いた。

「ちゃんとやる。王位を継承した上で、選挙で選ばれた人にべサールの政治を任せるって宣言する」

そのときヒナの携帯が鳴りだした。液晶画面を見たヒナがいった。

「あいつらだ」

佐抜が止める間もなく、ヒナは耳にあて、

「ざまを見ろ！」

といった。直後、表情がかわった。

「何だって！　ふざけるな」

「どうしたんですか」

佐抜が訊ねると、無言でケントに携帯をさしだした。ケントは怪訝な顔で受けとった。

「あいつら、ケントが王位を継承したらお母さんを殺すって」

「えっ」

ケントは携帯を耳にあてた。

「もしもし――」

相手の言葉を聞き、ケントの顔が暗くなった。

「そんな……。どうしろっていうの？」

「山本ですか？」

佐抜が訊ねるとヒナは頷いた。

「あいつ、許せない」

「どうしたらお母さんを返してくれるんですか？」

ケントが山本に訊ねた。返事を聞き、

「ええっ」

と目をみひらいた。

「何といっているんですか」

「王位継承をしないという宣言をしろって」

ケントは答え、

「その上でお母さんと中国にこいって」

「絶対、ダメだ。中国にいったら何をされるかわからない」

ヒナが首をふった。

「あ、ちょっとその電話、かわってくれるか」

やりとりを聞いていたルーがいった。ケントは無言でさしだした。

「もしもし、ルーです。いやいや、さっきは悪かったね。ちょっと強く殴りすぎたかと思ってたが、無事なようでよかった」

山本の怒鳴り声が聞こえてきた。

「それはそうなんだがね、私にも立場があってね。あのまんま王子をあんたらに連れていかせるわけにはいかなかったんだ。え？　立場はね、ＢＬＣの日本支部長だよ」

再び山本が怒鳴った。

「そんなことより、あれだ。ケント王子を中国が脅迫して、王位の継承を断らせたなんてことが国際社会に公になってもいいのかね。ただでさえ、西側での評判はよくないのに」

ルーは淡々といった。

「え？　何だと。またまた。本当かね？」

あきれたようにルーはいった。

「だがそれが真実なら、あんたらは中国にマイナスになることをしている」

やりとりの意味がわからず、佐抜はルーを見つめた。ヒナも無言で聞いている。

「なるほどね。確かにそういう理屈もある。だが山本さん、あんたは日本人だろう。日本人としてはどう思うんだ」

山本の返事を聞き、ルーは息を吐いた。

「そうかね。私は日本人をとても信用していたんだが、あんたのような人もいるということか。残念だな。わかった、わかった」

ルーは携帯をケントにさしだした。マイクを手でおおい、

「とりあえず考える時間をくれといいなさい」

と告げた。

携帯を受けとったケントは、ルーの言葉をそのまま口にした。

「はい。十分？　十分間ですか。はい、わかりました」

携帯をおろし、

「十分だけ、考えろって」

三人を見回し、ケントはいった。

「奴は何だといってるの？」

ヒナがルーに訊ねた。

「自分たちは中国政府の人間じゃない。グオは愛国者で、中国のために動いている、というんだ」

「そんなの信じられない」

「まあ五分五分だろうな。中国政府のエージェントにしては、確かにやりかたが強引だ。仮に政府のエージェントだとしても、強硬な一部門だけが動いている、ということもありうる」

「国際社会の批判に対しては、何だというんです？」

佐抜は訊ねた。

「アメリカや日本、一部の西側の国が中国を悪者にしたてようとしている、と。これまでは発展途上国

だと見下していたのに、急速に国力をつけたのが気にいらないのだろう。それでことあるごとに難癖をつけてくるのだというのだ。まあ、私から見ても、そのきらいはなくはない。日本にいると、まるで世界中が中国を嫌っているような雰囲気だが、実際は中国と仲のいい国もたくさんある。中国とベサールが仲よくなることが必ずしもマイナスになるとは限らん」

「支部長（マネージャー）！」

マハドが責めるようにいった。

「山本は何といったの？」

ヒナが訊いた。

「日本人だが、国際社会なんかどうでもいい、と。中国もベサールも関係ない。金になるなら何でもする、というんだ」

「最悪だな」

ヒナがつぶやいた。佐抜はうつむいた。

「日本人としても申しわけなく思います」

「どこの国にもクズはいる。いない国などありません」

マハドがいった。

「おお、ここにおったか！」

大きな声がして、佐抜はふりかえった。杉本教授だった。

「先生！」

「どなたかな」

ルーが訊ね、佐抜は皆に大学の恩師だと紹介した。元大学教授と聞き、全員、感心したような目を向けた。

「会議はまだ始まっておらんのかね？」

訊ねた教授に佐抜は手短に状況を説明した。山本とルーのやりとりも話す。

「なるほど。それは十分に考えられる。たとえエージェントだとしても、あくまで民間人の身分で活動をしていて、何かあったときの非難を回避するという点では、君らの立場とまったく同じだ」

いって、教授はヒナを見た。

「ええと、あんたがレッド――」

「パンサーです」

大急ぎで佐抜はいった。

「そうだった。それで、どうするのかね」

杉本教授はケントに目を移した。

「どうすればいいんだろう。お母さんを見殺しにはできないし、だからって中国にもいきたくない」

「監禁に脅迫と、これは立派な犯罪だ。警察に届ければいい」

教授はいった。佐抜は携帯をとりだし、谷口にかけた。

「谷口です。警視庁との調整がついて協力を得られることになりました」

応(こた)えるなり、明るい声で谷口はいった。どこかズレてる、と佐抜は思った。それはたぶん、谷口がケントよりも各省庁との関係のほうを重要視しているからだろう。

「ではすぐに王妃を救出して下さい。たった今電話があって、王子が王位を継承したら王妃を殺すという脅迫がありました」

谷口は一瞬沈黙し、訊ねた。

「脅迫をしてきた人物の電話番号はわかりますか」

佐抜はヒナを見た。

「山本の電話番号はわかりますか」

ヒナは首をふった。

「『非通知』でかけてくる。『非通知』だから、あいつらだってわかるんだ」

「『非通知』だそうです」

「かけてくるのは、今お使いになっている電話ですか？」

「これではなく潮さんの携帯です」

「潮さんの携帯の番号を教えて下さい」

佐抜はヒナに訊ねた。教わった十一桁(けた)の番号をそのまま谷口に伝える。

「携帯キャリアに要請し、山本の番号と位置情報を調べてもらいます」

ようやく頼りになりそうなことを谷口はいった。

「それで脅迫にはどう対処すればいいでしょう。王子の返事を求める電話がすぐにかかってきます」

「時間稼ぎをして下さい。実際に王妃の命を奪ったら、交渉の材料を向こうは失うことになる。殺すことはありえません。あくまで威（おど）しだと考えるべきです」

　すべてをわかっているような口調で谷口は答え、佐抜は反発を覚えた。きっと谷口本人は、人に威された経験などないのだろう。

「そう簡単にはいきません。実際に王妃は人質にされているんです。それに連中はピストルをもっています」

「ピストルを？」

「ええ、錦糸町のホテルの部屋で撃つところを見ました」

　谷口は再び黙ったが、

「わかりました。所轄署では対応できない事案のようです。専門のチームの出動を要請します。佐抜さんは王子と協力して、時間を稼いで下さい」

　告げて、電話を切った。

「役人は何といっている？」

　杉本教授が訊ねた。

「ヒナさんの番号から、山本の携帯の位置情報を割りだすそうです」

　佐抜が答えると、

「それで僕はどうすればいいの」

　ケントが訊ねた。

「時間稼ぎをしてくれ、と。お母さんを殺してしまったら、交渉の材料がなくなる。だからこれはあくまで威しだというんです」

「そんなの、わかんないよ。あいつら相当カッカしているからね」

　ヒナがいった。

「連中が中国政府の工作員だったら確かに王妃を殺すような愚は犯さんだろう。だがただの愛国者と金で雇われたゴロツキなら怒りに任せて何をするかはわからん」

　教授がいった。

「じゃあどうするの？」

「まずは会議にでて下さい」

マハドがいった。

「いや、それは待ったほうがいい」

教授がいった。マハドの表情が険しくなった。

「あなたは関係がない。王子に指図をしないで」

「叔父さん」

ヒナがルーを見た。ルーは腕を組んだ。

「難しいな」

「マネージャー」

マハドが非難するようにいった。

「会議には、いったい何人の人がきているのですか」

佐抜は訊ねた。

「ベサール国民が何人かと、ＢＬＣの支援者。こちらが呼んだマスコミです」

「支援者って？」

ヒナが訊いた。

「フィリピンやボルネオなどの周辺国で、ベサールの民主化活動に理解を示している人々です」

「大使館員とかかね？」

教授が訊ねるとマハドは答えた。

「ふつうの市民で友人や親戚がベサールにいる人たちです」

「マスコミというのは？」

「インターネットに日本の記事を書いている、インドネシアやベトナムのフリー記者です」

「新聞とかテレビはいないのですか」

佐抜の問いにマハドは首をふった。

「連絡したのですが、無視されました」

佐抜は息を吐いた。マハドはつづけた。

「ＢＬＣは知名度が低いのです。しかしインターネットにニュースは流せます。王位継承が宣言されれば、クワンも無視できない」

「どう思います？」

佐抜は教授を見た。そのとき、ヒナの手の中で携帯が鳴りだした。

「あいつらだ」

画面を見たヒナがいった。

「どうする？」

「貸して下さい！」

佐抜はいった。ここはとにかく時間を稼ぐ他ない。

「もしもし」

佐抜はヒナの携帯に応答した。

「お前か」

山本がいった。

「王妃が死んだら、お前の責任だぞ。王子はどうした?」

「BLCに連れていかれました」

「何だと?!」

いったいどこまで自分は嘘がうまくなるのだろう。次々に嘘が思い浮かぶ。

「BLCは無理にでも王位継承宣言をさせるつもりです」

ルーとマハドがあぜんとして佐抜を見た。

「ふざけるな。本当に人が死ぬぞ」

「それを止めるにはあんたたちの協力が必要だ」

「何?」

「王妃に王子と話をさせて下さい。母親にいわれれば、王子も宣言を思いとどまる筈です」

山本は黙った。

「それとも王妃はいないのですか」

「王子を王妃と話させるよう手配はできる。だがそのあいだに王子が宣言をしたらどうする?」

「それは我々が食い止めます」

「どうやって食い止める?」

「BLCと交渉します。でも急がないと。王子が王位継承宣言をしたら、そのニュースはすぐにインターネットで流れます」

「なぜだ」

「インターネットニュースの記者が待機しているんです」

「くそ。どうしろってんだ」

「王妃はそこにいるんですか」

間が空いた。

「ここじゃない、別の場所だ」

「じゃあ王妃のところにいって、王妃からこの電話にかけてもらって下さい。王妃に説得を頼むんです。

どれくらい時間がかかりますか」

「さ、三十分くらいかな。いや、余裕をみて一時間だ。どうだ、一時間、宣言をひきのばせるか」

「それくらいなら何とかなると思います」

「何とかなるじゃ駄目だ！　王妃が死んでもいいのか」

　山本は叫ぶようにいった。

「王妃が死ねば、王子は決してあなたたちのいう通りにはなりません。それに忘れないで下さい。警察が動いています。人殺しをしたら逃げられない」

「連絡を待て」

　いって山本は電話を切った。

「頭いいな、カツロー」

　感心したようにヒナがいった。

「悪者にされたが、しかたないか」

　ルーが首をふった。

「一時間待て、といわれました。そのあいだに警察があいつらの居場所をつきとめ、王妃を助けだしてくれるといいのですが」

　佐抜はいった。

「ウマクイクト思ウカ」

　マハドがベサール語でルーに訊ねた。

「ワカラナイ。ダガ王妃ガ向コウノ人質ニナッテイル間ハ、無理ハデキナイ」

「お母さんを連れてきてもらえばいいんだ」

　ケントがいった。全員がケントを見た。

「お母さんを連れてきたら、僕が王位継承を断る、というのはどう？」

　マハドの顔が再び険しくなった。

「もちろん嘘だよ。時間稼ぎの第二弾として」

　ケントがいうと、少しやわらいだ。

「信じるかな」

　ヒナがいった。

「わからんが、この一時間のあいだに王妃を救出できなかったら、そうせざるをえんだろうな。王妃を人質にとられている限り、脅迫はつづく」

　杉本教授がいった。

「とりあえず会議場にいきませんか。皆が待っています」

マハドがいった。

会議場はホテルの最上階にあるバンケットルームだった。ニュースなどで見る記者会見場のように長テーブルと椅子が並び、正面に雛壇（ひなだん）がある。三脚に載ったビデオカメラがすえられ、そのかたわらでパソコンを開いている外国人が二人いた。

長テーブルにはぱらぱらと人がいた。ざっと十人くらいだろう。

六人が会議場に入っていくと、低いざわめきが起こった。

「王子ダ」

「アレガソウナノカ」

ベサール語のつぶやきが聞こえる。六人は空いている最前列の長テーブルにすわった。

マハドが雛壇にあがった。

「BLCのマハドといいます。少し待って下さい」

マイクに告げた。全員が注目している。マハドは困ったように咳（せき）ばらいをした。


「何ヲ待ツノデスカ」

「王位継承宣言ヲシナイノカ」

ベサール語の問いが飛んだ。

「イヤ、事情ガアッテ、今スグハデキナイ」

マハドが答え、額の汗をぬぐった。

「すみません。会見は日本語で、お願いシマス。ベサール語は、わからないので」

パソコンを操作していた男のひとりがいった。インドネシア人のようだ。マハドは頷いた。

「わかりました」

「会見が遅れている理由は何ですか？」

かたわらの、おそらくベトナム人の男が訊ねた。流暢（りゅうちょう）な日本語だ。

「ええと、それは……」

マハドが佐抜を見た。佐抜は首をふった。うかつなことをいって、それがインターネットに流れれば、王妃の身が危ない。

「すみません。それはちょっといえません」

マハドは答えた。

「王子はそこにきていますよね。でも記者会見ができない理由は何です」

ベトナム人が鋭くつっこんだ。マハドは口をつぐんだ。

「もしかすると王位継承に関して、王子とＢＬＣのあいだで合意ができていないのですか」

会場にざわめきが起こった。日本語でのやりとりがよく理解できていない出席者のために別の者が通訳する声も聞こえる。

「いや、それは――」

マハドが言葉に詰まった。

「先生」

佐抜は杉本教授のわき腹をつついた。

「何かね」

「ここは先生から、我が国とベサールとの関係について、まずレクチャーをしてあげてはどうでしょう」

「ああ？」

教授はあっけにとられたように訊き返した。

「時間稼ぎです。このままじゃもちません」

佐抜は小声でいった。

「私が、か」

「授業を思いだして下さい」

「それなら、まあ……」

「すいません！」

佐抜は手を挙げた。全員の注目を浴び、顔がかっと熱くなる。もつれそうになる舌をけんめいに回し、告げた。

「ここに、城東(じょうとう)大学の元教授で、ベサールの歴史に詳しい国際政治学者の杉本先生がきておられます。王子の記者会見の前に、杉本先生から、現在のベサールと日本の関係についてお話をうかがってはどうでしょう」

「おいおい――」

教授はつぶやいたが、マハドの顔がぱっと明るくなった。

「それがいいです。お願いします」

雛壇に教授を手招きした。

「やれやれ」

教授はつぶやき立ち上がった。首をふりながら、雛壇に腰をおろす。

「突然のご指名で驚きましたが、ベサールについて知る日本人は少ないと思いますので、この機会にお話しします」

「でも、ここに日本人、いませんよ」

ベサール人のひとりがいった。

「インターネットでは、おおぜいの日本人が見ます。日本人を含め、なるべく多くの人が見たほうがいいのじゃないですか？」

佐抜はベトナム人とインドネシア人を見ていった。二人は頷いた。

「それはとても大事デス」

インドネシア人がいった。

「では――」

教授は咳ばらいをした。

「まずベサール王家の歴史と、太平洋戦争前、戦中、そして戦後における日本とのかかわりについてお話をしたいと思います」

「本当に大学の先生みたいだ」

感心したようにヒナがいった。

「本当の先生です。でも授業ではしょっちゅう脱線するんで、学生に人気がありました」

佐抜は小声で答えた。

「脱線するのに人気があったの？」

「だってそっちのほうがおもしろいじゃないですか」

「なるほど」

杉本教授の授業は始まった。さすがに慣れたもので、言葉に詰まることはない。かたわらのマハドも感心したように聞いている。

初めのうちはあきれたような表情を浮かべていたベサール人の出席者も、途中からは身を乗りだした。

教授の話は身ぶり手ぶりを交え、聞いている者を飽きさせない。その上、ベサールには資源国としての未来があるという〝信念〟に裏打ちされているので、聞く者に希望を与える。

ヒナの携帯が鳴った。画面を見るなり、ヒナが佐抜に頷いてみせた。佐抜はケントに合図し、二人は会議場を抜けだした。

ヒナから借りてきた携帯を、ホテルの廊下で佐抜は耳にあてた。

「もしもし」

「王子はそこにいるか」

山本が訊ねた。

「います」

「かわれ」

「待って下さい。まず王妃と話したい」

山本は息を吐いた。

「もしもし」

女の声がいった。

「ケントくんのお母さんですか」

「そうです。あなたはどなたですか」

問いには答えず、

「お待ち下さい。今ケントくんにかわります」

とだけ告げて、佐抜は携帯をケントに渡した。ヒナの携帯の調子が悪くスピーカーホンにできないのがもどかしい。だがそのおかげで、自治会にとらわれていたヒナを助けだすことができたのだと思い直す。

「もしもし、お母さん？」

電話をかわったケントがいった。どうやら本物の王妃のようだ。

「うん。大丈夫だよ。お母さんこそどうなの？」

佐抜はケントの顔を見つめた。

「そうなんだ。それで今どこにいるの？」

訊いたとたん、ケントの顔が曇った。

「もしもし、もしもし――」

どうやら答を得られなかったようだ。

「ああ、びっくりした。急に聞こえなくなるんだもん。それで王位のことだけど、え？」

ケントの表情が真剣になった。

「でもお母さん――。もしもし、もしもし」

ケントは呆然(ぼうぜん)として、携帯を耳から離した。

「どうしたんです？」

「王位のことをいったら、お母さんが、『あんたが決めなさい』って、そうしたらいきなり切れちゃったんです」

ケントの手の中で携帯が再び鳴った。

「もしもし」

ケントが耳にあて、相手の話を聞くと佐抜にさしだした。

「かわれ、と」

佐抜は受けとった。

「かわりました」

「王妃は死んでもかまわないようだ。親子そろって馬鹿な奴らだ」

吐きだすように山本がいった。

「王妃を殺したら、王子は絶対に中国のいいなりにならなくなる。そうなれば困るのはあんたたちだろう」

佐抜はいった。

「しかたがない。そうだな、王妃の指を一本ちょん切ってみるか。そうすりゃ二人とも考えがかわるかもしれん」

ぞっとするようなことを山本はいった。

「待った。そんなひどい真似をしなくても、王位継承を防げる」

佐抜がいうと、山本はあきれたような声をだした。

「おいおい、お前はいったいどっちの味方なんだ?」

「どっちの味方でもない。誰も傷つかずにことが収まってほしいだけだ」

「なるほど。それが日本政府の本音か」

どうやら山本はまだ佐抜をエージェントだと信じているようだ。

「で、どうやって防ぐ?」

山本は訊ねた。

「さっき王子に書かせようとした宣言書と王妃を交換するんだ。王妃をここまで連れてきたら、それができる」

「ふざけるな。お巡りが山ほど待ってるって寸法だろう。そんな罠にはまってたまるか」

「でもこのままでは、お互い欲しいものが手に入れられない」

「王位を継がない、と王子がインターネットで宣言したら、王妃を放してやるよ」

「駄目だ。そのあとは王妃を人質にして、王子を中国に連れていくつもりだろう。王妃を解放しない限り、あんたたちのいう通りにはならない」

佐抜がいうと山本は黙った。どうやら図星だったようだ。

「王妃を連れてこっちにくれば、王子は王位を継承しないと宣言するといっている。ここにはインターネットニュースの記者がいるから、すぐにネットに流れる」

「お巡りはどうなんだ」

「警官はいない。もしいたら、途中で引きあげればいい」

山本は黙った。やがて、

「あとでもう一度かける」

と告げ、電話を切った。

佐抜の携帯が鳴った。谷口だ。

「残念な知らせです。今もかかってきた電話ですが、相手は特殊な携帯で海外のキャリアを経由してかけてきており、電話番号と位置情報をつかむことができません」

「そんな……」

両膝から力が抜け、佐抜は壁に手をついた。

「とりあえず、警視庁の銃器対策部隊が待機していて、いつでも出動できる状態です。今おられる押上のホテルにさし向けることも可能です」

谷口はいった。

「いや、待って下さい」

佐抜はいった。今ここに警官隊がきたら王妃を助けられなくなる。

「警察官抜きでも事態の収拾が可能だとお考えですか？」

「いえ。ですが相手は警戒しています。警察官の姿を見たら王妃の身に危険が及びます。つい今も、いうことを聞かないなら王妃の指を切断すると威されました」

「ただの威しではなくて？」

谷口の言葉に佐抜はむっとした。

「それを確かめる方法があれば教えて下さい」

谷口はさすがに黙った。

「王子が王位継承をしないという宣言をすれば、王妃を返すといっています」

「信じられますか」

「信じられませんし、王子を威して中国に連れていく可能性もあります」

「中国にいかれたら、安否も含め一切の動向がわからなくなります。王妃の救出は、警察に任せる他ありませんね」

だったらなぜもっと早く警察を動かさなかったのだとなじりたいのを佐抜はこらえた。

ヒナの携帯が手の中で鳴りだした。

「あいつらからの連絡です。待って下さい」

谷口に告げ、佐抜はヒナの携帯を耳にあてた。

「はい」

「グオがそっちにいき、王妃は俺と待機する。王子が王位を継承しないと宣言をすれば、王妃を連れていく。ただし警官がひとりでもいたら、終わりだ」

山本がいった。佐抜は考え、告げた。

「宣言したら、王妃を解放するという保証はあるのか」

「どうしろというんだ」

「王妃もここに連れてきてほしい」

「馬鹿をいうな。刑事を張りこませているかもしれないのに、そんな危ないことができるか。心配しなくても王妃は解放してやる」

「駄目だ。さっきも言ったが今度は王妃を人質に、王子を中国に連れていこうとするかもしれない」

佐抜はいった。王妃と王子の二人の安全を確保しない限り、事態は収束しない。

それと同時にあるアイデアが浮かんだ。可能かどうかはわからない。が、ケントが王位を継承しないという宣言をしても、王妃が解放されるという確証はないのだ。とり返しのつかない宣言をさせられるくらいなら、試す価値はあるアイデアだった。

「中国にいったら夢のような暮らしができるとなれば、王子も心がわりするかもしれないぞ」

嘲(あざけ)りを含んだ口調で山本はいった。

「だったら、あんたたちがそう王子を説得したらどうだ？　王妃がこない限り、王子は宣言をしない」

「おい、俺たちを罠にはめるつもりか。王妃の身に何かあったら、責任をとれるのか」

　山本の声にすごみが加わった。

「罠なんかじゃない。王妃を無事に返してほしいだけだ」

「もし刑事がひとりでもいたら、その場で王妃は死ぬ」

「わかってる。あんたたちだって、その目で王子の宣言を見届けたいだろう」

　佐抜はいった。かたわらのケントが不安そうに見つめている。

　山本はしばらく考えていたが、訊ねた。

「会議場はどこだ」

　佐抜はホテルの名を告げ、

「最上階のバンケットルームだ」

と教えた。

「わかっているだろうが、もしお巡りがいたらその場で王妃は死ぬ。どんなにうまく変装していても、俺は刑事の匂いがわかるんだ」

「わかった」

　佐抜が答えると、山本は電話を切った。

　佐抜は自分の携帯を耳に戻した。山本とのやりとりを谷口に伝える。

「では、王妃を連れて、相手はそこにくるのですね」

「おそらく。でも早まらないで下さい。初めはようすを探りにくる筈です。刑事が張りこんでいるのがバレたら、王妃の身が危険です」

「もちろんわかっています。決して正体を見抜かれない形で警察官を派遣します」

「王妃の身に万一のことがあったら日本政府の責任です」

　佐抜がいうと、谷口は絶句した。

「そんな——」

「ひいては、僕やあなたの責任です。不測の事態が起これば、それがインターネットに流れます」

「佐抜さん！」

谷口の声がはね上がった。

「相手は二人だけとは限りません。用心の上にも用心を重ねないと」

谷口は黙っていたが、訊ねた。

「お訊きしますが、そこに外務省の関係者はいますか」

「いません。日本人は僕と、あとひとりです」

答えてから佐抜は妙な気分になった。ここは日本なのに、日本人は自分と杉本教授しかいない。ヒナも国籍上はベサール人だ。

「あとひとりというのは？」

「元大学教授の杉本先生です。僕の恩師でベサールの状況に詳しいので、きていただきました」

「すると、日本のマスコミや外務省の関係者がいても、不自然ではないということですね」

「むしろそうなってほしかったです」

佐抜が答えると、谷口は息を吐いた。

「おっしゃることはわかります。我々の勉強不足でした」

「勉強不足で人が死ぬのは勘弁して下さい」

自分の口からそんな皮肉がとびだすとは思わなかった。

「佐抜さんがあまりすぐれた仕事をなさるので、つい任せきりにしてしまった責任は、まちがいなく私にもあります」

「王妃を助けられなければ、何の役にも立っていないのと同じです」

「お言葉の通りです。民間人の佐抜さんにすべてを押しつけてしまったことをお詫びします」

インターネットに悪い評判が流れるのを警戒したのか、谷口の口調がかわった。

「今はそんな話をしているときではありません」

「そうでした。ただちにもろもろ手配します。またご連絡します」

告げて、谷口は電話を切った。

「どうなりました？」

訊ねたケントに、状況を説明した。

「じゃあ警察がくるんですね」

ほっとしたようにケントはいった。

「ええ。でも警官がいるとバレたらお母さんが危険です。ここはあいつらを安心させる必要があります」

「安心？」

佐抜は頷いた。

「それにはケントさんの協力も必要です」

「何をすればいいの？」

佐抜は大きく息を吸いこんだ。

二十五

ケントに〝計画〟を告げ会議場に戻ると、杉本教授の授業は佳境だった。全員が真剣に聞き入っている。

佐抜とケントが椅子にすわるのを見届け、

「――というわけで、ベサールと日本の国交が一日も早く復活することを私は願っております。今後のベサールの政治状況によっては、まったく新たな両国関係が樹立されることでしょう。そしてそれは、歴史的に見ても双方の発展に大きく寄与するものになると、私は信じています」

教授は授業をしめくくった。場内から拍手が湧いた。マハドは感動したように顔を紅潮させている。人々がいっせいに喋（しゃべ）りだした。

佐抜は二人のインターネットニュース記者を見た。二人は盛んにパソコンのキィを叩（たた）いていた。どうやら教授の授業もインターネットで流す気のようだ。

佐抜はケントとともに二人に近づいた。

「すみません。お二人にケント王子からお話があるそうです」

二人は驚いたように佐抜を見た。

「あなたは？」

ベトナム人記者が佐抜に訊（たず）ねた。

「佐抜といいます。民間人ですが、外務省の関係者に頼まれて、ケント王子の相談相手になっています」

「日本の方ですか」

「そうです。ベサール語を話せるので、この場に呼ばれました」

　佐抜は答えた。ベトナム人とインドネシア人記者の二人はケントを見つめた。

　やりとりに気づいたヒナがかたわらにやってきた。

「こんばんは」

　ケントが挨拶(あいさつ)をすると、

「宣言はいつされるのですか」

　ベトナム人記者は訊ねた。まだ二十代だろう。ひょろりとしていて黒縁の眼鏡をかけ、いかにもネットに強いという印象だ。

　ケントは佐抜を見やり、

「もう少したったらします。インターネットで流すのですか」

　二人は頷(うなず)いた。

「編集は？　それとも生中継ですか」

　佐抜は訊ねた。二人は同時に首をふった。

「ベトナム語の説明をつけます」

「私も同じデス。日本語だと、インドネシア人、わからないデスから」

「それはここでするのですか」

「いえ。家でします」

　ベトナム人記者が答え、インドネシア人記者も頷いた。

「何か問題でも？」

　ヒナが訊ねた。

「いえ、大丈夫です。ケント王子、宣言の前にこのお二人のインタビューを受けてはいかがですか」

「えっ」

「本当デスカ」

　二人の記者が目を丸くした。

「せっかくきて下さったんですから」

　佐抜がいうとケントは頷いた。

　二人は顔を見合わせた。

「こんなチャンス、初めてです。アクセス数が一気に増えます」

興奮したようにベトナム人がいった。

「じゃあ、こっちで」

ケントがいって会議場の隅のテーブルについた。

二人はカメラを抱え、近づいた。

会議場内の人々が気づき、それを囲んだ。

「どうしたのですか」

マハドが歩みよってきた。

「王子にインタビューをしてるんです」

「え？」

マハドは驚いたようにいった。

「それより、もうじきグオがここにきます」

「奴が」

「王子が王位継承をしないという宣言を聞き届けるためです」

「何ですって」

「そうしなければ王妃が殺されてしまいます」

マハドは唇をかみしめた。

「ここは奴らのいう通りにしましょう。王妃を助けるためです」

佐抜はいった。

「しかし……」

そのとき、会議場の入口から声がした。

「失礼します。〇〇テレビニュース班の者ですが、ＢＬＣの方はおられますか」

テレビカメラを抱えた男ともうひとりがテレビ局のロゴの入ったジャンパーを着て、会議場の入口に立っていた。二人とも「報道」という腕章を巻いている。

「こちらにベサールの新国王がおられるとうかがったのですが――」

その声に佐抜ははっとした。谷口だ。

「取材をさせていただいてよろしいでしょうか」

「テレビ局ですか！」

マハドが目をみひらいた。

カメラを抱えていないほうの男が谷口だった。谷口はめざとく、会場の隅でインタビューをうけているケントに気づいた。

「あの方がベサールの新国王ですか」

歩みよろうとするのをルーが止めた。

「まあまあ」

「あなたは?」

「BLCの日本支部長をしているルーです」

谷口は目をみはった。カメラマンはその間にテレビカメラをかまえ、ケントと周囲の撮影を始めた。

「新国王とはまだ呼べません。王位継承宣言をしていませんから」

佐抜は大声でいった。谷口が佐抜を見た。

「これからされるのではないですか」

「まだ少しかかります。関係者がきていないので」

佐抜は会場の入口を目で示して答えた。谷口は合点したように頷いた。

「外務省の人間のことをいっておられるのですね」

「外務省?!」

マハドが驚いたようにいった。

「外務省の人がくるのですか」

「ええ。そう聞いています。そもそもここのことも、外務省の記者クラブに詰めているうちの局の者から入った情報なので」

マハドとルーにカメラが向けられた。

「日本ノ外務省ニ知ラセタノカ」

ルーがベサール語でマハドに訊ねた。マハドは首をふった。

「私ガ知ラセマシタ」

佐抜はいった。

「王子ノ宣言ハ、外務省ノ人ガクルマデ待ッテモライマショウ」

「ソレガイイ。日本政府ノ者ガ立チ会エバ、正式ナモノニナル」

ルーがいうとマハドは頷いた。

「佐抜さんですな」

谷口が小声でいった。

「そうです」

「谷口です」

「だと思っていました」

佐抜が答えると谷口は感心したように頷いた。

「さすがですね。気づいておられたとは。で、王妃は？」

「まだです」

佐抜は首をふった。ルーとマハドに向き直り、ベサール語で告げた。

「王子ノ宣言ヲ聞イテモ驚カナイデ下サイ」

ルーとマハドの二人は佐抜を見つめた。

「何ノ話ダ？」

マハドが訊ねた。そのとき、会場に入ってくるグオの姿が見えた。

「待ッテ」

佐抜はグオに歩みよった。グオは鋭い目を佐抜に向けた。

「席について下さい。もうじき王子の宣言が始まります」

グオは答えず、会場を見回した。

「王妃ハドコニイル？」

佐抜は中国語で訊ねた。


「スグ近クダ。王子ノ宣言ガ始マッタラ、ココニ連レテクル」

グオは答えた。ヒナが勢いよく近づいてきた。今にもつかみかかりそうだ。

グオはボタンを留めた上着の前を叩き、首をふった。

「怪我をしますよ」

「こいつ――」

ヒナは立ち止まった。グオはヒナの腕をつかんだ。日本語でいう。

「いっしょに王子の宣言を見ましょう」

椅子に腰をおろす。ヒナは佐抜を見た。佐抜は無言で頷いた。

「ワカッテイルナ。妙ナ真似ヲシタラ、死人ガデル」

グオは中国語でいった。携帯をとりだし、目の前のテーブルにおく。

「宣言ガ始マッタラ、連絡スル」

ヒナはグオの隣に腰をおろした。佐抜はマハドをふり返った。

「皆さんにすわってもらって下さい」

ちょうどそのタイミングでケントのインタビューが終わり、二人の外国人記者がカメラをおろした。

「皆サン、スワッテ下サイ」

マハドが雛壇（ひなだん）から呼びかけた。ケントの周囲にいた人々が各テーブルに散った。

佐抜はケントに目配せした。ケントは頷き立ち上がった。

「コレカラ王子ガ宣言ヲ行イマス」

マハドがいった。佐抜の顔をうかがっている。佐抜は雛壇に歩みより、マイクに告げた。

「すみません。日本の外務省の人がここにきます。それまで待って下さい」

同じことをベサール語でくり返す。グオの目が厳しくなった。

「こちらもそのほうがありがたいです。外務省のコメントもとれますので」

谷口がいった。グオが手を挙げ、いった。

「外務省の人は何をしにくるのですか」

会場がざわついた。マハドがグオをにらみつけ、訊ねた。

「あなたは誰ですか」

「中国大使館で働いている者です。中国とベサールは友好関係にあります。ベサール国王が亡くなられたことを聞き、王子に弔意を伝えにきました」

涼しい顔でグオは答えた。

「中国大使館の人は呼んでいない」

マハドはグオから目をそらさず、いった。かたわらのルーがマイクをつかんだ。

「すみません、お名前を。私はＢＬＣの日本支部長をしているルーです」

「グオです」

「中国大使館でのお仕事は？」

ルーは訊ねた。

「何でもやります。雑用係です」

グオは卑下するようにいった。

「グオさん、よかったら前にきませんか。大使館の方なら、前のほうで宣言をお聞きになったほうがいいでしょう」

佐抜はいった。グオは目を細めた。何を企んでいる、といいたげな顔だ。

そのとき会場の入口に黒っぽいスーツ姿の人影が見えた。佐抜は目をみひらいた。阪東だった。阪東は小野といっしょだ。二人ともネクタイを締めている。

「あ、外務省の方ですか?」

佐抜はルーに歩みよるとマイクで呼びかけた。全員が入口をふりかえった。

阪東はぎょっとしたように立ちすくみ、

「そ、そうです」

と答えた。

「外務省のどこです?」

グオが訊ねた。

「アジア大洋州局です」

とまどったように阪東は答えた。

「あなたは?」

「中国大使館からきたグオと申します。アジア大洋州局の何課から、おみえですか」

「何課?」

阪東は訊き返した。

「アジア大洋州局には北東アジア課や中国・モンゴル課という課があります。そのどこからきたのかをうかがっているのです」

グオは真剣な表情で答えた。佐抜は不安になった。

「あ、その課ですか。私が所属しているのは、アジア大洋州局南部アジア部の南東アジア課です。ベサールを担当する部署です」

すらすらと阪東が答えたので、佐抜はほっとした。

「こちらでベサール新国王の即位宣言があるとうかがって、急遽参りました」

阪東はいった。

「それについては、王子御本人からお話があると思います。グオさんといっしょに最前列におすわり下さい」

佐抜がいうと、グオはヒナの腕をつかんで立ち上がった。

「わかりました」

ヒナが腕をふりほどこうとした。佐抜はヒナに目配せをした。ヒナは抵抗をやめ、グオと並んで最前列に移動した。

「失礼します」

阪東と小野がその横にすわった。阪東はヒナを知っている筈(はず)だが、挨拶はしない。

「お待たせしました」

佐抜はマイクに告げた。

「これからケント王子による宣言がおこなわれます。ただし王位継承ではなく、辞退の宣言です。王子、お願いいたします」

驚きの声が上がった。カメラがいっせいにケントに向けられる。

佐抜はグオを見ていた。グオの表情はかわらない。

ケントは佐抜と入れかわり、マイクの前にすわった。

「皆サン、今晩ハ。ありょしゃ・けんとデス」

ベサール語で告げた。

「すみません、日本語でお願いします」

グオがいった。小細工は許さないといわんばかりだ。

佐抜はケントに頷いてみせた。ケントは頷き返して、マイクを手にとった。

「わかりました。まず日本語で話して、ベサール語でもう一度いいます。いいですか？」

ケントはグオに訊ねた。佐抜は横からいった。

「この宣言は、インターネットを通して世界中に流れます。日本語だけでは、ベサールの人にはわかりません」

「なるほど。当然ですな」

グオは頷いた。

「では王子、お願いします」

佐抜はケントを促した。はい、と頷き、ケントは会場を見回した。顔が赤らんでいる。

「ザザ、アリョシャ・イグナ六世が亡くなり、王位継承順の一位が僕だというのを、ＢＬＣの人から聞きました。ですが、僕はベサール国王に即位するつもりはないです。理由はいくつかありますが、その一番は、僕が十六歳だという点です。僕はまだ日本の高校に通学中ですし、国王になるのであればベサールに戻らなければなりません。それはできない。なので、王位の継承は、僕ではなくアメリカにいる叔父（おじ）にゆずりたいと思います」

ケントはマイクをおいた。会場内がざわついた。

佐抜はマイクを手にした。

「何か質問はありますか」

グオが手を挙げた。佐抜は指さした。

「すると王子はこのまま日本におられる、ということですか？」

グオは訊ねた。佐抜はマイクをケントに向けた。

「はい。学校を卒業するまでは、日本にいるつもりです」

「卒業されたあとは？」

グオが訊く。

「わかりません。まだ何も決めていません」

「現在のベサールは、クワン大統領の政権下にあるわけですが、それについてはどうお考えですか」

グオは質問をつづけた。

「そういうことは答えられません。僕の宣言とは別の問題です」

ケントが答えた。

「よろしいですか」

佐抜はグオを見つめていった。グオは頷き、携帯を耳にあてた。

「ドウイウコトダ！　べさーるノ民主化ヲ支援スルトイッタノハ嘘ダッタノカ」

マハドがベサール語で叫び、立ち上がるとケントの腕をつかんだ。ケントは身をすくめた。

ルーがそれを止め、日本語でいった。

「まあまあ。王子にも事情があるんだよ」

「シカシ――」

佐抜は雛壇を降りた。グオに近づく。

「連絡はしたか」

「した。じき、王妃がここにやってくる。次はベサール語で宣言をしてもらおうか」

グオは答えた。佐抜は雛壇をふり返った。

ケントとルー、マハドが額を寄せ、小声で話している。

「どうした？　何かあったのか」

グオが訊ねた。

「混乱しているんだ。BLCは、王子が王位を継承すると信じていた」

佐抜は答えた。グオは肩をすくめた。

「すいません！　質問、よろしいですか」

谷口が叫んだ。谷口もとまどっているような顔だ。ケントが答えた。

「どうぞ」

「アメリカにいる、王子の叔父さん。つまりアリョシャ・イグナ六世の弟さんは、国王になる意思がおありなのですか」

「わかりません。叔父さんとは、あの、ずっと話していないので」

「もし、その弟さんも即位を断られたらどうなります？」

グオが訊ねた。

「どうなるんでしょう。僕にはわかりません」

ケントは首をふった。

「ベサールから王様がいなくなる、ということもありえますか」

グオがさらに訊ねた。

「わかりません。そうかもしれません」

ケントが答えると、一瞬、グオの表情がゆるんだ。佐抜を見る。

「次はベサール語での宣言だな」

佐抜はケントにいった。

「ベサール語でお願いします」

ケントは頷いた。

「私、ありょしゃ・けんとハべさーる国王ニ即位シマセン。王位継承ハ、あめりかニイル叔父ニユズリタイト思イマス」

グオの口もとに笑みが浮かんだ。

「ちゃんと同じことをいったな」

「ベサール語がわかるんだな」

佐抜はいった。

「わからないと誰がいった？」

グオは訊き返し、佐抜は息を吐いた。

会場は静まりかえっている。ベサール人は皆、厳しい目をケントに向けていた。ケントは咳ばらいをした。

「あの、無責任だと思わないで下さい。僕だってベサールが民主化されればいいと思っています。でも今の僕は、それに協力できないんです」

「王族ハアテニナラナイ！」

誰かがベサール語でいった。

「ソウダ、王族モくわんト同ジダ。自分ノコトシカ考エテナイ」

グオの笑みが大きくなった。

「カツロー」

ヒナが呼んだ。真剣な表情で佐抜を見つめている。

「これって――」

「クイーンズマッチの三連覇目を思いだして下さい」

年間王者を三連覇したとき、レッドパンサーは最終戦でよもやの大逆転をした。後楽園ホールのリングサイドで、多くの観客とともに佐抜は感激の涙を流した。

ヒナは佐抜をじっと見つめ、頷いた。

「ゴメンナサイ！」

ケントがマイクに叫んだ。今にも泣きだしそうな表情で佐抜を見つめている。

「見ろ」

そのときグオがいった。会場の入口にワンピース姿の女性が立っていた。

「お母さん」

ケントがつぶやいた。女性はひとりだ。山本はいない。

「阪東さん！」

佐抜は叫んだ。阪東が泡をくったように立ち上がった。

「王妃です」

「王妃？」

「王妃ダ」

「ありょしゃ・しおりダ」

会場内にざわめきが広がった。

阪東と小野が大急ぎで女性に走り寄った。

「保護しました！」

阪東が叫んだ。叫んだ相手は佐抜ではなく谷口なのだが、グオは気づいていない。

「約束ハ守ッタ」

グオは満足そうにいった。佐抜は頷いた。

グオの手の中で携帯が鳴った。

「ウェイ」

耳にあて、相手の声を聞いたグオの表情が一変した。

「いんたーねっとデ流レテイナイトイッテイル！ドウイウコトダ」

佐抜をにらみつけた。

「インターネットニュースは、テレビとちがってこの場から中継するわけじゃない。編集や翻訳を加えてから流すんだ。その作業はここじゃできない」

佐抜が答えると、

「てれびハドウナンダ」

グオは谷口とカメラマンを目で示した。

「今すぐは流さない。ニュース番組の中じゃないのか」

「ダッタラ、王妃ハマダ渡セナイ」

叫んで、グオは懐から拳銃を抜いた。立ちあがると、阪東と小野にはさまれた女性に向ける。

「こっちへこい！」

ヒナが動いた。グオの右手首をつかみ関節技をかける。グオが苦痛の叫びをあげ、拳銃はヒナの手に移った。

谷口のかたわらにいたカメラマンがグオにとびついた。テーブルに押し倒し、うしろ手に手錠をかける。

「私は外交官だ。こんな乱暴をして許されると思っているのか！」

グオが叫んだ。

「あなたの身分が外交官であると判明するまでは、犯罪者として扱わせてもらう」

谷口が告げた。ヒナから拳銃を受けとる。

「お前は何者だ」

テーブルに顔を押しつけられたままグオが訊ねた。

「今それを答える義務はありませんな」

いって谷口は携帯電話をとりだした。

「被疑者一名を確保。もう一名は見つかったか？」

かけた相手に告げた谷口の表情が曇った。

佐抜を見る。

「この男には仲間がいましたよね」

「はい。山本と名乗る、おそらく日本人です」

「この周辺を捜索させているのですが、見つかりません」

「えっ」

「何ガ起コッタノカ、誰カ説明シテクレ」

ルーがいった。

「コノ男ガ、王妃ヲ人質ニシテ、王子ニ即位ヲ辞退スルヨウ迫ッタノデス」

佐抜は雛壇に上がるとマイクを手にした。

「皆サン、タッタ今ノ王子ノ宣言ハ嘘デス」

ケントをふりかえった。マイクをさしだす。

マイクを受けとったケントが告げた。

「私ガサッキ即位シナイトイッタノハ嘘デス」

「嘘?!」

「嘘トハ何ダ……」

会場内のざわめきが大きくなった。

「王妃」

佐抜は阪東という女性に呼びかけた。

「あ、はい」

女性は頷き、雛壇に上がった。緊張と怯(おび)えの混じった表情を浮かべている。

「あの、わたしべサール語はあまり話せないので日本語でもいいでしょうか」

佐抜に訊ねた。

「僕が通訳するよ」

ケントがいい、女性は頷いた。女性はケントが手にしたマイクに口を近づけた。

「よけいなことを喋ると後悔しますよ」

グオが日本語でいった。女性は目をみひらいた。

「ちがう。喋らないほうが後悔する」

ケントがいった。

「ケント」

女性がケントを見つめた。ケントはいった。

「わかったんだ。これまで自分では何とも思ってなかったけど、僕やお母さんは、ベサールの人たちに対して責任がある」

「ケントさん……」

佐抜は思わずつぶやいた。

「ここにきてわかった。僕がどうするのかを、ベサール以外の国の人も知りたがっている。それには真剣に答えなきゃいけない」

女性は小さく頷いた。

「お母さんは、何があったかだけを話してくれればいいから」

ケントはいった。女性はもう一度頷き、口を開いた。

「一週間ほど前に、そこにいる人ともうひとりの人がうちにきました。夫の、アリョシャ・イグナ六世が亡くなりかけている。でも今のベサールの状況では、亡くなってもわたしやケントがベサールに帰る方法がない。そこで、安全にベサールに帰国できるよう、とりはからってくれるというんです。なぜそんなことができるのかを訊ねると、その人は、自分はクワン大佐と中国政府の両方にコネがあるからだと答えました」

ケントがベサール語で通訳を始めると、

「嘘だ。そんなことはいってない」

グオが押さえつけられた身をよじった。

「静かにしろよ」

ヒナがグオの耳たぶをひねりあげた。グオは悲鳴をあげた。

「つづけて下さい」

佐抜は小声でうながした。はい、とつぶやき、王妃はいった。

「両政府との調整がつくまで、いっしょにいてもらいたいといわれ、先週末からホテルに泊まっていました。ケントとも話をしたいといわれ、電話をかけていたんですが、その前に強く叱ったこともあって、電話にでてくれませんでした」

　ベサール語に訳したケントが、

「家出ヲシテイタンデス」

　とつけ加えた。ルーが笑った。

「子供ハ親ニ逆ラッテ、成長スル」

　そのひとことで会場の空気が和んだ。ケントはほっとしたようにいった。

「私ハズットべさーるニイタカッタノデ、母ト喧嘩(ケンカ)バカリシテイタンデス。べさーるヲ離レタトキハ、ナゼ離レナクテハナラナイノカガワカラナカッタ」

　母親を見た。王妃は話をつづけた。

「ホテルでは、とてもよくしてくれました。そしてベサールで暮らしにくかったら、ずっと中国に住む、という選択肢もあるといわれました。その人は中国政府にも知り合いがたくさんいる大金持ちだから、何不自由なく中国で暮らしていけるようとりはからってくれるというのです」

「さっき自分は外交官だといってなかったっけ」

　ヒナがいった。グオは憎々しげに答えた。

「私には外交官以上の力がある」

「どっちなんだよ。外交官なのか、ちがうのか」

「私は、実業家だ」

　佐抜は谷口と目を合わせた。谷口は無言で頷いた。

　王妃がいった。

「それが急にかわったのは、夫が亡くなったという知らせが届いてからでした」

　ケントが口を開いた。王妃の言葉を通訳し、

「家出シタ私ノコトヲ、タクサンノ人ガ捜シテイマシタ。私は恐クナリマシタ。べさーるニ帰ッタラ、今度ハ牢屋(ロウヤ)ニ入レラレテシマウノデハナイカト思ッタノデス」

　といった。

「ソノトキ私ハ、千葉ノあじあ団地ニイル仲ノイイ友ダチノ家ニ隠レテイマシタ。あじあ団地デＢＬＣノまはどサンヲ知リマシタ。まはどサンハべさーるノ民主化ニハ、私ノ協力ガ必要ダトイイマシタ。初メ、私ハ嫌デシタ。ＢＬＣトくわんノ対立ニ巻キコ

マレタクナイト思ッタ。デモソノ男ニ、即位ヲ断ラナイト、オ母サンヲ傷ツケルトイワレ、気持チガ変ワリマシタ。ソンナコトヲ考エル人タチニべさーるノ政治ヲ任セタクナイト思ッタノデス」

会場は静まりかえっていた。誰もがケントを見つめている。

「イウコトヲ聞カナケレバ、オ前モタダデハスマナイト、威(おど)サレマシタ。ソレヲコノ人タチガ助ケテクレマシタ。タダ、オ母サンガ捕マッテイルアイダハ、即位シナイトイウシカナカッタノデス」

「ケントが即位しないという宣言をするというので、わたしはここに連れてこられたのです」

王妃がいった。

「いんたーねっとにゅーすハ、スグニ流レルワケデハナイノデ、ココニイル人タチニ頼ンデ、初メハ嘘ヲツクカラ、流サナイヨウニシテモライマシタ」

「デハ、本当ハ、王ニ即位スルノデスカ」

ルーは訊ねた。

「ハイ。私ハソウシマス。ソノ上デ、べさーるノ選挙結果ヲ支持スルツモリデス」

パラパラと拍手が起こり、やがて大きくなった。雛壇のケントと王妃を人々がとり囲み、口々に話し始める。事情がわかっていないベトナム人とインドネシア人に佐抜が説明すると、二人は興奮した表情になった。

「これまでの映像をすべて流します。大ニュースになります」

ベトナム人がいった。

「いや、それは少し待っていただきたい」

谷口が割って入った。

「あなたは誰です?」

ベトナム人が訊ねた。

「日本政府の者です」

谷口が答えると、ベトナム人は警戒した表情になった。

「ええと、ケンエツをするのですか」

「そうではありません。ですがこの男がさっき、自分のことを外交官といったので、そのあたりの事実が確認されるまでは公表を待っていただきたいのです」

谷口はグオを示し、いった。

「それには時間がかかりますか」

ベトナム人は訊ねた。

「この男を警視庁に連行して、取調べをおこないますので、そうですね四十八時間は待っていただきたい」

谷口の答えを聞いたベトナム人はほっとしたように頷き、インドネシア人と顔を見合わせた。

「それなら大丈夫です。どのみち映像の編集と翻訳に三日くらいはかかりますから」

「わかりました。連絡先を教えて下さい。大丈夫となったらご連絡します」

谷口はいって、名刺をとりだした。二人に渡し、佐抜にもさしだす。

「今さらですが、私の名刺です」

国家安全保障局（NSS）と記された名刺を佐抜は見つめた。

「どれどれ」

杉本教授が老眼鏡をかけた。谷口は教授にもさしだした。

「杉本先生ですね。お噂はかねがねうかがっています」

「どうせろくな噂じゃないだろう。御用学者のあいだじゃ私の評判は悪い」

いってグオを押さえつけているカメラマンを見た。

「彼もＮＳＳの人間かね？」

「いえ。彼は、警視庁に頼んだ応援です。私の古巣なので」

「なるほど。ＮＳＳは寄り合い所帯だと聞いていたが、そういうことか」

教授がいうと、谷口はわけありげに阪東と小野を見やった。

「外務省出身者がけっこう幅をきかせていまして、警察出身者は肩身が狭いのです。ですがこういう事態は、こちらの専門分野ですので」

「山本が見つからないというのはどうしてでしょう？」

佐抜は訊ねた。

「王妃の安全が確保されたので、所轄にも応援を頼んであたりを捜索させたのですが、それらしい人間はいないようです」

谷口は答えた。

「刑事は匂いでわかる、と山本はいっていました」

「そんなことをいうのは、かなり警察の手を焼かせてきた人間です」

「金で雇われたような話をしていましたが、中国語を話せましたしベサールの状況にも詳しそうでした」

「組が潰れたりして日本で食えなくなった元やくざが中国やフィリピンに流れ、密輸や誘拐ビジネスなどに手を染めているという話を聞いたことがあります。そうした人間のひとりかもしれません」

谷口は元警察官らしくいって、つづけた。

「おそらく危ないとみて逃げだしたのでしょう。ああいう連中は逃げ足だけは早いですからね」

そうだろうか。佐抜は不安だった。山本が簡単にあきらめるタイプだとは思えなかった。もう少しで目的が果たせるというところを何度も邪魔され、ケントや自分をかなり恨んでいるような気がする。

「何が心配なんだい」

ヒナが訊ねた。

「山本がこのままあきらめるとは思えないんです。意地でもケントさんの即位を妨害しようとするのじゃないでしょうか」

「どうやって?」

佐抜は人々に囲まれているケントを見やった。うまく言葉にできないが、悪い予感がしていた。

谷口がカメラマンとともにグオを引きたてた。阪東たちを目で示し、いった。

「とりあえずこの男を連行します。あとのことは、外務省出身の二人に任せます。ご心配なく。周辺には多数の私服警察官が張りこんでいますから。のちほどまた、電話いたします」

三人は会場をでていった。ケントはルーやマハドとともに、カメラに向かって喋っている。

「本当にご苦労さまでした。まさかこんな事態になるとは思ってもいませんでしたが、お二人のおかげで最悪の結果は防げました」

阪東が歩みよってきていった。谷口がいなくなるのを待っていたようだ。

「お二人は外務省の方だったのですね」

佐抜はいった。

「元です。谷口さんと同じで出向中の身でして」

「ではNSSかね」

杉本教授がいうと、

「それはなるべく秘密に願います」

焦ったように答えた。

「何をいっている。今さら隠してどうなるものでもないだろう」

「ですが役所の性格上、あまり公になってもマズいので」

阪東は小声でいった。教授は息を吐いた。

「古巣がちがうと、だいぶちがうな」

「私たちの仕事は基本的には連絡調整でして、現場はあまり得意ではないのです。谷口さんは、まあ、そういうところにおられたから慣れておられるでしょうが」

阪東は皮肉のこもった口調でいった。

「所詮(しょせん)、役人ということだな」

「どっちにしたって、あたしらの仕事はこれで終わりだね」

ヒナがいった。

「確かに。謝礼については、また改めてご連絡させていただきます」

阪東はほっとしたようにヒナに向き直った。

「そうだ、その件だけど。帰化申請、とりさげるわ」

ヒナはいった。阪東が目をみひらいた。

「えっ」

ヒナは佐抜を見た。

「この仕事を引き受けたのは、日本への帰化申請がスムーズにいくっていわれたからなんだよね。けど、ベサールの未来を見たくなったから、このままベサール人でいようかなって」

照れたようにいった。

「それがいい」

教授がいった。

「僕もそれに賛成です」

佐抜もいった。

「カツローもそう思う？」

ヒナが真剣な表情になった。

「ええ。こんないいかたをしては何ですが、日本人にはいつでもなれると思うんです。特に今回のようなことがありましたから」

阪東を見て佐抜はいった。阪東は無言で頷いた。

「でもベサールの将来のためにはヒナさんのような人の存在が必要です」

「あたしはそんなたいした人間じゃないよ」

「日本とベサールのあいだのかけ橋になれます。『レッドパンサー』の名を知っている日本人は、ベサールに対してきっと親近感をもつでしょうから」

佐抜がいうと、ヒナはとまどったような表情になった。

「そうかな」

「僕がそうです。ヒナさんがベサール人だとわかって、ベサール語を勉強してよかったと思いました。本当は――」

横に杉本教授がいたことを思いだし、言葉を止めた。

「後悔しておったのだろう」

教授がいった。

「役に立たない言葉を覚える羽目になったと」

「そこまでは――」

「いいよ。私もそう思っておった。君に無駄をさせてしまったと」

「先生！」

「そんなことない」

ヒナがきっぱりといった。

「カツローがベサール語を勉強してなかったら、今日のこれはなかった。全部、あんたのベサール語が実現させたんだ」

「おおげさです」

佐抜は首をふった。頰が熱い。

「いえ。佐抜さんのおかげであることはまちがいありません。佐抜さんがいなかったら我々はどうすることもできませんでした」

阪東がいった。

「やめて下さい。それをいうならヒナさんです。ヒナさんがいなければ、アジア団地でケントさんを捜すことすらできなかったのですから」

雛壇の上でルーがマイクを手にした。

「皆さん。この会場を借りている時間がもうすぐ終わります。次のBLCの会議は初めにお知らせした日時でおこないます。皆さんは今日のことを、ベサールにいる家族や友人に知らせて下さい」

同じことをベサール語でくり返す。

「ここを明け渡す刻限のようだ」

教授がいった。佐抜は阪東を見た。

「ケントさんと王妃はどうなるのですか」

「我々が安全な場所にお連れして、もろもろのことが明らかになるまで保護させていただきます」

阪東は答えた。

「お願いします」

「お任せ下さい」

珍しく阪東がうけあった。

「移動はどうやって?」

「このホテルの地下駐車場に我々の車を止めてあります。それでセーフハウスまでお連れします」

佐抜の問いに小野が答えた。

「じゃあ地下駐車場までいっしょにいきましょう。僕たちが乗ってきた車もそこにありますから」

山本の車だが、今日のところは借りておくほかなかった。後日、谷口に〝証拠〟として渡すことになるだろう。

阪東はルーとマハドに名刺を渡し、今後の連絡を約束した。ホテルとの精算があるので、二人は残るようだ。

佐抜たちはエレベーターに乗りこんだ。

「セーフハウスはどこです?」

「先日お伝えした場所はここから遠いので、別に中央区内のマンションを用意しました」

「中央区」

「月島です。いらっしゃいますか」

阪東が訊ねると、

「きてよ」

とケントがいった。

「ちょっとだけでいいからいっしょにきてほしい」

佐抜はヒナを見た。ヒナが頷いた。

「私もいっしょにいいかな?」

杉本教授が訊ねた。阪東の表情が一瞬曇ったが、

「もちろん」

ケントが答えたので、無言で頷いた。

駐車場にエレベーターが到着すると佐抜は緊張した。が、山本の姿はなく、ほっとする。

ケントと王妃、阪東と小野は、駐車場に止められていたシルバーのセダンに乗りこんだ。成田空港で声をかけられたときに二人が乗ってきた車だ。

佐抜はヒナと教授とともに山本の車に歩みよった。


ロックを解き、助手席にヒナが、後部席に教授が乗りこむ。

エンジンをかけようとしたとたん、

「待たせやがって」

ルームミラーの中に山本の顔が浮かんだ。

佐抜は息を呑んだ。

「おっと、じたばたするな。このおっさんの頸動脈をかき切るぜ」

山本は教授の首に大きなナイフをあてがっている。

「お前――」

ヒナが目をみひらいた。

「俺の車を使ってくれてありがとうよ。スペアキィをもっていたんでな。ずっと隠れていられたってわけだ」

「あきらめろ。グオはつかまった」

佐抜はいった。

「そうらしいな。さっき連れていかれるところを見たよ。おっと、王子の車がでていくぞ。あとをついていけ」

シルバーのセダンが駐車場の出口に向かうのを見て山本がいった。この車の後部席の窓にはスモークシールが貼られていて、阪東からは山本の姿が見えない。

「ほら、遅れるな」

佐抜は歯をくいしばり、車を発進させた。

シルバーのセダンのハンドルを握っているのは小野だ。助手席に阪東がすわっている。

佐抜の運転する車があとをついてくることを確認すると、セダンはホテルの駐車場をでていった。

「妙な気は起こすなよ。あとをついていくんだ」

山本がいうとヒナはふりむいた。

「今さら何をするんだよ」

「何をすると思う?」

ルームミラーの中で山本がぞっとするような笑みを浮かべた。

「ケントさんは即位すると宣言した。あんたたちの負けだ」

佐抜はいった。

「死んだら王にはなれない」

「ケントを殺す気か!」

ヒナがいった。

「おい」

山本がナイフの刃先を杉本教授の顎(あご)の下にあてがった。

「ぎゃあぎゃあ騒ぐな」

教授が低い呻(うめ)き声をたてた。山本がナイフの刃をすべらせたからだった。

「ちょっと切っただけだ。死にはしない。だがあんまりうるさいと、もう少し深く切るぜ。すぐには死なないが、出血多量でヤバくなる」

山本はいった。

「わかった。わかったからやめろ!」

佐抜はいった。

「先生、大丈夫ですか」

「大丈夫だ」

教授は答えた。山本が訊ねた。

「先生? 何の先生だ」

「僕の大学の先生だ」

「何を教わった？」

「国際政治学だ」

「そりゃご立派な学問だ。よう先生、あんた、学生によけいなことに首をつっこむなと教えなかったのか、え？　そのせいで今、痛い目にあっているわけだ。それともこの先生がお前の今の仕事をしろといったのか」

　佐抜は気づいた。山本はまだ佐抜をエージェントだと思いこんでいる。

「先生は関係ない。自分がこの仕事を選んだんだ」

　フン、と山本は鼻を鳴らした。次の瞬間、佐抜はうなじに鋭い痛みを感じた。

「佐抜くん！」

　教授が叫び、佐抜はうしろから切られたのだと気づいた。首すじにやった指先が血で濡（ぬ）れた。

「お前みたいな奴はさっさと消すべきだったな。お前がいなけりゃ、とっくにカタがついてたんだ」

　恐怖に体が縮みあがった。だが隣にいるヒナに恐がっていると気づかれたくない。

「僕を殺したら、王子のいき先がわからなくなるぞ」

「だからあとで殺すさ」

　山本は平然といった。

「君は日本人なのだろう」

　杉本教授がいった。

「何人だろうと関係ねえよ。金さえあればどこでも生きていけるんでね」

　小野の運転するセダンが右のウインカーを点（とも）した。永代（えいたい）通りに入るようだ。

「ほら右だ」

　めざとく気づいた山本がいった。佐抜はウインカーを点した。わざと接触事故を起こすことも考えたが、山本は本当に教授を殺しかねない。早まった真似はせず、チャンスを待とう、と佐抜は決めた。

「だがグオがつかまった以上、君に金を払う者はおらんぞ」

　教授はいった。

「グオ以外にも、あのガキが死ねば金を払うって奴はいる。お前らは知らないだろうが、ベサールに投資している中国の金持ちはクワンにこのままいすわってもらわなけりゃ困るんだよ」

「なるほど。そういうわけか」

深夜の永代通りはすいていた。東陽町、木場と過ぎ、門前仲町に入るとセダンは左の車線に移った。左折して清澄通りに入れば、月島はすぐだ。

「どこにいくのか、お前は知ってるのか」

ナイフの刃先を佐抜の首にあてがい、山本が訊ねた。

「知らない」

「そんなわけねえだろ。前の車を運転しているのは仲間だろうが」

「仲間じゃない」

セダンは清澄通りで左折した。佐抜はあとを追った。月島まではもう五分とかからない。晴海運河にかかる相生橋を渡れば、今いる江東区から中央区に入る。


「はっ、役人らしいな。役所がちがえば仲間じゃないってわけだ」

「僕は役人じゃない。旅行代理店の人間だ」

「何だと⁈」

ミラーの中で山本が目をみひらいた。

「エージェントだといったのは嘘さ」

「お前――」

佐抜は思いきりハンドルを左に切り、アクセルを踏みこんだ。相生橋を渡っていた車は歩道に乗り上げ、その勢いで欄干につっこんだ。

激しい衝撃が襲い、フロントガラスが砕け散った。視界の隅でヒナがシートベルトに引き戻されるのを見た。山本の体が運転席と助手席のすきまから前に投げだされた。

次の瞬間エアバッグが破裂し、目の前がまっ白になった。

「ヒナさん！」

佐抜は叫んだ。山本は佐抜とヒナのあいだでうつ伏せに倒れている。その手にはナイフがあった。

エアバッグに顔を押しつけていたヒナが何が起こったのかわからないという表情で佐抜を見やり、次の瞬間、我にかえった。

ヒナの左肘（ひじ）が山本の背中に叩きこまれた。

山本は呻き声をたて、魚のようにびくんと体を動かした。佐抜は山本からナイフを奪おうと手をのばした。

「――の野郎！」

山本が怒鳴り、体をひるがえした。がその瞬間、佐抜の足がアクセルを踏みこみ、車は再び欄干に衝突した。

金属製の欄干は頑丈で、車がつっこんでもびくともしていなかった。車の鼻先はぺしゃんこだ。佐抜の鼻先にあったエアバッグを山本のナイフが切り裂いた。

「こいつ」

ヒナが山本の首に背後から腕を回した。顎の下に左腕をかまし、右手で左の手首を固める、チョークスリーパーをかけた。

山本が目をみひらいた。ナイフを振り回そうとする。その右手を佐抜は押さえつけた。

ヒナの顎にぐっと力がこもった。暴れる山本の体を佐抜は必死で抑えこんだ。

その体からふっと力が抜けた。落ちたのだ。

佐抜はナイフをとりあげた。が、ヒナはまだ絞めている。

「ヒナさん、ヒナさん！」

佐抜はヒナの腕をつかみ、揺すった。このままでは山本を窒息死させてしまう。

ヒナがはっとしたように佐抜を見た。山本の首から手が離れた。

山本は涎（よだれ）をたらし、失神している。

「先生！」

佐抜はうしろをのぞきこんだ。眼鏡が割れ、鼻血を流した杉本教授が片手をあげた。

「私は生きておる」

「大丈夫ですか！」

外から声が聞こえ、佐抜はふりむいた。タクシーの運転手らしい人がのぞきこんでいる。

「一一〇番をお願いします」

佐抜はいった。

応急手当てのあと、山本は連行され佐抜とヒナ、杉本教授の三人は月島警察署に保護された。一時間とたたないうちに谷口がやってきて、三人は解放された。ケントと王妃は無事にセーフハウスに着いたと阪東から電話で知らされた。阪東は佐抜の車が欄干につっこんだことに気づいていなかった。はぐれたのだとばかり思っていたと聞かされ、佐抜はあきれた。

警視庁で改めて事情聴取を受けることを条件に、三人は帰宅を許された。月島署の玄関をくぐると、外は白んでいた。

「いや、参った。まさか君があんな無茶なことをするとはな」

鼻の穴に脱脂綿を詰められた教授がいった。

「あたしも驚いた。でも一番驚いたのは山本だろうね。カツローがエージェントじゃなかったって聞いて」

ヒナがいい、

「そこですか」

佐抜が答えて三人は笑った。

明るくなった運河の上を、鳴き声をたてながらカモメが舞っている。

別れぎわ、谷口から耳打ちされた言葉の意味を佐抜は考えていた。

「転職するつもりはありませんか」

ヒナもいっしょなら、十分魅力的な話だ。

本書は、二〇二一年八月に小社より刊行された単行本をノベルス化したものです。
この物語はフィクションであり、実在の人物・団体とは一切関係がありません。

熱風団地(ねつぷうだんち)

2023年 8 月29日　初版発行

著者／大沢 在昌(おおさわ ありまさ)

発行者／山下直久

発行／株式会社KADOKAWA
〒102-8177　東京都千代田区富士見2-13-3
電話　0570-002-301（ナビダイヤル）

印刷所／旭印刷株式会社

製本所／本間製本株式会社

●お問い合わせ
https://www.kadokawa.co.jp/（「お問い合わせ」へお進みください）
※内容によっては、お答えできない場合があります。
※サポートは日本国内のみとさせていただきます。
※ Japanese text only

定価はカバーに表示してあります。

ISBN 978-4-04-114151-9　C0093